そして少女は、孤島に消える

彩坂美月

Mitsuki Ayasaka

双葉社

目次　CONTENTS

登場人物　CHARACTERS

井上立夏

10歳で子役としてデビューして以降、芸能活動を続ける18歳。

桐島瞳

劇団出身で芝居歴は15年となる、随一の演技力を備えた21歳。

桜井結奈

儚げな美少女で、芸能界デビューして間もない18歳。

斉藤えみり

高遠の映画の大ファンだと公言する19歳の現役大学生。

野々村恋

熱中していたテコンドーを怪我で諦め、演技に初挑戦する17歳。

高遠凌

才能を高く評価される一方、不穏な噂が絶えない気鋭の映画監督。

装画　草野碧
装幀　bookwall

そして少女は、孤島に消える

プロローグ

――あの日、ドアの外には恐ろしい何かがいたのかもしれない。

◇

幼い頃の記憶でぼんやりと思い出すのは、大皿に山盛りのチャーハンだ。

具は卵やハムだったり、カニカマだったり、そのときによって色々だけれど、とにかくたくさん。……そしてその分量は、立夏《りっか》が一人でいなければならない時間の長さを意味していた。

立夏、といつもより優し気な声音で母が囁《ささや》く。

「ママ、用事があって出かけなきゃいけないの。お腹が空いたらこれを食べてね」

それから、念を押すように云《い》い聞かされる。

「勝手に外に出たり、大声で騒いだりしちゃ駄目。わかった？」

ベランダに出るガラス戸に、母は「変な人が入ってきたら危ないから」と少し怖い顔で云い、ガムテープで念入りに目張りをした。

「大人しくいい子にしててね」

母の言葉に、こくん、と真剣に頷く。そんなふうに一人きりで留守番をすることは、よくあった。

父は、立夏がまだ一歳の頃に交通事故で亡くなったらしい。物心ついたときには、母と二人で小さなアパートに暮らしていた。

立夏の母は、子供心にも綺麗な人だったと思う。いつもきっちりお化粧をして、踵の高い靴を履いていた。気分屋で、立夏を放置して何時間もむっつりと黙り込んでいるようなときもあったけれど、叩かれたり、暴言を吐かれたりしたという記憶はない。時々、機嫌がいいときは「可愛い」「大好き」と抱きしめて頬ずりしてくれた。可愛い服を買ってくれ、それを着た立夏を大袈裟なくらい褒めてくれた。

「立夏は本当に可愛いね。大きくなったら、きっと女優さんになれるよ」

それは母の口癖みたいなものだった。

五歳の夏だった。

その日の朝早くに立夏が目を覚ますと、玄関のドアの前に母が立っていた。もうパジャマから着替えており、小さなハンドバッグを手にしている。

「ママ?」と声をかけると、母はハッとした様子で立夏の方を振り向いた。人差し指を口元に当て、硬い声で云う。

「しっ、大きな声を出しちゃ駄目」

うまく云えないけれど、そのときの母の様子はいつもと少し違っていた。何かを警戒しているような——そう、まるで怯えているような態度に見えた。

戸惑う立夏から視線を外し、母が身を屈めてドアスコープを覗き込む。真剣に外の様子を窺う母に、立夏は小首をかしげ、声をひそめながら尋ねた。

「お外に誰かいるの？」

立夏の問いに、母は答えなかった。ぴりぴりと張り詰めた空気が母の背中から伝わってきて、なんだかこちらまで緊張してくる。ドアのすぐ外に得体の知れない危険な存在がいて、そいつが息を潜めて自分たちを狙っているかのような、不気味な感覚に襲われた。

どのくらいそうやっていただろう。ふいに母がこちらを向き、「立夏」と小声で呼んだ。立夏に向かって、真顔で告げる。

「ママ、これからちょっとお出かけしなくちゃ」

え、と落胆した声が出た。また一人きりで留守番をしなければならないのだと察し、暗い気分になる。

しょんぼりとうつむく立夏の頭を、母の手が優しく撫でた。温かいような、さみしいような、不思議な声で立夏に囁く。

「ご飯はテーブルに置いてあるから。いい子にしててね、立夏。約束よ」

そう告げ、母はドアを開けて出ていった。カツン、カツン、と聞き慣れたヒールの音がドア越しに遠ざかっていく。

云いつけ通り、立夏は家で母を待っていた。アパートにエアコンは付いておらず、旧式の扇風機は生ぬるい空気を弱々しく攪拌《かくはん》するばかりだった。

閉め切った室内はひどく蒸し暑かったけれど、母の云いつけを守らなければ叱られるから、大人しくしていなくちゃ、と思った。

踏み台を持ってくれば、ドアスコープから外の様子を覗くことができた。小さなレンズを覗き込み、帰ってくる母の姿が見えないか、足音がするたびにアパートの廊下を何度も窺う。

やがて立夏はぺたりと部屋の床に座り込み、さみしくないよう、ぬいぐるみたちを自分の周りに並べ出した。クマのぬいぐるみはパパで、うさぎはママ。

立夏の頭の中で、うさぎのぬいぐるみの母が喋り出す。

（一人でちゃんとお留守番できるなんて、立夏はなんてえらいのかしら！）

そう云い、母はにこにこ笑って立夏の頭を撫でてくれる。

（おやつは立夏の好きなアイスとホットケーキにしましょう。ママと一緒に公園に行って、お気に入りのブランコにも乗ろうね）

顔もろくに知らない父が云う。

（なんにも心配いらないよ。もし悪い人が来たら、パパが立夏を守ってあげるから）

「やったあ」と、うるさくない程度にはしゃいだ声を上げてみる。

「パパもママも、大好き」

家族は立夏にうんと優しくしてくれる。ずっと一緒にいてくれるのだ。

……そんなふうに空想して、幾度も自分を慰めた。一人きりのお留守番は本当はさみしくて辛いけど、ママが帰ってきたら全部大丈夫になる、とそう思えた。

実際、母はいつもちゃんと立夏のもとへ帰ってきた。時には鼻歌まじりで上機嫌に、時にはデパートのお惣菜をたくさん買って、いかにも申し訳なさそうな表情で。

――けれど、そのときは違った。

暗くなっても、日付が変わっても、母は戻ってはこなかった。

外が明るくなり、また暗くなるのを、立夏は部屋の中で心細い思いをしながらずっと眺めていた。一度だけ「集金でーす」とドアの外で男性の声がして、しばらくして郵便受けに何かを差し込む音がしたけれど、誰か来ても出ちゃ駄目、と母からきつく云われていたので、息を潜めてやり過ごした。

二日経ち、三日過ぎても、母は家に帰ってこない。時間が経つのが信じられないほどに遅かった。ただただ不安で、恐ろしかった。異常だった。こんなことは初めてだ。ママはどこに行ったんだろう。いつ、うちに帰ってくるんだろう？　もしかしたら誰か大人の人に、助けを求めなくてはいけないのでは？　そんな考えがぐるぐると頭をよぎりつつも、出がけに母が云った言葉を思い浮かべる。

（いい子にしててね、立夏。約束よ）

そう、母と約束した。云いつけを破ったら、きっと母に嫌われてしまう。いい子に留守番をしていれば、母はいつものようにちゃんと帰ってきて、立夏をたくさん褒めてくれるはず。ぎゅっと膝を抱き、心の中で呼び続ける。ママ、ママ、お願い、早く帰ってきて。いい子だったねって抱きしめて。怖くて頭がおかしくなりそう。

一人きりで母を待ち続けて、何日が過ぎただろう。

夏場で、母が大量に作って置いていってくれたチャーハンの残りはいつしかおかしな臭いを放つようになった。台所のゴミ袋に、ぷんと黒いハエがたかっている。

狭い室内は息苦しささえ感じるほどの暑さで、身体中が汗でべたべたした。耐えきれず、風を求めてガムテープの目張りをはがし、どうにかベランダに出てうずくまる。空腹で喉が渇いて、台所に戻って水道の水をごくごく飲んだ。次第に頭がぼうっとして、母の笑顔が薄れていく。

母が出ていってから、五日ばかり経ったろうか。

もはや起き上がる力も湧かずにぐったりと部屋に横たわっていると、玄関の方で何やらガチャガチャと音が聞こえた。誰かが鍵を開けようとしている。

ふいにドアが開いて、人がアパートに入ってきた。性急な足音だった。直後、悲鳴のような声で名前を呼ばれる。

「立夏！」

朦朧とする頭で、とっさに母が帰ってきたのだと思った。けれど、すぐにそうではないと気づく。

立夏の伯母さん――ママの、お姉さんだ。なんだかすごく怖い顔をしている。でも立夏のことを怒っているんじゃないみたいだ。

母は、この伯母のことが少し苦手らしかった。

いつだったか、伯母が母を責めるのをたまたま聞いてしまったことがある。ペットみたいに気まぐれに子供を可愛がって、無責任、母親としての自覚が足りない、と強い口調で叱る伯母に対し、母はふてくされたような表情で彼女を睨み返していた。あたしのすることが気に入らなくて文句ばっかり云う、姉さんは昔からいつもそう、あたしだって辛いのに、と不機嫌そうにこぼしていた。

母があからさまに嫌な顔をして避けるので、伯母は普段、アパートにはあまり来なかった。駆け込んできた伯母を見て、いつもと違うその様子に、何か大変なことが起きたのかもしれないと子供心に察知した。

「ママは?」

立夏の問いかけに、なぜか伯母はいきなり刺された人みたいに立ち尽くした。それから表情を歪め、畳に膝をついて、りっか、とかすれた涙声で口にする。大人がそんな頼りない声を出すのを、初めて聞いた。

次の瞬間、伯母に勢いよく抱きしめられた。汗ばんだ立夏の身体を抱きながら、伯母は声を押し殺して泣いているみたいだった。熱い息が頬にかかり、ううっ、と耳元で低い嗚咽《おえつ》が響く。

強い力で背中に回された手は、立夏を守ろうとしているようにも、逆にすがりつかれているようにも感じた。微かに震える伯母の掌は、汗か涙でぐっしょりと濡れていた。

……母が隣県の海沿いの崖から転落死したという事実を、立夏は葬儀のとき初めて知らされた。母の遺体は釣り人によってたまたま発見されたらしい。少し離れた崖の上に母の靴がハンドバッグと一緒にそろえて置いてあったため、身元が判明したのだという。母は、アパートを出たその日のうちに亡くなっていたものと思われた。

立夏がひたすら母の帰りを待ち続けていたとき、母はもう、この世の人ではなかったのだ。

もともと感情の起伏が激しく精神的に不安定だったシングルマザーが、一人で人気《ひとけ》のない場所を訪れ、将来を悲観して自ら命を絶ったのだろうというのが警察の判断らしかった。かつて母が心療内科に通院していたことがあるといった事実も、その見解を後押ししたようだ。

同時に、母が幼い立夏を一人きり家に残してたびたび外出していた——いわゆるネグレクトを行っていたという事実も明るみに出た。

「変な人が入ってきたら危ないから」とガラス戸を目張りし、大きな声を出さないようにと立夏にきつく云い聞かせていたのは、子供を一人で放置していることを近隣住人に気づかれ、児童相談所に通報されるのを懸念したためと思われた。

そうした事実を子供心にうっすらと理解しつつも、母に対する怒りや恨みの気持ちは、不思議と湧いてこなかった。

ただ、もう二度と母に会えないという事実が、どうしようもなく悲しかった。「可哀想に」と周りから憐れみの視線を向けられるたび、母が自分にひどい仕打ちをしたのだと云われているようで辛かった。母がもういないなどと信じたくなくて、警察から戻ってきた母の遺品を手に取ってみることすらできなかった。

……自分は、母に、置いていかれたのだ。

その後、立夏は子供のいない伯母夫婦のもとに養女として迎えられることになった。伯母が強く主張して立夏を引き取ってくれた背景には、姪に対する愛情よりも、義務感や責任感といった社会的な感情が先にあるようだった。生真面目な性格の伯母は、自分の妹がしでかしたことの尻拭いをしなければならない、と頑なに思い詰めているようにも見えた。

共に暮らし始め、伯母夫婦が真っ先に心配したのが、立夏のあまりにも内向的な性格だった。どうやら立夏には、常に大人の顔色を窺ってしまう癖がついているらしかった。それは、これまで立夏の世界がほとんど母との二人きりで構築されていたせいかもしれない。

母の望む正しい答えを返せば、母は機嫌が良くなった。立夏に優しくしてくれた。お留守番は嫌、置いていかないで、と駄々をこねると、途端に怖い顔になり立夏を叱った。母に嫌われたり、見放されたりしたくなかったから、いつも聞き分けのいい子でいようと意識していたのだ。

母に置き去りにされたという事実は、立夏の心に深い影を落としていた。……しかし。

母との別れを何度も思い返すうち、立夏の中で、次第に微かな疑念が生まれた。

――母は本当に、立夏を置いて自ら死を選んだのだろうか？

生きている母を見た最後となってしまった、あの朝のことがよみがえる。

玄関の前に立っていた母に話しかけると、母は硬い表情になり、「しっ、大きな声を出しちゃ駄目」と立夏を強くたしなめた。

母は立夏をアパートに残して出かけるとき、「騒いじゃ駄目」とよく云い聞かせていた。それは子供を一人で留守番させていることを近所に知られたくないからだろうと、幼いなりにうっすらと理解していた。

けれど、あのときは母も一緒にいた。立夏が特別に大声で騒いだわけでもない。なのになぜ、母は怖い顔で、わざわざ立夏に声を出すなと云ったのだろう？

それにもう一つ、気になったことがあった。

出がけに母は、身をこわばらせて真剣に玄関のドアスコープを覗いていた。普段、母がそんなふうにするのを一度も見たことがなかった。まるでドアの向こうに、恐ろしい何かが存在するかのようだった。

いや、もしかしたら、本当にそうだったのかもしれない。

……あのときドアの外には、母をあんなにも怯えさせる何者かがいたのでは？

母は綺麗な人だった。きちんとお化粧をして、華やかな服装を好んでいた。立夏を置いてしばしば一人で出かけていったことや、伯母から私生活について説教をされていた内容などからも、母に親密な相手がいたらしいことはなんとなく察せられた。

たとえば、母と関係のこじれていた交際相手がアパートへ押しかけてきたなどということはあるだろうか。大きな声を出さないよう、母が真剣な表情で立夏をたしなめたのは、娘をトラブルに巻き込みたくなかったためかもしれない。もしかすると母は亡くなった当日、その人物と共に隣県を訪れたのかもしれなかった。

そうだとしたら、一緒にいたと思われるその人物はなぜ、母の死を警察に通報しなかったのだろう？

母が自殺したと判断されたのは、崖の上に靴がそろえてあったことと、感情の起伏が激しい性格や生活環境が主な理由だった。母が自身の意思で飛び下りたという、明確な証拠は何もないのだ。

あの日、母と一緒に出かけた相手が、母の死に何らかの形で関わっていたら？　母を崖から突き落とし、自殺に見せかけてもし殺したのだとしたら……？

一度芽生えたそんな疑いは、立夏の頭からなかなか消えてはくれなかった。

何度も、母が崖から落ちる夢を見た。夢の中で母は恐怖の悲鳴を上げ、助けて、と立夏に訴えてくる。母の身にいったい何があったのかがまるでわからなかった。真実はどこまでも霧の中だ。だからといって、幼い立夏にはどうする術も見つからなかった。

地元の児童劇団に入ることになったのは、立夏が七歳のときだ。人前で自己表現をし、積極性を身に着けられれば、と伯母がすすめてくれたのがきっかけだった。

母の死にずっと塞ぎ込んでいた立夏を案じてくれたのだろう。興味を持ったらまず何にでもチャレンジしてみること、と伯母は諭すみたいに云った。

「周りに遠慮なんかしなくていいの。あなたがやりたいと思ったことを、自由にやってみればいいのよ」

正直なところ、演劇にそれほど関心があったわけではない。ただ、立夏がそうすることを伯母は望んでいるような気がしたので、云われるままなんとなく始めてみたという感じだった。

それに……母の楽しそうな声が、少しも頭をかすめなかったと云えば嘘になる。「大きくなったら女優さんになれるよ」と、母は幼い立夏に、何度も云っていた。

いざ劇団に入ってみると、以前よりも友達が増え、それなりに楽しいと感じることもあった。

初めての発表会はセリフが多い役どころではなかったけれど、伯母夫婦はそろって観に来た。最後、立夏たちが舞台に一列に並んでお辞儀をするとき、客席から大袈裟なくらい拍手をしてくれた。

九歳のときにそのオーディションを受けたのは、同じ劇団の友人に誘われたからだった。連続もののテレビドラマに出演する子役を募集しているのだという。

「運が良ければ芸能人に会えるかもよ」と、友人ははしゃいだ口調で立夏を誘った。

「一緒に受けてみようよ。なんか面白そうじゃない？」

そう、始まりはただの好奇心だった。

初めてのオーディションは、自分ではわりとよくできたように思えた。たぶん自分は他の子よりもほんの少しだけそういうのが得意だ、という自覚があった。

表現力うんぬんではなく、大人が求めているものを察するのが。

――結論から云うと、立夏はそのオーディションに合格した。

「うっそー、やった、立夏ちゃんすごいじゃん！」

友人が気分を害してしまわないかと不安になったけれど、彼女は立夏の報告を聞いて開口一番、そう叫んだ。

「……でも、ちゃんとやれるかどうか自信ないし」

遠慮と本音が半分ずつ混じった言葉を口にすると、もったいない、と勢いよく返された。

「せっかく受かったのに。絶対やりなよ」

合格した立夏よりも、彼女の方が飛び跳ねんばかりに興奮している。無邪気なその表情に、負の感情は一ミリも見当たらなかった。

両親から溺愛され、複数の習い事に通っているという彼女はさほど演劇に執着があったわけでもないらしく、ほどなくしてあっさり劇団をやめていった。

オーディションの結果を知った伯母夫婦はさすがに驚いた顔をしたものの、夫婦で話し合い、「立夏がやってみたいのなら」と出演に同意した。何事も経験だから、と応援してくれた。

生まれて初めて参加したドラマの撮影現場は、大人たちが真剣な表情で慌ただしく動き回っていた。出演者には、テレビで観たことのある芸能人が複数いた。

ものすごく緊張しながら、なんとか指示された通りに表情を作り、懸命にセリフを喋る。よくわからないことや難しいこともたくさんあったけれど、色んな人が自分を見てくれ、褒めてくれたのが単純に嬉しかった。学校のテストで満点を取ったときや、逆上がりができたときみたいな達成感があった。

出演したホームドラマ『クローバー』は、平凡な家族である岡田家《おかだ》の日常を描いた作品だ。岡田家は祖母と両親、長男に長女と次女の六人家族。

立夏が演じる末っ子の「つばさ」は、単純で向こう見ずなところもあるけれど、正義感が強くてまっすぐな性格。家族のことが大好きな少女だ。

これはお芝居なのだとわかっていても、賑やかな家族に囲まれ、当たり前のように愛される子供になれることは、立夏の中の空白を埋めてくれた。つばさを演じている間は、幼い自分が欲しかったものに手が届いたような気持ちになれた。どこにでもいる、仲の良い幸せな家族に。

『クローバー』はオーソドックスな家族ドラマの形式を取りながらも、時にいじめやジェンダーといったセンシティブな内容や、時事的な題材が巧みにエピソードに盛り込まれ、幅広い層に受け入れられた。

当初想定していた以上にお茶の間で人気を博し、結果、八年にもわたって放送される名物ドラマに成長した。

TAKE1　オーディション

カメラに映らないよう、ショートカットの毛先を直す。

妙に落ち着かないのは、少し緊張しているせいかもしれない。

いま行われているのは、情報番組のエンタメコーナーの撮影だった。『クローバー』の最終回、二時間スペシャルのための番組宣伝だ。

前列の椅子に祖母と両親が座り、その後ろに子供たち三人が立つ。岡田家の面々にとって、もはやおなじみの立ち位置だ。それから家族を挟む形で、準レギュラーの役者二人も後列に並んだ。

インタビュアーからの質問に、両親役のベテラン俳優らが答えている。「放送開始時は小さかったうちの子たちが、こんなに成長して」「私らも年を取るわけよねえ」と、ドラマの内容を振り返りながらしんみりとした口調で語る。カメラの前で情感を込めた喋り方をするのは職業病みたいな部分もあるけれど、実際、彼らとはそれくらい長い時間を共にしてきた。

……ドラマがスタートしたとき十歳だった井上《いのうえ》立夏は、最終回の収録時、十八になろうとしていた。

「成長したといえばですね」

ふいにインタビュアーがこちらを見た。意味ありげな表情になり、わざとらしく声をひそめて尋ねてくる。

「ドラマの中で、つばさちゃんと翔真《しょうま》君は好敵手って感じでよく口喧嘩をしますよね。だけどつばさちゃんがピンチになったときには、翔真君は誰よりも頼もしい味方になってくれたり。そんな二人の進展をドキドキしながら見守ってきた視聴者も多いと思うのですが、実際のところ、演じるお二人の関係はどうなんですか？」

「翔真」とは岡田家の近所に住む、つばさの幼なじみの役どころだ。隣に立つ、黒髪で切れ長の目の青年と一瞬だけ視線を交わす。「翔真」役の三原秋也《みはらしゅうや》はキッズモデル出身で、同い年の立夏よりも芸歴が長い。

立夏はにっこり笑って、質問をしたインタビュアーを見た。

「はい、おっしゃる通り、翔真とはドラマの中でちょっぴり仲が悪いんですけど。私生活では、実は——」

インタビュアーを真似るように声をひそめ、間をためる。

「——すっっごく、仲悪いんです！」

眉間にしわを寄せて芝居がかった口調で叫ぶと、周囲からどっと笑い声が上がった。

「もう、翔真って本当に口うるさくて。物を置きっ放しにしてだらしないとか、お菓子食べ過ぎとか、いちいち説教してくるんですよお。お母さんかって感じで」

秋也が肩をすくめ、「我関せず」というようにそっぽを向く。立夏は唇を尖らせ、拗《す》ねたように声を張り上げてみせた。

「ムカつく！」

スタッフの間から微笑ましげな笑いが起こる。ドラマの中で繰り返されてきた、「つばさ」と「翔真」のお決まりのじゃれあいだ。

二人の関係性を、一部の視聴者が甘酸っぱいニュアンスで捉えているのは知っていた。この二人の掛け合い最高、早くくっつけばいいのにじれったい、などという感想が多いことも。

けれどももし演じる立夏と秋也が現実で深い仲だとしたら、視聴者はたぶん引くのではないだろうか。彼らは、十代の若者の爽やかでもどかしい関係性にエンタメとしてときめきたいのであって、肉欲を感じさせる生々しい男女の恋愛は見たくないのだ。

実際のところ、役を離れてしまえば、互いの間に特別な感情はない。幼少時より人に見られる仕事をしてきた秋也は、周りから求められる役割をよくわかっている。立夏にとって異性というよりも、同志という言葉が近い気がする。

結局、自分たちは似た者同士なのだろう。

「長く放送されてきた『クローバー』もいよいよ最終回を迎えるということで、最後にひと言ずつ、コメントをお願いいたします」

インタビュアーに振られ、立夏は一瞬だけ考えてから表情を作った。カメラに向かい、少年みたいにかっと笑う。

「最後なんだから、絶対観てよね。約束だよ！」

まっすぐに指を突きつけ、元気よく口にしてみせる。そう、つばさならそんなふうに云うはずだ。こういう場面で湿っぽく涙を見せたり、未練がましい言葉を吐いたりなんて、きっと彼女はしないはず。

それから、深く息を吸い込んだ。

「――私にとって」

微笑んでカメラを見つめながら、言葉を続ける。

「現場の皆がファミリーでした。……ううん、これからもずっとファミリーです」

それは、偽りのない本心だった。


最終回が放送され、真っ先に感じたのは、長いこと抱えていた荷物を手放したようなさみしさと安堵だった。それから間を置かず、広い海に突然放り出されたみたいな戸惑いがやってきた。

……この先、自分は一体、どうしたいのだろう？

そんな迷いが胸を占める。

『クローバー』が終わった後、いくつか役者として依頼が来た。

そのうちの一つは単発の青春ドラマで、立夏にとっては初めての主役だった。爽やかなラブコメディーで立夏が演じたのは、活発な少女の役どころだった。まるで、そのままつばさを連想させるような役だった。

なんとなくイメージを変えてみようかと思い立ち、髪を長く伸ばそうとしたら、「立夏にはやっぱりショートが似合うんじゃない?」とマネージャーに首をかしげられた。女性らしい雰囲気のメイクを試してみても、周りから返ってきたのは同じく、いまいちな反応だった。

「うーん、なんか違和感があるんだよなあ。らしくないっていうか」

やがて立夏は、その事実を痛感せざるを得なかった。

——世間にとって、自分は井上立夏という役者ではなく、どこまでも「つばさ」なのだ。

これまで、自分なりに精一杯つばさを演じ続けてきた、という思いがあった。ドラマの中で一家は多くの視聴者に見守られ、親しまれてきた。

岡田家の末っ子。まっすぐで負けず嫌いな、お元気少女。立夏の声に、容姿に、周りは当たり前のようにそうしたキャラクターを重ねて見ているらしかった。

町で見知らぬ人が自分に気づくとき、つばさちゃんだ、とたいてい役の名前で呼ばれる。インタビュー取材などで好きな映画を聞かれ、ややクラシックなタイトルを挙げると、「つばさちゃんもそういう渋いの観るんだねー」と、にこにこしてそんなふうに返される。

役のイメージと同一視されているのだ。

そうした周りの反応に、今までは何ら疑問を抱かなかった。むしろ、つばさというキャラクターに対して皆が身近な人物のように親しみを感じてくれているのだと思え、そんな役を演じられることが誇らしかった。

けれどドラマが終了した今もなお、亡霊のように、つばさは自分に付きまとう。

世間一般に聞く、子役は大成しない、というジンクスがふと脳裏に浮かんだ。

子役の多くは子供の頃の愛らしいイメージからうまく脱け出せず、年齢を重ねるにつれて仕事がなくなっていくのだという。

『クローバー』に出演していた知名度のお陰で、仕事の依頼はそれなりにあった。しかしそれらの仕事は、大なり小なりドラマのネタを振られたり、つばさとしてのイメージを求められるものがほとんどだった。

自分はいつまで、その期待に応え続けなければいけないのだろう。

つばさを演じ始めたとき、立夏はまだ十歳だった。そしてドラマが終了した現在、自分はもう成人の年齢を迎えている。……いつまでも無邪気な少女のままでなど、いられるはずがないのに。

皆の中にずっとつばさが存在し続けるなら、生身の自分は――井上立夏は、どこにいる？

かつて一世を風靡《ふうび》した有名人を捜索し、あの人は今どうしているのか、と追跡するようなバラエティ番組がある。元アイドル歌手や、一発ギャグの流行ったお笑い芸人などの現在の姿を紹介するものだ。

番組で捜し出された彼らの多くは、芸能界とは縁遠い世界で生きている。一般企業に勤めていたり、シングルマザーとして仕事と育児に奮闘していたり。

その生活ぶりを紹介するＶＴＲを観ながら、スタジオにいるタレントらがコメントする。わあ、相変わらずお綺麗ですね。懐かしい、全然変わってなーい。

照明を浴びてスタジオ内でそんなことを口にする出演者らの表情には、心なしか優越感がにじんでいる気がする。自分はあの人とは違う、と。

かつての有名人は、たとえ今どんな状況にあったとしても、「消えた」「終わった」人とみなされる。まるで余生を生きているかのような扱いを受けるのだ。テレビを観ながら、そんなふうに感じてしまった自分にうっすら嫌悪を覚えた。だけどきっと、それはある意味で事実だ。

一度世に出たら、皆の知る何かになってしまったら、それを辞めてしまうことは挫折であり、世間では敗北と受け取られるのだろう。表舞台に立ってしまった人間は、その後ずっと、望みもしないツケを払わされる。

夢を叶えられなかった人間なんて世の中にはたくさんいるのに、落伍者として憐れみの目を向けられ続けるのだ。

自分がそうならないために、必要なことは明らかだった。つばさのイメージから脱却しなければならない。

日に日に、胸の内で焦りと不安は増していった。

その日は駅の近くの飲食店に入った。店内はそれなりに客が混み合っていた。隅の方の席に着き、目深《まぶか》に被っていた帽子を取る。

空腹だったけれど食欲はあまり湧かず、なんだか胃がむかむかした。

ぼんやりとメニューを眺めていたとき、前方から視線を感じた。

顔を上げると、オーダーを取りに来たらしい割烹着姿の中年男性と目が合った。その顔に、たちまち覚えのある表情が広がっていく。

あ、と嫌な感触を覚えた直後、「つばさちゃん？」と声をかけられた。

「つばさちゃんだよね？　うわあ、本物だ」

戸惑いを浮かべる立夏を凝視したまま、人の好さそうな丸顔の中年男性が目を輝かせて喋り出す。

「『クローバー』、いつも家族で楽しく観てたよ。おじさんの子供もつばさちゃんのこと大好きでねえ、よくドラマのセリフを真似したりしてたっけ。まさかうちの店に来てくれるなんて、いや感激だなあ」

にこにこと話す彼の顔には、まるで親戚の子に会ったような親しみと、純粋に会えて嬉しいという興奮がにじんでいた。立夏に向かって、得意気に続ける。

「つばさちゃんはカツ丼が大好物なんだもんね？　おじさん、知ってるよ。若い女の子なのに気持ちのいい食べっぷりだなあ、っていつも感心して観てたんだ。サービスしちゃうから、よかったらうちの自慢のカツ丼もぜひ食べていってよ」

善意百パーセントの笑顔で無邪気に口にされ、とっさに頬が引き攣りそうになるのをこらえた。ドラマの中で、つばさが好物のカツ丼を「いただきまーす！」と元気よく頬張るのは視聴者にとっておなじみのシーンだ。

彼の妻らしい中年女性が近づいてきて、慌てた様子でたしなめる。

「もう、お父さんたら！　いきなりご迷惑でしょう」

それから立夏に向かって、すみません、と恐縮した表情で頭を下げた。

周囲を見渡すと、アルバイトらしき若い店員が自分たちを見ているのが視界に入った。近くの席の客も、今のやりとりで立夏に気づいたように、なにやら期待のこもった眼差しでこちらを窺っている。

考えなくても、言葉が出ていた。

「やったあ、ラッキー！　おじさん、ありがとう」

屈託なく見える笑顔を浮かべて、Vサインを作ってみせる。

中年男性が厨房に向かって、「カツ丼ひとつ、特別サービス大盛りでッ」とはずんだ声を張り上げた。


駅の公衆トイレの個室でうずくまり、便器に向かってえずく。

ああ、せっかく作ってくれた料理が台無しだ。じわりと視界がにじんだ。

トイレの個室でしゃがみこみ、無様に嘔吐する自分。こんなみっともない、惨めな子はつばさじゃない。

どんな逆境にあっても、つばさは逃げない。諦めない。

ふと、視聴者の反響が大きかったドラマの回が頭をよぎった。つばさと、教室で浮いている女子生徒の友情の話だ。

悪い噂があり、周りから敬遠されているクラスメイトの和美《かずみ》が万引きをするところを、つばさが偶然目撃してしまう。和美を問い詰めたつばさは、彼女が複雑な家庭環境にあり、悪いグループに脅されて犯罪行為に加担させられていることを知る。

つばさは和美を説得してグループから抜けさせようとするが、それに怒った不良仲間たちにより、和美は連れ去られて暴力を受ける。和美が捕まっている場所を突き止め、彼らの隙を突いてどうにか彼女を助け出すつばさ。よろめく和美に肩を貸し、降りしきる雨の中を二人で懸命に逃げようとする。

しかし怪我をした自分を連れていては、追ってくる不良たちから逃れられないと察した和美は、つばさを危険に巻き込むことを恐れ、「置いていって」と口にする。

「……もういいよ、私を置いていって。恨まないから」

諦めと絶望を浮かべてそう呟く和美に、つばさは目を瞠《みは》った直後、唸るように云った。

「――恨むよ」

激しい雨に打たれながら、火のような眼差しでまっすぐにつばさが叫ぶ。

「アンタを置いていったら、あたしがあたしを恨む。ふざけんな……！」

ふらつきながらも「絶対、見捨てたりしない」と和美を支えて必死に前へ進もうとするつばさの姿は共感を呼び、ネット上で「神回」などと評された。

つばさちゃん格好いい、諦めずに立ち向かう姿に勇気をもらいました、といった当時の感想が脳裏に浮かぶ。

便器の前でうずくまったまま、弱々しく呟いた。ねえ、お願いだから、今の私を。

「……助けてよ、つばさ」

◇

「あの高遠凌《たかとおしのぐ》が復帰するらしいよ。まだ噂の段階だけど、新作映画に出る役者を探してるって話」

とあるサブカルチャー映画のイベントが新宿であり、上映後に業界関係者のみで催されたささやかな交流会でのことだった。

仕事で世話になった役者がその映画に出演しているため、立夏は誘われるまま催しに参加した。そこで面識のある男性プロデューサーが、秘密めかしてそう口にしたのだ。

「あ、あの高遠監督、が？」

立夏はまばたきをして繰り返した。

高遠凌は、業界において「鬼才」と称される映画監督だ。二十六歳で初監督した商業映画『蝶は土の中に埋まってる』は、個性の強い作風から映画ファンの間で賛否両論を巻き起こした。内容が暗い、長尺、などと一部で批判されながらも口コミでロングランヒットを記録し、国内で数々の賞を受賞したのだ。

新人の初監督作、しかも取り立てて有名な俳優が出演しているわけでもない作品としては異例の反響だった。

高遠はその後も『見知らぬ夏至に』『REN』『十月、その残滓』など質の高い話題作を発表し続け、停滞気味とされる邦画界で頭ひとつ抜けている存在となった。

独特の映像美は「高遠ワールド」と呼ばれ、その作風は繊細にして鮮烈、暴力的にして抒情的、などと評されている。高遠映画の熱烈なファンを公言する著名人も多かった。

そんな彼の代表作と云われているのが、ある男女の悲恋を描いた『夏の桜』だ。

『夏の桜』は海外の大きな賞を取り、業界の内外で高く評価された。そのときの華々しい報道のされ方は、立夏もよく覚えている。

立夏自身、映画は好きで、役者の仕事をしていることもあり意識して色々な作品を観るようにしていた。仕事で付き合いのある人が関わった映画を観に行くこともあったし、周りから勧められて観ることも多かった。

本音を云えば、映画というジャンルに対し、テレビドラマと比べて特に大きな隔たりを感じていたわけではない。しかし、初めて高遠監督の作品に触れたときの印象はあまりにも強烈だった。

映像や演出は斬新でありながら、郷愁めいた感情がいつまでも胸に残る、美しい作品。

この映画が、自分がこれまで携わってきたドラマと同じようなやり方で作られているという事実がピンと来なかった。うまく云えないけれど、自分が触れたことのない特別なもの、という感じがした。まるで別世界を覗き見ているような感覚だった。

以前、高遠の映画について、目の前の彼に話したことがあった。すごい、本気で揺さぶられる映画だった、とそのときの自分は興奮気味に語ったはずだ。たまたまそれを思い出し、話題にしたのだろう。

しかし世間から注目される中、高遠は数年前に業界から突然姿を消した。

謎の失踪を遂げた彼について、犯罪をおかして芸能界にいられなくなったらしいとか、実は異常な人物である、といった物騒な噂がまことしやかに囁かれた。

——そんな彼が業界に舞い戻り、再び新作を撮るという。

もしその映画が公開されたら、きっと少なからず世間の注目を集めるに違いない。

「それ、本当ですか？」

「詳細はわからないけど、出演者を公募するなら、立夏ちゃんの事務所にもオーディションの話が行くかもね」

その言葉に、拳をぎゅっと握りしめて立夏は呟いた。

「やってみたい……」

立夏の強い反応に、男性プロデューサーは少し困ったように付け加えた。

「でも、もしかしたら立夏ちゃんのとこは難しいかもね。マネージャーさんうるさいでしょ」

男性プロデューサーの言葉に一瞬肩を落とし、それを隠すように立夏は笑った。

その後、会場で誰とどんな話をしたかは、ほとんど覚えていない。悶々としたまま建物を出て、駅に向かって一人で歩き出した。

梅雨空の下を歩きながら、胸の内を色んな感情が巡る。いつか自分に向けられた誰かの言葉が、表情が、めまぐるしく浮かんでは沈んでいった。

（つばさちゃんだよね？　うわあ、本物だ）

（つばさちゃんもそういう渋いの観るんだねー）

周りが望んでいてくれる「つばさ」でありたい、皆をがっかりさせたくない。もちろん、それは事実だ。

……だけど本当は、「つばさ」に囚われているのは、誰よりも自分自身なのかもしれない。「つばさ」から逃れたいと、脱け出したいと本気で望んでいるはずなのに、その一方で、つばさでなくなることをひどく恐れている自分がいる。

だって、つばさを失ったら、空っぽの自分に何が残るだろう？　現実の自分は、実の母親にすら捨てられた、置いていかれた人間なのに？

ずっと無我夢中でつばさを演じてきた。色んな人が、立夏の演じた明るいまっすぐな少女を好きになってくれた。

ドラマの視聴者から立夏に手紙が送られてくることもよくあった。ある手紙には、両親が共働きだという小学生の女の子からのメッセージが切々と綴られていた。忙しい両親は帰りが遅く、いつも一人きりで夕飯を取っていたけれど、『クローバー』を観ながらご飯を食べるときは岡田家の皆と一緒にいるみたいでさみしくなかった、これからもずっと大好きです、というその手紙を読んだとき、思わず胸が熱くなった。

つばさに励まされたという彼らの声に、立夏自身が励まされてきた。

結局、自分は今まで作り上げてきた「つばさ」が大切なのだ。そんなのは当たり前だった。

――怖くて、誰にも云えなかったことがある。心の奥底に、ずっと横たわり続ける恐れが。

自分は、本当は役者ではないのではないか？

幼い頃、狭くて暗いアパートの部屋で、いつもぬいぐるみを相手に家族ごっこをしながら一人ぼっちで母を待っていた。もしかしたら自分は役者として仕事をしていたのではなく、あのときと同じように、温かい家族ごっこをただ楽しくしていただけなのではないか……？

これから先、プロの役者として「つばさ」と同じように、もしくはそれ以上に役を演じることなどできるのだろうか。

このまま「つばさ」を乗り越えられなければ、そう遠くないうちに自分は潰れる。

役者として成長したい気持ちと同時に、これまで大切に育ててきたキャラクター像を否定することに対しての、葛藤があった。

蒸し暑い空気の中、足が止まった。動き出せないまま、うつむいてじっと立ち尽くす。一分……二分。

しばらくして、立夏は顔を上げた。これは自分にとって大きな賭けだ。……確かめたい。自分は偽物なのか。はたして本物になれるのかどうかを。

どうか今だけ、諦めずに前へ進むつばさの勇気を、貸して欲しい。

深く、大きく、息を吸い込む。

それからおもむろにスマホを取り出し、立夏は電話のアイコンをタップした。

「高遠監督の新作映画のオーディションを受けたいですって？　本気で云ってるの？」

マネージャーの口から、否定的な言葉が返ってきた。苦々し気な口調で諭される。

「高遠監督の噂について、あなたはよく知らないんでしょうけど……」

高遠は映画界でその才能を高く評価されている監督ではあるが、同時に不穏な噂のつきまとう型破りな人物でもあった。彼が失踪していたという件について、業界内でどこか触れてはいけないような空気があるのは周知の事実だ。そもそも失踪する以前から、高遠には「鬼才」の呼び名と共に、いくつもの不穏な噂がついてまわっていた。

いわく、常識を無視したかなり奇抜なやり方で映画を撮るらしい。完璧主義な監督の要求に応えられず、再起不能になった俳優もいるらしい……。

高遠の作品に関わるのは、色々な意味でリスキーなことに違いなかった。

それに高遠の撮る映画は個性が強く、独特の世界観を有している。

もし、運よく立夏が高遠作品に関われたとして、これまで世間に抱かれていた明るく健康的なイメージを壊してしまう可能性は十分に考えられた。役者としての立夏にとって、それが凶と出るか吉と出るかはわからない。

立夏向きの案件ではないからやめた方がいいのではないか、と説得されたけれど、今回ばかりは首を縦に振らなかった。これまで一緒にやってきてくれたマネージャーのことは信頼している。けれど、この作品に挑戦することが、今の自分にとってどうしても必要だという気がしたのだ。

「どうしても、やってみたいんです！　そう思ったのは初めてで……」

結局、事務所は立夏の希望に同意した。彼らが高遠と関わることを許したのはもしかすると、役者として思い悩んでいる様子の立夏を彼らなりに案じ、気の済むようにさせてやろうと思ってくれたのかもしれない。

書類選考を経て、いざオーディション会場とされる建物に向かうとき、自分でも意外なほど緊張しているのに気がついた。だけどその感覚は、もしかしたら自分に訪れるかもしれない新たな何かを予感させた。

受付を済ませて番号札を付け、他の参加者らと控室で待つ。こういう場に特有の、そわそわと落ち着かない空気が室内に漂っていた。念入りにリップクリームを塗る子や、コンパクトミラーを取り出して髪の乱れをチェックする子。そこにいるほとんどの参加者が、他の誰かではなく、自分が選ばれるための戦闘準備に余念がない様子だ。

やがてスタッフらしき男性が現れ、立夏たちに向かって告げる。

「応募者の方は、呼ばれた順番に一人ずつ別室に移動してください。その場で、お渡しする台本を読んでいただきます」

周囲で、微かなざわつきが起こった。いきなり個別の演技審査が始まるという説明に対し、戸惑ったような空気が漂う。

立夏も勿論ドラマなどのオーディションを受けた経験はあるが、自己紹介をする間も与えられずに、しかもグループ審査でもなく、最初から単独で芝居をするよう求められたことなど一度もない。

……高遠の映画においては、事務所の名前もこれまでのキャリアも、ほとんど重要視されないのだ。

純粋に演技の出来と、本人の資質だけで判断されるに違いない。

実際、彼の映画に出演しているのは上手い役者、いい役者が多い。さらにはまだ世間に名を知られていない役者や、畑違いの人間など斬新な起用をしており、高遠作品への出演を経て俳優としての才能を開花させた者も複数いた。

立夏の知り合いも、数年前に高遠の映画に脇役として出演していたが、こんなに味のある演技をする人だったのか、と映画館で目を瞠ったものだ。それゆえに高遠監督との仕事に魅力を感じ、出演したいと熱望する役者も多いと聞く。

人気のホームドラマに出演して得た知名度など、この場所では意味を持たない。身を硬くして待つうちに次々と番号が呼ばれ、立夏の順番がやってきた。

「オーディション会場」と紙の貼られた扉を開けると、広い板張りの稽古場が現れる。奥には机が横一列に並び、関係者らが席に着いてこちらを見ていた。

室内に足を踏み入れた瞬間、効き過ぎなほどの空調が衣服を冷やすのを感じた。一瞬ぶるっとしたのは冷えた空気のせいか、それとも身震いか。

進行役らしき男性に名前を呼ばれて確認され、「よろしくお願いします」と慌てて笑顔を作り、挨拶した。

さりげなく視線を動かし、撮影カメラの位置を確認する。おそらく自分がこの部屋に入ってきた瞬間から、彼らの品定めはもう始まっている。

関係者たちを見ると、暑苦しいスーツ姿の大人たちが座る中、一人だけ不自然なほどラフな格好をした男性と目が合った。

三十代後半といったところの、身軽なポロシャツ姿のその男性は、今ここにゾンビが襲ってきたら戦える唯一の大人みたいに見えた。顔立ちは整っているのに、二枚目とか、美男子といった表現がしっくりこない。凶暴な印象さえ与える鋭利な目つきのせいかもしれない。

輪郭がくっきりと際立っている人、だった。その人物が誰なのか、すぐにわかる。

——彼が、高遠凌だ。

ペットボトルのお茶に手をつけることすらせず、真正面から彼が向けてくる視線に、肌が削れるようなぴりっとした空気を感じた気がした。

畏怖にも似た感情を覚えて立ち尽くしていると、プリントを一枚、渡される。

「さっそくですが、こちらのセリフを読んでいただけますか」

スタッフから指示されてプリントに視線を落とした。文字を目で追いながら、戸惑いを浮かべて呟く。

「これって……」

そこに書かれているのは、覚えのあるセリフだった。

高遠の代表作とも云われる、『夏の桜』の一シーンだ。ヒロインが、決して叶うことはないと知りつつも愛する人へ淡々と思いを告げる、有名な場面。

切ない恋心を抱くヒロイン役の女優はあまりにも可憐で、印象的だった。真夏の風景の中、静かに涙を流して佇む彼女の周りに、散りゆく桜の花びらが見えるような気さえした。

印字されたセリフを凝視する。映画の中であれほど完成度の高いものを見せつけておきながら、同じ場面を演じるよう要求してくるだなんて、ひどく残酷で容赦がないように思えた。

だってこんなの、どうやったってきっと物真似にしかならない。

じわりと掌に汗がにじんだ。焦りと混乱を隠すように、息を吐く。それから云われた通りに、プリントに書かれたセリフを読み始めた。

「『……さよならって言葉の意味を知ってる?』」

セリフを口にしながら、自分を見ている高遠の視線を意識した。なんて強い眼差しだろう。近くにいるだけで落ち着かなくさせるような存在感に、つい集中を妨げられる。圧倒的な力がすぐ側にあって、気を抜けば呑まれてしまいそうな感じだった。

ねじ伏せられないように、吹き飛ばされぬように、必死でしがみつかなければいけない感覚に襲われる。いったい何を望まれているのか、はたして上手くできているのか? 不安が奔流のように押し寄せてきて気持ちをかき乱す。自分はどう評価されるのだろう。周りからどんなふうに見えているのだろう。

懸命に演技していたそのとき、男性の声が響いた。

「今、何を考えてた?」

遮るように声をかけられる。——声を発したのは、高遠だった。

高遠が、まっすぐに立夏を見据える。

「何も考えてなかったろ」

そう口にした彼の眉間にしわが寄っていた。棒立ちになった立夏から目を逸らさないまま、真顔で高遠が云い放つ。

「子役芝居をしようとするな」

強烈な言葉に、息を呑んだ。……見抜かれている。今しがたの葛藤を、おそらく全部。

ふいをつかれて固まったのは一瞬だった。その言葉で、覚悟が決まった。

——何のためにここに来たんだ。変わりたい、そのためのチャンスを掴みたいと、自分自身がそう望んだからではないのか。

「……すみませんでした」と素早く返し、唇を噛んで、プリントから顔を上げる。セリフはもう、頭に入っていた。自分自身を叱咤する。

虚空《こくう》を見つめ、そこにいる愛しい存在を思い浮かべて言葉を発する。演じながら、映画で観た非の打ちどころのない、儚く可憐なヒロインが脳裏をよぎった。

だけど違う。自分はもっと苛烈に、無様に、あがいてみせる。

正面に視線を向け、射貫くように口にする。

「『愛してる』」

これはただの執着かもしれない。自分が抱いているのは、傍から見たら愚かな妄執に過ぎないのかもしれない。たとえそうだとしても。

『──あなたが大好きで、憎らしい』」

自分は散らない。今は、まだ。

◇

「一次審査を通過したわよ」というマネージャーの声を電話越しに聞いたとき、立夏は声をはずませた。

「やった、私、次に進めるんですね？」

しかしいざ当日になり会場に入ると、前回以上に重苦しい空気が待合室には漂っていた。身がすくみそうなプレッシャーを感じてしまう。

……しっかりして、今は求められた役割を演じてみせなければ。

通路のソファに座って面接の順番を待っていると、ドアが開き、立夏の前の番号札を付けた少女が会議室から出てきた。セーラー服姿で頬を上気させ、「ありがとうございました！」と少女が元気よく室内にお辞儀をする。

軽やかに歩いていく後ろ姿を見やり、少しだけ胸に刺さるような痛みを感じた。学生服を着ていた無邪気な自分が、影法師みたいにあの少女についていってしまった気がした。

感傷に浸る間もなく名を呼ばれて入室する。関係者らの視線を受け、意識してぴんと背すじを伸ばした。胸を張れ、と自らに云い聞かせる。

少しでも、自分を価値あるものに見せられるように。

「双葉エージェンシーから来ました、井上立夏です」

自己紹介をしながら屈託のない笑顔を浮かべてみせる。「つばさ」を演じる中で手に入れた、唯一の特技だ。

「高遠監督の作品を拝見しました。ストーリーも演出も素晴らしくて、出演された方々の演技に感動して」

快活な口調を意識して志望動機を話し続ける立夏を、高遠が見ている。数多《あまた》の情報の中から重要なものだけを見極めようとするかのような視線に、言葉が途切れた。

自分が今伝えたいのは、伝えるべきなのは、本当にこれなのだろうか。

「私は……」

喋ろうとしていた内容を見失い、膝の上で拳を握る。耳の奥で、ごうごうと音が鳴っている。まるで嵐みたいな音だ。

……そうだ。ここには隠れる場所なんてない。自分はもう、選んでしまったのだから。

顔を向けると、高遠とまっすぐに視線がぶつかった。混じり気のないその眼差しが、立夏の言葉を待っている。上っ面をなぞるだけの言葉じゃない、本心を。

「……たぶん、私は役者じゃなくて、〈つばさ〉なんです」

計算するよりも先に、そんな言葉を発していた。関係者の間に一瞬、驚いたような空気が流れる。その中で、高遠だけが静かにこちらを凝視している。

先を促されている気がして、言葉を続けた。

「〈つばさ〉じゃない私は、たった一人の大切な人さえ引き留められなかった無力な子供で、もしかしたら誰かに見てもらう資格なんてない、無価値な人間なのかもしれません」

云いながら、胸の奥がひりつくように痛み出す。真実とは痛いものなんだな、とそう思った。

「だけど」と、苦い気持ちに抗うように口を開く。

「私は、周りが抱いている〈つばさ〉のイメージから脱け出したい。それと同じくらい、私自身が〈つばさ〉から脱け出したい。役者としての可能性を摑みたい」

目を逸らさず、挑むように、宣言する。

「そのために、あなたの映画に出たいんです」

立夏がそう口にした途端、探るように見つめていた高遠の目つきが変わった。

形が変わったわけじゃないのに、彼の中で何かが大きく変化するのがはっきりと感じられた。

くっ、と低く笑う気配。それから高遠がおもむろに口を開く。

「オレの映画を利用するって？」

今まで無言だった彼が発言すると、空気中にぴりっと静電気のようなものが走った気がした。

まるで宿敵にでも会ったみたいな鋭い光が、彼の目に宿っている。他の関係者らが、どこか窺うように高遠を見ている。

不快感だけではない、本能的な熱に似たものが彼の内からにじみ出る気配を感じた。

互いに刃を向け合うような張りつめた空気の中、高遠の発していた場違いに不穏な色が、ふいになりをひそめる。

「――役が欲しいなら取りに来い」

台風の目に入ったみたいに、唐突に訪れた静けさに気圧《けお》された。高遠が真顔で続ける。

「君に、その覚悟があるならな」

凪いだ声が、立夏の持ち時間の終わりを告げた。

挨拶をして会議室を出た瞬間、ぬるい空気が肌に触れる。思わず肩から力が抜けた。

そのときになってようやく、立夏は自分がいつのまにか息を詰めていたことに気がついた。

TAKE2　無人島

エンジン音が変化した。

抜けるように青い空の下、船が島に近づきながらスピードを落とし、着岸態勢に入る。

ここに来るまでの経緯をぼんやりと思い返していた立夏は揺れにふらつき、とっさにデッキの手すりを摑んだ。やや冷たい潮風が吹きつけ、乱れ髪が顔にかかる。水面に反射する陽射しが眩しい。

自分の置かれている状況を再確認し、立夏はあらためて気を引き締めた。

映画の最終オーディション。最終候補に残っているのは、立夏を含む五人の少女たち。

これから映画の舞台となる孤島で、二泊三日のオーディション合宿が行われる。けれどその詳しい内容は参加者には一切知らされないという、オーディションとしては異例の形式だ。

ふいに、オーディション会場で対峙《たいじ》したときの高遠の声がよみがえった。

(――役が欲しいなら取りに来い)

逃げを許さない、真摯な視線が問いかけてくる。

(君に、その覚悟があるならな)

立夏は掌を握り締めた。……ついに、ここまで来たのだ。

間もなく、船は目的の島に到着した。下船の準備で、周りがにわかに慌ただしくなる。

三時間ぶりに陸地に降り立つと、まだ地面がゆらゆらと揺れているような気がした。人間の感覚って簡単に狂うものなんだな、と妙な感慨を覚えてしまう。

小さな港を見回すと、こぢんまりとした待合所が視界に入った。「離島待合所」と短い庇に書かれた文字は薄れ、色褪せたベンチに植物が絡みついている。少し離れた位置に観光客向けと思われる案内板が立っていたが、その表面は錆びついており、もはや内容が判読できなかった。

足下のコンクリートに、陽にさらされてすっかり干からびた魚の死骸が落ちている。

かつてはこの島に人が住んでいたらしいが、今は無人なのだと船内で聞かされた。

エンジン音が止むと、波が船壁を打つ音や風の音、上陸する自分たちの足音などが急に意識された。音のひとつひとつがやけに大きく、クリアに聞こえる。周辺の人や物が圧倒的に少ないせいだろう。

普段、自分たちがいかに情報の洪水にさらされているかを実感する。少し前まで都会の喧騒の中にいたのが嘘のようだ。

立ち止まって周囲を眺めている間にも、スタッフらが撮影機材や、宿営に必要な荷物を運び出していく。

ふと近くにいた男性スタッフが腕を持ち上げ、真顔でこちらに敬礼をしたように見えた。すぐにそうではなく、陽射しを手で遮ったのだと気がつく。あらためて見回すと、周囲のスタッフは二十代から三十代と思われる者が多かった。タオルやバンダナを頭に巻き、ジーンズにTシャツ姿で荷物の積み下ろしに動き回っている。

若い年代のスタッフから、ドラマ観てたよ、と現場で親し気に話しかけられるようなことは珍しくなかった。今日は監督が二日酔いで不機嫌そうだから気をつけて、などとこっそり耳打ちしてくれたり。

けれど今回、彼らは立夏たちから一様に距離を取っている気配があった。必要なとき以外は一切近づかないよう、意識してそうしている感じがした。

まるで何かが起こるのを待っているような、独特の空気が場に漂っている。

自分の意思でここに来たのに、胸の内でもやもやと不安が大きくなった。

視線をさ迷わせ、関係者たちの中に高遠を捜す。しかし肝心の本人はどこにも見当たらなかった。朝早くに集合してから島に到着するまで、今日は一度もその姿を見かけていない。立夏は首をかしげた。

と、船の操縦士と何やら話していた茶髪の男性スタッフが近づいてきて、立夏たちに向かって告げた。

「では、宿泊先に移動します。十分ほど歩きますので、候補者の皆さんは荷物を持ってついてきてください」

それぞれに返事をし、案内されるまま歩き出す。他のメンバーも緊張しているのか、なんとなく無言の行進になった。

水の上では涼しいような気がしていたが、地面を歩くと強烈な陽射しが存在感を主張した。早くも背中を汗が伝う。

体液みたいな潮のにおいが漂う中、移動しながら辺りの風景を観察した。港の隅に、朽ちたボートや軽トラックが打ち棄てられている。コンクリートの割れ目から雑草が生え、大きなアリが歩いていく。あちこちの緑が風にざわめいているが、枝が伸び放題のそれらは計画的に植えられた街路樹というよりも、もはや自然そのものといった風体だった。

住民がこの島を去ってから、だいぶ年月が経っているのだろう。

そのとき目の端に、少し後ろを歩く色白な少女の姿が映った。

白い帽子を被った長い髪の少女は、ハンドルに桜色のスカーフを結《むす》んだキャリーバッグを引いている。まっすぐな髪の毛が、彼女の不安な心情を表すかのように揺れ動いていた。何かに耐えるように眉根を寄せ、ずっとうつむいている。

「ねえ、大丈夫？」

振り返り声をかけると、少女がハッとした様子で顔を上げた。目が合って少し驚いたような表情になり、まじまじと立夏を見つめる。

立夏は目に力がある、と云われることが多く、初対面の人と至近距離でいきなり視線が合うとうろたえたように逸らされることもある。けれど、遠慮がちながらもまっすぐに立夏を見返してくるこの少女の目は、自身も他人から見られることに慣れている人間のものだった。

「……大丈夫」

少女はぎこちなく微笑みを浮かべた。表情こそ弱々しいけれど、可憐な笑みだった。

「ちょっと船酔いしちゃっただけ。私、泳げないから、余計に気疲れしちゃったのかも」

そう返されて、ああ、と同情の意を示す。もし自分が泳げなかったら、確かに船での長時間移動は不安と緊張でなおさらストレスになりそうだ。

「さっきより楽になってきたから、本当に平気。気にしてくれてありがとう」

澄んだ瞳で礼を云い、彼女がスタッフの方を気にするようにちらりと視線を動かした。着いた早々に体調不良を起こしてマイナス評価をつけられはしないだろうか、と怯えるような態度だった。

それ以上は口を出さず、立夏は軽く頷いて再び前を向いた。

と、前方を歩いていた長身のボブカットの女性が、いつのまにか足を止めてこちらを見ていた。隙のないどこか窺うような視線は、立夏たちが列から遅れないか気にかけているようにも、ライバルの動向を探ろうとしているようにも見えた。ふい、と視線を外して、彼女が何事もなかったように歩き出す。

その近くを行くのは、しなやかな身体つきの日に焼けた少女だ。

陽光に透けて赤みがかって見える癖毛が、風に巻き上げられて炎のように躍った。胸にモノクロのプリントが入ったTシャツを着て、デニムのパンツにスニーカーという出で立ちの彼女は、きりりと少年めいた面立ちをしている。

ぴんと背すじを伸ばし、正面を見据えて進んでいくその姿は、今まさに決闘に赴くといった風情だ。

候補者の中で先頭を歩いているのは、眼鏡を掛けた少女だった。

爪はカラフルな色で塗られ、肩までの長さの髪には水色のインナーカラーまで入っている。彼女はまるで一人だけパーティーを楽しむかのように、あちこちを見回しながら上機嫌な様子で鼻歌を口ずさんでいた。その目は、純粋な興奮に輝いている。

歩いていると、時々、錆びた重機や看板といったものが道端に放置されているのが視界に入った。海風のせいか、いずれも腐食と老朽化が激しい。

赤錆の浮いたシャッターが閉ざされたままの洋食屋。ぽつ、ぽつ、と道沿いに立つ、崩れかかった民家。船の絵が描かれたマンホールや、物干しざおなど、かつて営まれていたであろう生活の匂いがそこここに感じられた。

船から全体を見た印象では、島自体、それほど大きくはなかった気がした。もしかしたら一時間ほどで一周できるかもしれない。

降り注ぐ真夏の照り返しが足を焼く。舗装された道はゆるやかな上り坂で、見晴らしがよかった。進むにつれ、道路のアスファルトの風化が激しくなっていく。表面が植物に占拠されてしまうのも時間の問題という気がした。

かつては手入れされたガーデンだったのだろうと思われる場所も、低木や雑草が無秩序に茂っている。人の住まない家屋はあっという間に駄目になる、と誰かが話していたのを思い出した。

ぎゅっ、とポケットの中のスマホをお守りみたいに握り締める。事前に聞いていたことだが、この場所で電波はつながらない。もちろんカメラなどそれ以外の機能は問題なく使えるものの、島に滞在中の様子を後からネット上にあげたりする行為は運営側から厳重に禁止されていた。

うまく云えないけれど、嵐の前の静けさ、という感じがする。

他のメンバーも同様の空気を感じているのか、長い髪の少女がぼそりと呟いた。

「……なんか、ちょっと怖い。これから何させられるのかな」

心配そうに曇った表情は、船酔いのせいだけというわけではなさそうだ。立夏が同意しようとしたとき、前方から茶化すような声が飛んできた。

「人体実験かもよ」

そう云ってくくっと笑ったのは、眼鏡の少女だ。ぎょっとして見ると、遠足に出かける子供のようにうきうきした眼差しと視線がぶつかった。長い髪の少女が、隣で息を詰める気配。

「ここでどんなことが起こったって不思議じゃない」

眼鏡の少女は楽し気な口調で続ける。

「だって、あの高遠監督だもの」

まるでそれが唯一の真理であるかのように、彼女は云った。それからまたすぐに前を向いて、鼻歌を口ずさみ始める。

聞き覚えのあるメロディだと思い、すぐに高遠のデビュー作のオープニングで流れた曲だと気がついた。

……そう、これが映画なら、今がまさにオープニングの場面に違いない。うかつに気を抜いたりできない。

何せここにいるのは全員、選ばれた少女たちなのだ。

歩きながら、道を外れた遠い場所に何ヶ所か、トラロープらしきものが張ってあるのが視界に入った。あれは何かと尋ねる前に、案内役のスタッフがこちらを振り返って説明する。

「特に足場が悪かったり、倒壊しそうな建物がある場所などの付近にはロープが張ってあります。事故が起きるといけないので、危険な場所にはくれぐれも近づかないように注意してください」

はあい、と眼鏡の少女が場にそぐわない明るい声を出す。他の少女たちはやや不安げな表情でロープの張られた方を見ていた。あらためて、こんな場所に連れてこられたことの特殊さを実感する。

「ここって、完全に無人島なんですか？」

長い髪の少女の遠慮がちな問いに、スタッフは「ええ」と頷いた。

「かつては定期便も行き来していたようですが、計画されていたリゾート開発が頓挫したのを機に住民が島を離れていったそうです」

説明を聞きながら、なんとはなしに納得する。交通の便が良いわけではなく、観光的なインフラが整っているようにも見えない離島を事業として発展させるのは困難だったのかもしれない。

程なくして道幅がぐんと広がり、目の前に細長い二階建ての建物が現れた。

白いペンキが塗られていて、所々塗料が剝げ落ちてはいるものの、他の建造物に比べると圧倒的に傷みが少ないようだ。離島から人が去った後も、何らかの利用目的で定期的に清掃・手入れされてきたのだろうか。

玄関口には半円形の階段が張り出していた。眺望を意識してか、建物に広めのテラスと大きな窓が付いている。どこか海外のリゾート地をイメージさせる外観からすると、観光客向けに建てられた宿泊施設かと思われた。

「オーディション期間中、参加者の皆さんにはこちらに滞在していただきます」

スタッフが立夏たちに向かって云う。

「自家発電と貯水タンクの設備がありますので、問題なく過ごしていただけるはずです。何か不備がありましたら、スタッフまでお知らせください」

そう告げられ、ここに来る途中で荒れた風景を目にしてきただけに、半ば無意識にホッとした。

撮影機材等の運搬をしていたスタッフの何人かは、立夏たちより先に着いていた。建物の近くで、忙しなくカメラやモバイルバッテリーをチェックしたりしている。

促されて中に入るとすぐ玄関ホールになっており、左手奥に、階上への広くゆったりした階段が見えた。正面には大きな扉があり、右手に板張りの廊下が延びている。

「皆さんのお部屋は二階です。それぞれドアに名前の貼り紙がしてあるので、確認して入ってください。一階の正面が多目的ホール、右手の突き当たりが食堂と談話室とお手洗いです。先にお部屋に荷物を置いて、多目的ホールへ集合してください」

スタッフの言葉に頷き、立夏たちは期待と緊張の入りまじった表情を浮かべて階段を上がった。二階は廊下を挟んで六つの部屋が向かい合っている。立夏の部屋は通路の一番奥で、向かいの部屋は唯一の空室らしかった。ちら、と他のメンバーの部屋のドアを窺い、おのおの中に入っていく。

用意された部屋は八畳ほどの広さで、大きなベッドとテーブル、トイレとユニットバスまで付いていた。窓に取り付けられている雨戸は、換気のためか既に開け放たれており、青い空と海が遠くに見える。窓から射す光で見る限り、埃なども少なく宿泊するのに全く問題なさそうだ。

部屋の隅に荷物を置き、壁にはめ込まれた鏡で素早く全身をチェックした。表情が少し硬いけれど、顔色はそう悪くない。海風で乱れた髪をざっと整え、部屋を出る。

一階に下りて大きな扉を開けると、多目的ホールだというそこは三十畳くらいの広さがあった。がらんとした室内はフローリング張りになっており、床の表面が経年劣化で少しけば立っている。ミニコンサートくらい開けそうなスペースだ。ちょっとした催しや、島民の交流の場などとしても利用されていたのかもしれない。ホール奥の突き出し窓が開け放されているが、開口部は人間の頭が通らないほどの狭さなので、純粋に採光のために設置されているのだろう。

窓の側には机と、作り付けの棚があった。ほとんど空っぽの棚に、島の郷土資料や動植物に関する本などがまばらに並んでいるのが見える。部屋の隅に、スタッフがいま運び込んだらしい段ボール箱がいくつか積まれていた。

ホールには既に三人の少女が集まっていた。立夏に続いて長い髪の少女が入ってきたので、すぐに全員がそろう。

顔ぶれを見て、おや、と首をかしげる。候補者の自分たち以外にホールにいるのは、ここまで案内してくれた茶髪の男性スタッフ一人だけだ。肝心の監督や、他の関係者の姿はまるで見当たらない。

さすがに皆怪訝そうな顔になり、ボブカットの女性が口を開いた。

「あの、高遠監督はどちらにいらっしゃるんですか？」

尋ねられたスタッフはその反応を予想していたかのように、足下に置いた荷物の中からおもむろにモバイルパソコンを取り出した。何やら操作し、立夏たちに画面を向ける。

——画面に現れたのは、ラフな格好で室内に佇む高遠の姿だ。

そこがどこかはわからないが、この島でないことだけは確かだった。彼の背景に映っている窓の外に、立ち並ぶ高層ビルが見えるからだ。

「最終審査へようこそ」

まっすぐにこちらを見つめ、高遠は云った。画面を通して自分たちのことを観察されているような気分になり、反射的にどきりとする。

「どういうことですか？」

他の少女たちも戸惑った様子で、突っ立ったままパソコン画面を凝視している。

「先に伝えた通り、君たちには二泊三日のオーディション合宿に参加してもらう」

不自然な状況に困惑しつつも、一言一句を聞き漏らすまいというように全員が耳をそばだてた。

高遠はにこりともせず、真顔で必要な事実のみを伝えていく。

「これから君たちに台本を渡す。各自、それを読んで与えられた役を演じて欲しい。台本は新作のホラーサスペンス映画、『モンスター』のたたき台となる内容だ。映画の舞台となる孤島で、君たちが役を自分のものにしてくれることを期待する」

告げられた言葉に、候補者の全員がハッと息を呑む気配がした。

『モンスター』。それが、次の映画のタイトル。

——最終オーディションで自分たちが演じるのは、新作映画のストーリーなのだ。

眼鏡の少女があからさまに目を輝かせ、ホールの隅に置かれた段ボール箱を見る。あの中のどれかに台本が入っていると思いついたらしく、説明の途中でなければ、今にも箱を開けて中身を確認したそうな雰囲気だ。

つまり、映画の舞台となる場所で、実際にそのシナリオを演じることが最終オーディションの課題というわけだ。

ここに連れてこられた理由と、これから行われるオーディションの内容を知らされ、それぞれがようやく腑に落ちたような顔をする。

しかし次の瞬間、衝撃的な言葉が高遠の口から発せられた。

「島に残るのは、君たち五人だけだ」

とっさに全員が動きを止めた。固まる立夏たちに向かって、どこまでも真剣に高遠が告げる。

「厳密には、君たち以外にも数名の関係者が島に留まる。しかし彼らは、基本的に君たちには関わらない。必要がなければ姿も見せない」

かろうじて保たれていた何かが剝がれ落ちてしまったように、場の空気が変わった。

「は？」と赤毛の少女が目を見開く。立夏は、落ち着きなくまばたきをした。絞り出すように声を発する。

「私たちだけ、って……？」

「オーディションを実行するのに必要最低限のスタッフだけが、島に残る。彼らは別の建物に滞在することになるが、非常時には無線による連絡が可能だ。無線の場所と取り扱い方は、そこにいる彼が説明してくれるだろう」

皆があっけに取られた様子で立ち尽くす。あまりにも予想外の展開に、思考がついていかないといった面持ちをしている。

「──それでどうやってオーディションをするっていうんですか」

ボブカットの女性が、こわばった声で尋ねた。

それに応じるように、画面の中の高遠が続ける。

「撮影カメラは、島内の決まったポイントにあらかじめ設置されている。君たちには一日一回、指定された場所と時間で、該当するシーンを演じてもらう。撮影開始時と終了時にそのつどブザーを鳴らすから、それが合図だ。モニターと記録媒体は別の場所に置いてあり、君たちの演技はそこでモニタリングされる」

混乱したように黙り込む立夏たちに向かって、彼は尚も云った。

「台本は一日分ずつ渡し、映画の内容と同じ時間軸で撮影を進行するものとする。これらは全て、君たちが集中して役に入り込めるようにするための手段でもある」

そこで初めて、高遠がわずかに唇の端を緩めた。

「安心して欲しい」

どこか楽し気な響きを含み、口にする。

「オレは特等席で、君たちの演技を見せてもらうつもりだ」

捕食者のような、それでいてサーカスを目にする純粋な子供のような、捉えどころのない笑み。

思わず背すじがぞくりとした。

「君たちがこの作品を最後まで演じ切ってくれることを、期待している」

その台詞を最後に、画面が暗転した。どうやら彼からのメッセージは以上らしい。

立ち尽くしていると、スタッフの男性がパソコンを閉じて話し出した。

「説明の通り、これから三日間、基本的にはここにいる皆さんだけで過ごしながらシナリオを演じていただくことになります。なお参加条件に同意しないという方は、オーディションを辞退してこのまま船で戻ることが可能ですので、今のうちに申し出てください」

困惑したように、互いの視線が交差する。……結局、誰も降りると云い出す者はいなかった。

自分たちにとって唯一の連絡手段となるらしい無線機は、ホール奥の机上に置かれていた。簡潔に無線の使い方を教わり、建物内の案内や、島で過ごす際の注意事項などを告げられた。その間に他のスタッフたちは外で何がしかのセッティング等を終えたらしく、次々と港の方へ引き上げていく。

「さっそくですが、本日の分の台本をお渡しします。午後六時に指定された場所へ移動して、全員で課題のシーンを演じてください」

男性は余計な会話を挟まず、事務的に告げた。

「セリフは必ずしも暗記する必要はありませんので、台本を見ながら演じていただいても結構です。なお、台本は最終オーディション終了時に返却していただきます。内容を複写したり、撮影してデータを島の外に持ち出すといった行為は固く禁止いたします」

自分たちの置かれた状況に戸惑いの表情を浮かべつつも、ひとまず与えられる指示に頷く。男性は近くの箱から台本を取り出し、一人ずつに手渡してくれた。B5よりもひとまわり小さいサイズで印刷製本された、見た目は何ら変わったところのない作りの台本だ。

しかしそれを託されたとき、まるで危険物でも渡されたかのような緊張を覚えた。——自分たちの運命を決めるかもしれない物語が、手の中にある。

「それでは、僕たちはここで退場します。オーディション終了後にまたお目にかかりましょう。どうぞよろしくお願いします」

そう云い残し、一礼して男性が出ていく。その後ろ姿を見送りながら、眼鏡の少女がぼそりと呟いた。

「……あの人、最後まで自分の名前も役職も名乗らなかったわね」

「え?」と、長い髪の少女が怪訝そうに訊き返す。眼鏡の少女は意味深に続けた。

「船の中でもそう。ねえ、気づいてた？　他のスタッフは皆、私たちをずっと遠巻きにしてた」

その言葉で、全員がハッとしたような顔になる。

「おそらく私たちが映画の世界に入り込むために、あえて存在感を消しているのよ。――高遠監督の指示でね」

立夏は軽く掌を握り込んだ。胸の内に湧き起こる不安に抗う。――そう。

鬼才、高遠凌の映画作りは、もう始まっているのだ。

◇

上陸してから一時間も経たず、監督の宣言した通りに、立夏たちを残してスタッフらは島から撤収していった。ふりではなく、本当に皆引き上げてしまったようだ。

島に残っているという必要最低限のスタッフはどこにいるのか、全く姿が見えないので、緊急事態でもなければ定められた期間中は自分たちの前に現れるつもりはないのだろう。

それなりに広さのある屋上に出て、五人で遠ざかっていく船を見送った。迎えに来るとわかっていても、どこか心細い気持ちになってしまう。

これで自分たちは、外界から孤立することになる。

落ち着かない思いで周囲を見回すと、屋上の隅には数台の撮影用カメラとライトがセッティングされていた。風雨から保護するように、機材の周りに透明のビニールシートでしっかりとした覆いが作られている。どちらも今は電源がオフになっているようだが、自分たちを囲むいくつものカメラレンズに威圧感のようなものを覚え、妙に居心地が悪かった。

ボブカットの女性が潮風に乱れる髪をおさえながら、「……とりあえず」と他のメンバーに向かって冷静に話しかけた。

「中に戻って自己紹介をしない？　どこの誰かもわからないんじゃ、お互いやりにくいし」

「ああ、それ賛成」

大人びた態度で提案され、大きく頷く。思いがけない状況に取り残されて戸惑っていた様子の少女たちの間に、ややホッとしたような空気が流れた。

競い合う相手同士、馴れ合うのは互いにやりにくくなる場合もあるが、気詰まりな雰囲気の中で三日間も寝食を共にするのはさすがにご免蒙《こうむ》りたいという感じだ。

連れ立って一階の談話室に移動する。食堂の隣にある談話室は、ドアが磨りガラスになっており、中には一人掛けのソファやカウチがいくつか置かれていた。中央にコの字形のテーブルがあり、天井にはシャンデリアが下がっている。

キッチンの冷蔵庫から各々ペットボトルの飲み物を持ってきて、なんとなく輪になる形で腰を下ろす。決して和やかとはいえない空気を漂わせ、真剣な眼差しで顔を突き合わせる自分たちは、傍から見たら怪しい儀式でもしているように見えるかもしれない。

皆を見回し、さっき自己紹介を呼び掛けたボブカットの女性が口火を切った。

「桐島瞳《きりしまひとみ》。二十一歳。六歳の頃に『劇団ＳＡＬＴ』に入って、今は『キタハラ芸能事務所』に所属してる。演劇歴は十五年。主演は経験がないけど、舞台と、ドラマにいくつか出演してるわ」

堂々と云いながら、切れ長の目を立夏たちに向ける。理知的で端整な面立ちにどきりとした。立夏を含めた他の少女たちは身長が百六十センチ前後といったところだけれど、彼女だけは百七十センチくらいありそうだ。すらりとした体形も相まってか、妙に存在感がある。

「たぶん、この中では私が最年長だと思う」

落ち着き払った声で瞳は続けた。

「これまで、なかなか良い機会に恵まれてこなかった。だから人一倍このオーディションに賭けてるの。真剣にヒロイン役を狙いに行くつもり。三日間、どうぞよろしく」

淀みのない口調で話す彼女は、明らかに場慣れして見えた。自分が年上で芸歴が長いことを短い紹介の中ににじませ、他の候補者たちにさりげなくプレッシャーをかけているようにも感じられる。

そんな空気を知ってか知らずか、眼鏡の少女が「ああー」と間延びした声を発して瞳を指差す。

「スタッフさんたちが話してたの、あなたのことかあ。芝居歴が長くて、めちゃくちゃ上手い候補者が一人いるって」

ふいに披露された情報に、眼鏡の少女以外の全員が驚いたような顔になった。

「オーディション会場で高遠監督が演技を褒めたの、あなただけだったんですってね」

あっけらかんと続けた眼鏡の少女に、瞳が警戒するような目を向ける。

「……いつのまにか関係者とそんな話、してたんだ？」

皮肉のこもった瞳の言葉に、眼鏡の少女が悪びれた様子もなくにこりと笑った。

「同じ高遠信者ですから。高遠作品について語るうちに、まあ、色々？」

彼女が自分たちの知らない情報を得ていたという事実に焦るよりも、別の理由で、ちく、と胸の端っこが疼いた。

いわゆる「芸能人」として、プロとしての経験なら、おそらく五人のうちで長年ドラマに出ていた立夏が一番多いだろう。

だけど、オーディション関係者の間で上手いと評価されていたのは自分ではなかった。

「あ、ええと」

微妙な空気を変えようとしてか、立夏の隣に座る髪の長い少女が、遠慮がちに口を開いた。

「桜井《さくらい》結奈《ゆな》、十八歳です。二年前にグラビアのお仕事でデビューして、最近ドラマと、あとCMをやらせていただきました」

彼女が続けて口にした大手企業の名を聞いて、見たことのあるテレビCMが思い浮かんだ。

うららかな川べりで少女がペットボトル飲料に頰を寄せて微笑み、「春が来た、恋が来た。朝来飲料、炭酸いちごみるく」というナレーションが流れる爽やかなイメージのCMだ。

「あの話題のCMね、知ってる知ってる」

「私も。デビューして間もないのに、すごい」

眼鏡の少女と立夏がそう云うと、結奈は「そんな、全然」と慌てたようにかぶりを振った。

「たまたま運が良かっただけで。私なんて、芸能界に入ったのも、半分勢いみたいなものだったから」

褒められて恐縮した様子で、うっすらと染まった頬に両手を当てて否定する。まっすぐな髪がさらりと揺れ、ほのかなシャンプーの香りがした。

「……その、私、デビューする前に付き合ってた人がいて」

結奈がぎこちなく言葉を探しながら、懸命に続ける。

「大好きで、いつも一緒だったのにふられちゃったの。彼が別の女の子に告白されて、あっさり乗り換えたから。その子は雑誌の読者モデルとかやってて、すごくモテる可愛い子で」

儚げな面立ちに苦い笑みを浮かべ、結奈は云った。

「本当にショックだったの。バカみたいで恥ずかしいんだけど、自分を捨てた彼をもう一度振り向かせたい、見返してやりたい、ってそのとき本気で思ったんだ。ダイエットを頑張って、服とかメイクとか色々勉強して。スカウトしてくれた芸能事務所に入って、雑誌のお仕事をやらせてもらえるようになったの。――そしたら彼がね、復縁したいって連絡をくれた。私とよりを戻したい、って」

「……ああ」と瞳が冷めた声で呟いた。

「つまり、男のために芸能界に入ったんだ？」

冷ややかさを隠さない口調に、立夏の方が一瞬ひやりとしてしまう。しかし、結奈はあっさり口にした。

「嬉しくなかったの」

困ったように微笑み、結奈が続ける。

「自分でもびっくりするくらい、全然嬉しくなかった。逆に……なんだかすごく、虚しい気持ちになったの」

怪訝そうに見つめる立夏たちに向かって、結奈は「うまく云えないけど」と言葉を選びながら話す。

「若いとか、可愛いとかもてはやされるのって、結局は一時だけじゃない？　容姿なんて、誰だっていずれは衰えていくものでしょう。じゃあ、自分には何があるのかなって考えちゃったの。周りがどうとかじゃなくて、自分にとって確かなものを見つけたい。実際に芸能界のお仕事を始めて、やりたいこととか、ビジョンを持って真剣に頑張ってる人たちを見てたら、なおさらそんなふうに思うようになって」

結奈はそこで言葉を切り、すう、と息を吸い込んだ。

「この映画のヒロイン役を実力で手に入れることができたら、今までの自分を変えられる気がしたの。だから、思い切ってチャレンジしたんだ」

それから上目遣いになり、不安そうに尋ねる。

「私なんかがこんなふうに思うの、おこがましい？　こういうのって、不純かな……？」

「ううん、そんなことないと思う」

笑顔で返しながら、かすかに後ろめたい気分になってしまう。人から褒められるような動機なんて、そもそも立夏自身だって持っていない。

はにかんだ笑みを浮かべる結奈を見つめ、嫌みのない可愛さがあるな、と思った。漫画の実写化でヒロイン役が似合いそうな雰囲気を感じる。どことなく、『夏の桜』の主演女優に似ている気もした。

結奈の次に、眼鏡の少女がさっさと口を開いた。

「斉藤《さいとう》えみり、十九歳。Ｋ大の芸術学科の二年生。商業作品に参加したことはまだないけど、Ｗｅｂで公開してる自主製作の映画に携わったり、映画塾のワークショップに参加したりしてて、演劇のメソッドは学んでる」

水色のインナーカラーが入った髪を指先で弄《もてあそ》びながらそう云い、微笑む。彼女が在籍しているのは、立夏も知っている有名私立大学だった。

「オーディションに応募した理由はもちろん――高遠監督の映画が、好きだから」

シンプルな応募動機を口にして、えみりは立夏たちの顔をどこか誇らしげに見回した。

「ていうか、それ以外に理由なんてある？」

混じり気のない、強い言葉に思わず怯む。

「高遠作品の大ファンなの。いわゆる信者ってやつ。芸能界でのキャリアや知名度は持ってないし、別に欲しいとも思わない。でも私はここにいる人の中で一番――ううん、たぶんこの世の誰よりも、高遠凌の作品を愛してるし、理解していると自負してる」

ごく当たり前の事実を告げるように、えみりは云った。

「今回の公募は私にとって、奇跡みたいなチャンスなの。どうしても彼の作品に携わりたい。だって私以上に高遠監督の表現したいものを尊重して、彼の世界観に寄り添える人間はいないと思ってるから。高遠作品に関わる権利を手に入れるためなら、どんなことだってするつもり」

何の迷いもない眼差しで宣言するえみりに、絶句する。

無言で話を聞いていた赤髪の少女が、戸惑ったような表情で呟いた。

「……いや、ストーカーじゃん」

「違うよ？」

えみりがきょとんとした面持ちで返す。

「英語のストークってさあ、もともと獲物に害を加えるために忍び寄ることを意味する動詞でしょ？」

云いながら小首をかしげ、えみりは続けた。

「高遠作品にとって害悪なら、私のことなんていつだって殺すよ？」

屈託ない口調で告げ、「どうぞよろしく」とにっこり笑う。赤髪の少女が完全に引いている気配がする。

皆から視線を向けられ、赤髪の少女が咳払いをした。

「野々村《ののむら》、恋《れん》。……十七で、高二」

しなやかに筋肉のついた、引き締まった身体つきをしている。うさぎの群れに迷い込んだライオンのように居心地悪げにしながら喋り出した。

「芸能界には疎いし、今まで正直そんなに興味もなかったから、芸能活動とかは特に経験がないんだけど。その……」

眉を寄せ、いささかぶっきらぼうにも聞こえる口ぶりで彼女が云う。

「子供の頃からずっと、結構本気でテコンドーやってて。でも練習試合で運悪く大怪我しちゃって、本格的に続けていくのは無理だって診断されて競技を辞めたんだ」

喋りながら、無意識になのか恋は左膝を撫でた。おそらくそこが致命的な損傷を負った箇所なのだろう。

「退院しても今までみたいに身体を動かせないし、とにかく退屈で苛々して、何をすればいいのかわからなくて。そのとき映画好きの友達がおすすめのＤＶＤをたくさん貸してくれたんだ。映画とかそんなにちゃんと観たことなかったけど、面白かったから、集中してたくさん観て……高遠凌の作品も、そのときに観た」

しかめっ面で話しているように見えるが、不機嫌なのではなく、自分の中から適切な言葉を探しながら話しているせいらしい。たいていの人間は人から見られることにも、自分自身について語ることにも慣れていない。

「映画って面白いんだな、って思ったんだ。それで友達に誘われて、エキストラのバイトとかやるようになって、今回のオーディションを知って興味が湧いたから応募してみた。テコンドーができなくなって、とにかく、何か熱中できるものを見つけたいっていう気持ちもあったんだと思う。……なんで最終まで残ったのかは、自分でも全然わかんないけど」

そう云って、きゅっと唇を引き結ぶ。恋がこれまでほとんど会話に加わらなかったのは緊張して身構えていたためだったのだろう。大きなオーディションも、芸能関係者に囲まれる機会も、素人ならこれまで皆無だったはずだ。

高遠作品への出演を希望するのは大手事務所の人間やベテランの役者も多いはずだが、本当に忖度無しで選択しているのだな、とあらためて身が引き締まる。

「じゃあ、いきなりこんなイレギュラーな形式のお仕事で驚いちゃったよね」

やや同情めいた思いでそう話しかけると、恋は慌てた様子で口を開いた。

「や、そもそもオーディション自体初めてだから、何が違うとか、よくわかんないし。さすがにこれが普通じゃないんだろうなっていうのはわかるけど。つばさちゃ——テレビで見た有名人とかがリアルに目の前にいる方が、なんか変に緊張する」

『クローバー』の役名を口にしかけて、焦った表情で云い直す。

恋の言葉に、周りの視線が今度は立夏に集まった。いずれも好奇心めいた色を浮かべてこちらを窺っている。人気ドラマの子役として顔だけは広く知られているから、周りからなんとなく意識されることはよくあった。

立夏は短く息を吸い込み、できるだけ気さくに見える笑みを作った。

「私もこういう状況は初めて。正直云うと、かなり緊張してるかも」

立夏の発言で、つられたように周りがホッと力を抜く気配が感じられた。

「井上立夏、十八歳です。映画は未経験だけど、『クローバー』とか、テレビドラマを中心に役者としてお仕事をやらせてもらってました」

四人の顔を見回し、微笑んで「三日間、よろしくね」と挨拶する。

「『クローバー』観てた。まさかこんな所で本人に会えるなんて、びっくりしちゃった」

無邪気に云う結奈に、ありがとう、と笑顔で返す。恋がぎこちなく尋ねてきた。

「つばさちゃ……井上さんは、どうしてこのオーディションに？」

「立夏でいいよ」

もはや職業病となった笑みを貼りつけ、気軽な口ぶりで応じてみせる。

「長く出演してたドラマも終わったし、役幅を広げられたらいいな、と思ったの。元々、高遠監督の映画は好きだったし。役者として学ばせてもらえたらっていう気持ちでオーディションを受けたんだ」

用意してきた答えをすらすらと口にすると、「なるほどね」と周りが納得したような顔になった。それを見やり、自嘲的な思いが胸をよぎる。

自分は子供のように楽しく家族ごっこをしていただけで、本当は役者ではないかもしれない、などという事実を明かしたら、不純だと呆れられるだろうか？

それぞれ自己紹介が終わると、必然的に、渡された台本に注意が向いた。あらためて、自分たちの置かれた異様な状況に言及する。

「……本気で、私たちだけで三日間やらせるつもりなのかな？」

結奈が不安そうに呟いた。

「最終審査なのに、私たち以外誰もいない状態でいきなり無人島に隔離されるなんて、ちょっと……普通じゃないよね？」

皆の反応を窺うように尋ねた結奈に、瞳が冷静な口調で云う。

「確かに変わったやり方だとは思うけど。でも、そういうタイプの監督はいくらでもいるでしょう。作り込まない方がいいとか、現場で出てくるものを大事にしたいってあえて情報を与えないでカメラ回したりする人」

「そういうものなの……？」

結奈が不可解そうに眉をひそめる。

「ひょっとして、映画の宣伝用にドキュメンタリー映像でも撮るつもりとか？」と、恋が顔をしかめて口にした。

「そういうの、あるじゃん。オーディションで候補者たちが役を巡って一喜一憂するさまを撮ったりするやつ。わざと変な環境であたしたちだけ島に残して、精神的に動揺したり、バチバチに火花散らしていがみ合うところとか撮影するつもりなんじゃない？」

恋の言葉に、皆が身構えたような表情になる。

「建物のあちこちに隠しカメラが設置されていて、もしかしたら今のこのやりとりも撮られてたりするのかも」

早口に主張しながら、恋はせわしなく周囲に視線を走らせた。

「それはないいんじゃないかな」

なだめるように、立夏は口を開いた。

「盗撮って一歩間違えたら犯罪行為だよ？　そんなものを、スポンサーがついてる商業作品として放映できるはずないじゃない？」

「まあ、確かにそっか……」

立夏の言葉に、恋が毒気を抜かれたように黙り込む。しかし尚も落ち着きのない様子でそわそわと室内を見回していた。

不安と緊張をまぶしたような沈黙が漂う中、えみりだけが浮かれた様子で呟いた。

「高遠監督の新作はホラーサスペンスかあ。意外なジャンルだけど、すっごく楽しみ。そういえば高遠作品って、たまに幻想小説を思わせる雰囲気のシーンがあるわよね。『夏の桜』もそうだけど」

はしゃぐえみりの側で恋が胃の辺りを押さえ、「こーゆーの苦手」とぼやく。

「今から何が起こるんだろうって思うと不安で落ち着かない。なんか、背すじがぞくっとする」

「そうね、興奮しちゃってぞくぞくする。たまんない」

「いや、そういう意味じゃないんだけど……」

嫌そうな顔をする恋を気に留める素振りもなく、えみりは唇の端を引くようにして笑った。

「自分が惚れ込んでる才能に振り回されるなんて、至福以外の何物でもないじゃない？」と呟く。

「いいなあ、ネジになりたい。自分の存在が高遠作品の一部になれるなんて最高」

本心からそう思っているかのようにうっとりと口にするえみりを見やり、この人、すごく頭のいい大学の学生のはずだよね……？　と頰が引き攣る。厄介なのは能力のある異常者だ、という誰かの言葉を思い出してしまった。

えみりは飲みかけのペットボトルを摑み、軽やかに立ち上がった。

「顔合わせは終えたし、もういいでしょ？　早く台本を読みたいの」

笑顔でそう云い、いかにも大切そうに台本を抱きしめて談話室を出ていく。すがすがしいほど立夏たちに興味がない様子だ。

あっけに取られてその背中を見送っていると、「……とにかく」と瞳が気を取り直したように口を開いた。

「今日は初日だから、夕食は全員そろって取った方がいいと思うの。明日以降の食事の時間とか、支度は当番制にした方がいいかとか、相談して決めなきゃいけないこともあるし。でもまずはお互い、夕方のオーディションに備えましょう」

年長者らしく仕切る瞳に、立夏たちは大人しく頷いた。夕方のオーディション、という単語に背すじが伸びる。

結奈が「えみりさんにも、私からそう伝えておくね」と申し出た。全員が船内で早めの昼食を取っていたため、ひとまず解散という流れになり、それぞれの部屋に戻っていく。

持ってきた荷物をざっと片付け、立夏は椅子に腰を下ろした。心の準備を整え、どきどきしながら台本を手にする。

この中に、今から自分たちが無人島で演じる物語が書かれている——。

『モンスター』 監督・脚本 高遠凌 オーディション版

表紙をめくると、登場人物の名前が現れた。

それぞれの役について、簡単な説明が記されている。真っ先に自分の役を確認した。


〈登場人物〉

アイ（18） 繊細で内向的な大学生……井上立夏

——与えられた情報は、これだけ。

それにしても、内気な少女の役を割り振られるとは、「つばさ」と真逆の役どころだな、と思う。上手く演じきれるだろうか？ いずれにせよ全力でやるしかないのだけれど。

次に、他の登場人物と配役をチェックする。

スミレ（18） 臆病な小心者……桜井結奈
ラン（18） 怒りっぽく暴力的な少女……野々村恋
エリカ（18） 気まぐれで奔放な性格……斉藤えみり
ナデシコ（18） 知的で冷静な策略家……桐島瞳

立夏はおもむろにページをめくった。

緊張しつつも、純粋に、高遠監督の新作に触れられることに高揚していた。期待と不安を胸に、文章を目で追い始める。普段はざわついた現場で台本を読むこともあるため、これほど静かな環境だとかえって集中しにくいかもしれないなどと一瞬思ったものの、そんな心配は杞憂だった。すぐにストーリーへ引き込まれていく。

台本は、五人の少女たちが船で小さな島にやってくる場面から始まっていた。

その島は美しい景観のリゾート地として、かつてはささやかな人気があったらしい。しかし現在は無人となっており、島を訪れる者はほとんどいない。

そうなってしまったのは、島の不穏な歴史に起因するものと囁かれていた。

島史を遡ると、天明の大飢饉のため、よその土地から複数の者たちがこの島に避難してきたらしい。しかし限られた食料を巡って争いが起こり、彼らは島民たち多数を殺害し、略奪行為をしたという。

その後、よそから島に避難してきた者たちは熱病を発症して次々に命を落としていった。島の外で感染したものなのか、不思議なことに元からここに住んでいた島民たちは病にかかることがなく、結局、外部からやってきた人間たちは老人一人を残して全員が死亡したのだそうだ。

……まるで、神が罪人に下した罰ででもあるかのように。

この島の神はよそ者を嫌うのだと、畏怖を込め、島民の間ではそんなふうに云い伝えられるようになった。

それ以降も、この島ではいくつかの悲劇が相次いだ。昭和初期に島を開発するため訪れた調査団が大規模な崩落事故に遭遇し、代表者一人を除いて死亡した。また、都市からの移住希望者らを乗せた船が海難事故に遭い、乗客一名を除く多くの人間が行方不明になったり、死亡者リストに載ることとなった。

偶然にもそんな痛ましい事故が続いたことで、島の陰惨な歴史と絡め、この島について、次第に本土でも不気味な噂が立ち始めた。

いわく、呪われた島。訪れた者のうち、たった一人しか生きて出られないという――。

そして今から十数年前、そんな不吉なイメージを払拭すべく、某企業によってリゾート開発を後押しする観光イベントがこの島で大々的に企画された。しかし島を挙げてのイベントで賑わう最中、思いがけない不幸が起きた。

悲劇に見舞われたのは、夏休みに旅行で島を訪れていた親子三人だった。立入禁止になっていて誰も近づかないはずの崖から夫婦が転落し、そろって命を落としたのだ。幼い子供は行方不明となり、陽が暮れてから島民によって森の中で発見されたものの、まるで恐ろしい怪物にでも遭遇したかのように激しいショックを受けており、保護されたときはまともに口も利けない状態だったという。

夫婦はなぜ我が子の側から離れ、危険な崖にわざわざ足を踏み入れたのか。彼らの死は事故か、それとも第三者の介入した事件だったのか。いったいこの島で、親子の身に何が起きたのか？

警察による捜査がなされたものの、詳細は結局、謎のまま。

奇しくも伝承のように、訪れた者のうち一人だけが生き残るという悲劇が再び起きてしまったことで、「いわくつきの呪われた島」という忌まわしい噂はさらに拡大していった。やがて世間の不景気も向かい風となり、結局リゾート開発は頓挫したまま、住民たちは島から去った。

同い年の親しい五人の少女たちは、夏休みの旅行でこの島へ訪れたらしい。

彼女たちは連絡船が迎えに来るまでの二泊三日をここで過ごす予定なのだ。

眩しい夏空。
人気《ひとけ》のない海辺の砂浜。
五人の少女が波打ち際を裸足で歩く。エリカが立ち止まり、他の四人も足を止める。
エリカ「(穏やかな海を眺め) まるで世界の終わりみたい」
エリカ、両腕を翼のように広げて深呼吸する。はしゃいだ様子で皆に向かって、
エリカ「あたしたち以外誰もいない島なんて最高! わくわくするよね」
ナデシコ「(無表情で) その代わり、快適なサービスを提供してくれる人もいないけどね」
ナデシコを見て顔をしかめるエリカ。
エリカ「あんたの頭って皮肉しか詰まってないんじゃない?」
ナデシコ「事実を言ってるだけよ」
エリカ「あたしはすごく楽しみにしてたわ。他のお誘いを全部断ってここに来たんだから」

ラン、嘲るように吹き出す。
ラン「嘘ばっかり。エリカにそんなお誘いがあるわけないじゃない。あんたってほんと嘘つきで見栄っ張り」
エリカ「勝手に言ってれば」
エリカとラン、険悪な雰囲気で睨み合う。
ナデシコ「二人とも喧嘩はよしなさいよ。時間の無駄よ」
エリカ、いきなり海へ走り出す。じゃぶじゃぶと進み、膝の高さまで水に浸かった所で立ち止まり、勢いよく振り返る。
エリカ「(むきになって) きっと思い出に残る、特別な体験になるわ。皆もそう思わない?」
スミレ「私は、別に、来たくなかった」
スミレ、おずおずと呟いて目を伏せる。
スミレ「だって……怖いもの」
ラン、鼻でせせら笑い、
ラン「スミレは何にでも怯える臆病者だものね」
ナデシコ「もう、つまらない揉め事はやめて」
ため息を吐き、冷静に諭すナデシコ。
ナデシコ「今まで仲良くやってきたじゃない。私たちは、これからもずっと一緒。そうでしょう?」

アイ「ええ、そうね。（目を細めて皆を見回しながら）きっと……そう」
沈黙する五人。潮風が少女たちの間を吹き抜ける。

台本を読みながら、自分以外の役のイメージもなんとなく頭に入れていく。

桜井結奈が演じる「スミレ」は、彼女の名字にも入っている桜と同じ春の花の名前だ。可憐で控えめな少女像を思い浮かべる。

恋が演じる「ラン」は、読みが本名と一文字違いだ。突っかかるような言動からして、なかなか苛烈なキャラクターらしい。

えみりが演じる「エリカ」も、名前の系統がどことなく本名と似ている。島の環境を誰より楽しんでいる感じもまた、演じる本人と重なった。

貞節さや、日本の理想的な女性を表す「大和撫子《やまとなでしこ》」に使われている「ナデシコ」という役名も、この中で一番しっかりしていて大人であるだろう瞳に似合っているように思えた。

いずれも、用意された役と演じる本人のイメージがそうかけ離れていない気がする。……立夏以外は。

ページをめくる。シナリオの中、些細な喧嘩をしたり、じゃれ合ったりしながら、少女たちは島での時間を過ごし始める。

宿泊先のコテージで古びた植物図鑑を見つけ、他愛もない話に興じる五人。

ナデシコ「（植物図鑑をめくりながら）そういえば私たちの名前って全員、同じ読み方の花があるのよね」
エリカ「そうなの？」
　エリカ、ナデシコの隣に座って植物図鑑を覗き込む。
ナデシコ「アイは『藍《あい》』。染料に使われるから、〈美しい装い〉なんて花言葉があるみたいよ」
スミレ「藍染め、ってあるものね。私は春の『菫《すみれ》』でしょう？」
ナデシコ「ええ、そうね。色によって違うみたいだけど、菫の花言葉は〈謙虚〉〈小さな幸せ〉〈愛〉ですって。奥ゆかしい感じがして素敵ね」
ラン「菫って毒があるのよ」
ナデシコ「意地悪なことばかり言わないの。ランは、『蘭』よね。ほら、洋蘭の花言葉は〈美しい淑女〉〈優雅〉ですってよ。それに〈純粋な愛〉とか」
ラン「くっだらない。ゲロ吐きそう」
エリカ「ねえ、あたしは？」
ナデシコ「『エリカ』は春の花。種類にもよるけど、〈孤独〉とか〈寂しさ〉、〈博愛〉なんて花言葉があるみたいよ」
エリカ「それって意外とネガティブじゃない？」
ラン「花屋の陰謀よ。のせられちゃって、バカみたい」
　アイ、ナデシコから植物図鑑を受け取りページをめくる。

アイ「『撫子《なでしこ》』……花言葉は〈貞節〉、〈純愛〉、〈器用〉とかですって。撫子って秋の七草だったのね、知らなかった。そういえば花好きだったママの影響で、子供の頃はよく植物図鑑を眺めてたっけ。懐かしいな」

ラン「ねえ、あんたたち。わざわざ島まで来て、古くて汚い本なんかいつまで眺めてるつもり？」

植物図鑑のページの隙間から、一枚の古びた紙が滑り落ちる。

アイ「（紙を拾いながら）本に何か挟まってたみたい」

子供の落書きのような絵。親子らしき三人が描かれているが、父親と思しき人物の顔は黒く塗りつぶされている。

ラン「何これ？　気持ち悪っ」

ラン、アイから絵を奪って乱暴に丸め、ゴミ袋に放り投げる。

やがて、彼女たちの話題はもう少し踏み込んだ内容に変わっていった。お堅いナデシコが席を外すと、いたずらっ子のような笑みを浮かべてエリカが切り出す。

エリカ「アイ、最近男ができたんでしょ」

からかうように顔を覗き込むエリカ。

アイ「（慌てて）やめて、違うってば」

エリカ「へー？　違うんだ？」
アイ「……アルバイト先で、親切にしてくれる先輩のことがちょっと気になってるだけ。付き合ってるとか、そんなんじゃないから」
スミレ「親切って、どんなふうに？」
アイ「ミスしたときにさりげなくフォローしてくれたり、帰りが遅くなったときに送ってくれたり……」
エリカ「相手の方はどう思ってるわけ？」
アイ「今度二人で海にドライブしない？　って誘われたの」
エリカ「それって完全に向こうも気があるじゃん！」
ラン「海にドライブとか、チャラそう。ただの遊びのつもりかもよ」
スミレ「行くの？」
アイ「(しばし間を空け) 正直言うと……迷ってる」
戻ってきたナデシコ、色とりどりのキャンディが入っている瓶を他の少女たちに回し、
ナデシコ「好きなのを取って。ずいぶん楽しそうね」
ラン「別に。くだらない話してるだけ」
エリカ、アイにキスする素振りをしておどける。エリカの腕を叩くアイ。
エリカ「いったーい！」
アイ、拗ねた表情で「ＬＯＶＥ」と文字の刻まれたハート形のキャンディをつまむ。クスッと

笑って茶化すナデシコ。
ナデシコ「あら、律儀に自分に関連した物を選ばなくてもいいのに」
エリカ、目をつぶって瓶に手を突っ込み、キャンディを一つ取り出す。取り出したキャンディには「The End」と刻まれている。

微笑ましい恋愛相談や少女らしい鬱屈など、色とりどりのビー玉を転がすように彼女たちの会話は広がっていく。

エリカ「食事が終わったら、海辺で水遊びしようよ」
ラン「(顔をしかめて)嫌よ、海水に濡れるのは嫌い。勝手に一人で行けば」
ナデシコ「砂浜は陽射しがきつそうだし、森の中を散策するのがいいわ」
スミレ「遠くは怖い。私……ハンモックで、お昼寝がしたい」
エリカ「もう、皆バラバラじゃん！　じゃあ、これで決めよう。星座占いでランキングが一番上だった人のやりたいことをするの」
エリカ、持ってきた雑誌の星座占いランキングを皆に見せる。真剣な顔でページを覗き込み、大声を上げるエリカ。
エリカ「あたし、魚座だから一位だ！　やったね」
ナデシコ「私も魚座」

スミレ「え、私も……」
アイ「同じく魚座よ」
ラン「あたしも魚座なんだけど」
エリカ「は？　マジで？　全員同じだったら勝負にならないじゃん！」
エリカ、疑うように全員を見る。
エリカ「魚座が一位だって言ったから、皆、あたしの真似したんでしょ」
アイ、呆れた表情で見返し、
アイ「……ていうかエリカ、前に自分は獅子座だって言ってなかった？」
ラン「まーたエリカの嘘つきが始まった」
エリカ「嘘じゃないし。嘘ついてるのはそっちだし」
ナデシコ「いいから、早くそっちの荷物を片付けてよ」

セリフのやりとりから、それぞれの人物像がよりはっきりと浮かび上がってくる。

摑みどころがなく、皆から嘘つきだと思われている〈エリカ〉。激情家で、何かにつけて攻撃的な〈ラン〉。常に計算して理性的な行動を取る、大人びた性格の〈ナデシコ〉。周りの顔色を窺う、怖がりな性格の〈スミレ〉。

……今のところ、立夏の演じるシャイで内気な〈アイ〉が特に目立つ場面は見られない。

五人は、海辺で水遊びに興じる。

エリカ「(左手の薬指を押さえ) 痛っ！　貝殻で指を切っちゃった。ねえ、絆創膏をちょうだい」
ラン「島での怪我人、第一号ね。水遊びしようって言い出した本人が怪我するとか、間抜けすぎるんですけど」
エリカ「うるさいわね。怪我人二号になりたいわけ？」
ナデシコ「(ポケットから絆創膏を取り出し) 気をつけてちょうだい。これ一枚しか残ってないのよ。スミレが絆創膏の入ったポーチを海に落として、濡らしちゃったの」
スミレ「ごめんなさい」
ラン「アンタって、本当に皆の足を引っ張る役立たずね」
アイ「そんな言い方しないで。エリカ、手を出して」
アイ、絆創膏を受け取ってエリカの指に巻いてやる。絆創膏を巻かれた左手の薬指を眺め、クスッと笑うエリカ。
エリカ「まるで結婚指輪みたいね。結婚式なら、誓いのキスをしなきゃ」
エリカ、ふざけてアイに口づけようとする。肩を押して拒絶するアイ。
アイ「もう、冗談はやめて」
五人は水をかけ合って無邪気にはしゃぐ。

ページをめくると、「一日目　課題演技」という表記が視界に飛び込んできた。そこから数ページにわたって、内容が赤字で記されている。その部分が、立夏たちがオーディションで演じさせられる場面であることを意味していた。
台本を持つ手に力を込める。
五人の少女たちは、冒険気分で島を散策し始める。途中、アイは遠くの崖に立つ人物の姿を目撃する。それは斧を手に、仮面で顔を覆った不気味な風体の男だった。しかし、他の少女たちはアイの言葉を信じようとしない。

ナデシコ「――まさか。この島に私たち以外の人なんかいるはずないわ」
アイ「でも、本当にあそこの崖に誰かがいたの」
エリカ「木の影か何かを人と見間違えたんでしょ」
ラン「エリカの嘘つきがうつったんじゃないの？」
アイ「そんなんじゃないったら。確かに、誰かがこっちを見てた」

尚も主張するアイに、少女たちは気乗りしない様子で口にする。

ナデシコ「そんなに言うなら、確かめてみましょうよ」

台本を読みながら、フィクションだとわかっているのに落ち着かなくなる。

島で恐ろしい存在を目撃する、アイ。サスペンスドラマにおいて何らかの事件が起こった場合、目撃者が真っ先に死体となるような展開は珍しくない。
もし自分がこの映画の観客なら、こんなふうに考えるかもしれない。特徴的な性格の少女たちの中、アイというキャラクターがどことなく没個性的にも思えるのは、きっと一番最初に殺される人物だからに違いない――と。

不穏な展開にあらためて身構えながら、読み進める。

スミレ「こんな島にいるの怖い……早く家に帰りたいよ」
ラン「いい年してお母さんに会いたいって？　ガキじゃあるまいし、アンタもう、いい加減自立しなさいよね」
エリカ「あはは、ママ〜助けて〜！　殺人鬼に殺されちゃうよ〜！」
ナデシコ「親のことなんて思い出させないで。せっかく私たちだけで旅行に来て羽を伸ばしてるんだから」
アイ「……（うつむく）」

ふと、幼い自分を置いて逝ってしまった母のことを考えた。
もし現実でこんな恐ろしい状況に陥ったとしたら、自分は真っ先に母を思い出し、助けを求めるだろうか？　……わからない。

気を取り直して、再びストーリーに集中する。

――手分けして謎の人物を探し始める少女たち。捜索して間もなく、島にエリカの絶叫が響き渡る。

驚いて集まったアイたちが目にしたのは、エリカの死体だった。斧で切られたようなむごたらしい死体の側には、赤い文字で【4】という数字が書き残されていた。変わりはてた仲間の姿に、パニックを起こす少女たち。

スミレ「嫌、嫌、こんなの嘘……！」
ナデシコ「どうして？　この島には、他に誰もいないはずなのに」
ラン「ふざけんな、一体誰がこんなことしたのよ⁉」
アイ「――呪いよ。噂は本当だったんだわ。ここは、訪れる人間に死をもたらす呪いの島なのよ」

彼女たちは助けを求めるように海の方へと視線を向けるが、船が再びこの島へ迎えにやってくるのは二日後だ――。

一日目の台本は、そこで終わっていた。ふう、と詰めていた息を吐き出し、いったん台本を閉じる。

台本に目を通すときは、どんなふうに自分の役を演じるかイメージしながら読むのだが、途中からは純粋に物語へ没入してしまっていた。

映画『モンスター』のシナリオは、観る者を引き付けるようないくつもの謎を孕んだ内容だった。

立夏は腕の表面をさすって呟いた。

「なんだか、私たちの置かれた状況と、似てる……」

訪れた者のうち、一人しか生きて出られないと噂される不気味な孤島。逃げられない五人の少女。彼女たちは、一人ずつ消されていく。

そしてこのオーディションは、いわば、ヒロイン役を賭けた女優同士のサバイバルだ。

——生き残ることができるのは、たった一人きり。

◇

部屋の時計を見ると、午後四時を過ぎていた。

一日目のオーディションが始まるまで、もう二時間を切っている。

立夏は読んでいた台本をテーブルの上に置き、一階へと下りていった。ウォーターサーバーから水を汲んで談話室を覗き、人の姿を見つける。

ソファに座って熱心に台本を覗き込んでいるのは、恋だ。立夏の気配に気づき、顔を上げる。

「あ」と驚いたように声を漏らし、戸惑った様子で視線をさ迷わせた後、恋はテーブルに置いていた小さなビニール袋を差し出した。

「えっと……食べる?」

見ると、美味しそうなナッツとドライフルーツが入っている。多目的ホールに積まれた段ボール箱の中には、おやつの類も入っていた。これをつまみながら台本を読んでいたのだろう。見たら小腹が空いたので、「ありがとう」と素直に頂くことにする。

乾燥したアンズをかじる立夏を横目で見やり、恋がぎこちなく話しかけてきた。

「この台本、なんかすごく怖そうなお話だね。いきなり人が殺されたりしてびっくりしちゃった」

立夏も同意の頷きを返す。

「だね。エリカを殺したのはあの不気味な仮面の男なのかとか、死体の側に書かれてた【4】っていう数字は何なんだろうとか、気になることがたくさん」

「読んでてこっちまで緊張するよ。どう?　上手くやれそう?」

一瞬返事が遅れると、恋は慌てた顔になりかぶりを振った。

「あっ、違、別に探りを入れてるとかじゃなくて」

「うん、わかってる」と、くすっと笑って返答する。

「ていうか、他の候補者の動向が気になるのは当たり前だしね。私もずっとそわそわしてる」

「そっか……」

立夏の言葉に、恋はホッとしたように呟いた。「他の子たちがどうしてるか知ってる？」と訊くと、恋が答える。

「瞳さんと結奈さんは、ちょっと前に外へ出ていった。瞳さんは撮影ポイントの下見をしてくるって。結奈さんは、少し島を歩いてみるって云ってた。その方が気持ちを作りやすいし、何か今後の展開のヒントになるようなものが見つかるかもしれないからって」

「そう。皆、色んなことを考えてるんだね」と感心したように頷く。

「えみりさんはずっと自分の部屋にいるみたい。たぶん、台本を読み込んでるんじゃないかな」

そう云い、恋はばつが悪そうに続けた。

「あたしも部屋で台本読んでたんだけど、一人で閉じこもってたらなんか無性に落ち着かなくなってきちゃって。試合前のプレッシャーには強い方だと思ってたんだけど、同じようにはいかないね。あー、ちゃんとやれるのかなあ」

恋が豪快にため息を吐く。

ライバルを油断させるためにわざと自信がないふりをしているという感じでもなく、それは本音に聞こえた。子供の頃から芸能界で仕事をしてきたこともあり、人の感情にはわりと敏感だという自覚がある。目の前の彼女はたぶん、あまり器用に腹芸ができるタイプではなさそうだ。

「ごめん、こんなグチ聞かされても困るよね」

恋が気まずそうに頬を搔き、「そういえば」と話題を変える。

「『クローバー』って、脚本家の長ゼリフで有名だったよね。どうやってセリフを覚えるの？

何かコツとかあったりする？」

「セリフの覚え方は、人それぞれだけど……」

すがるような眼差しで尋ねられ、たじろぎつつも口を開く。

「ひたすら台本を読み重ねる人もいるし、ボイスレコーダーで録音したものを聞いて耳で覚える人もいるし」

考えながら丁寧に答える。

「私は、シーン全体の流れを意識して頭に入れていく感じかな。自分のセリフの部分だけ機械的に覚えるんじゃなくて、相手とのやりとりとか、気持ちの流れをイメージする感じ」

「いやいや、全然わかんない」

眉間にしわを寄せる恋に、立夏は苦笑して返した。

「まあ、私の場合は単純に慣れっていうのもあるけど」

相手の気持ちをほぐすように、軽い口調を作って云う。

「とにかく脚本家さんが多忙な人だったから、リハの五分前に決定稿が渡されたこともあったし。時間ギリギリまで押しちゃって、絶対に一発でＯＫ出してくれよって監督さんから鬼気迫る形相で訴えられたことなんかもあるから、集中して台本覚えるのはわりと得意っていうか。タイトなスケジュールでドラマの撮影しながら学校にも行かなきゃいけなかったし、ほんとあの頃は大変だったよー」

冗談めかして雑談を振ったつもりだったが、恋はますます「絶望」という表情になってしまった。なだめるように提案する。

「セリフを丸暗記する必要はないって運営の人も云ってたし、不安なら、台本を見ながら演じればいいんじゃない？」

「でも、他の人たちは見ないで演技するんでしょ」

「たぶんそうかも」

立夏が頷くと、恋は唇を噛んだ。根が負けず嫌いなのだろう。

「一応、直前まで頑張ってみる。こういうの初めてだし、自信はないけど、でも……」

呟いて、ぎゅっ、と片手で左膝を掴む。

「この足で」

虚空を睨み、自らに云い聞かせるように彼女は口にした。

「――前に進むって、決めたから」

そう云い、再び台本を開く。真剣に文字を追うその目には、立夏の存在さえもはや映っていないようだった。すごい集中力だな、と感心する。

長時間移動したり、集中して台本を読んだりしていたため、身体が少し固まっている気がした。

恋の邪魔にならぬよう、そっと談話室を出ようとすると、「どこ行くの？」と背後から声が飛んできた。

「島を見学がてら、少しだけ外を走ってこようかな」

立夏がそう答えると、気を付けて、というようにひらりと片手が振られた。すぐに再び、恋が台本に意識を戻す気配。

　立夏は部屋に戻って日焼け止めと虫よけスプレーを塗布し、動きやすい格好に着替えた。

　華やかな仕事と思われがちだが、演じる仕事というのは肉体労働だ。役者にとって身体は資本であり、筋肉や柔軟性は必須の装備なのだ。普段からストレッチをし、サプリを摂って、適度な運動と睡眠、健康的な食事を心がけている。

　薄手のウィンドブレーカーを羽織って建物を出ると、青空は明度を落とし、雲がピンクがかった茜色に染まっていた。転ばないよう、足場のよさそうな道を選んでゆっくりと走り出す。

　濃密な草いきれと、それにまじる潮の香。遠くで海鳴りが聞こえている。

　広くゆるやかな坂道を上っていくと、道なりにユウガオの花が群生していた。ほのかに浮かび上がる白い花弁が、澄んだ甘い香気を放つ。まるでそれ自体が、舞台を彩るセットの一部であるかのようだ。

　なんだか、自分が水槽の中の金魚にでもなったような気がした。定められた場所から出ていけない、誰かに観賞される生き物に。

　夕暮れの中で走る自分の呼吸と足音がやけに大きく響いた。遠くに廃屋や、雑草に覆われた畑が見える。傾いた電柱や、地面に転がる木材。見る者のない立て看板。

　人気《ひとけ》のない風景の中にいると、まるでこの島を亡霊がさ迷っているかのような錯覚に捉われてしまう。姿のない、過去という名の亡霊たち。

　ふと、さっき読んだばかりの台本の内容が頭に浮かんだ。この島を訪れた多くの人間が命を落としたという不気味なイメージが重なり、本当に不安な気持ちになってくる。あれはフィクションなのだと、ただの作り話だとわかっているのに、今このときも物陰に死者が佇んでいて、じっとこちらを窺っているような感じがした。

湾曲する坂道を曲がると、やがて右手に海が現れた。

足元に気を配りつつ、開けた叢《くさむら》を海の方へと近づいていく。眼下に広がる深い藍色の海は、夕陽を乱反射している。

道を数メートルはずれるともう崖になっており、その先は海へ落ち込んでいた。崖際に柵は設けられておらず、杭にロープを張ったものがあるだけだ。古い杭には、手を切りそうな錆が浮いていた。潮風で腐食するのだろう。

崖下を覗き込むと、二十メートルほど下で、押し寄せた波が白く砕けて泡になっていた。もしここから落ちたら、と想像してぞっとする。

『モンスター』の台本には、かつて島を訪れた夫婦が崖から謎の転落死をしたと書かれていた。親を失って子供が一人だけ残されるという残酷な物語に、つい、幼かった頃の自分を想起してしまう。一人きりで取り残される、あのときの悲しみと恐ろしさ。

切り立った崖を見下ろし、胸の奥が冷たくなった。

自分の母も、もしかしたら、こんな高い崖から真っ逆さまに落ちていったのだろうか……?

落下する女性の悲痛な叫び声が、ふいに耳の奥で聞こえたような気がした。小さくかぶりを振り、不穏な考えを頭の中から追い払う。

気持ちのいい海風が吹き、汗ばむ肌を撫でていった。

遠くで、大きな夕陽が水平線と溶け合う。一日の終わりに生命を燃やし尽くすかのように、太陽は眩く輝きながら去っていく。

見渡す周囲一帯にオレンジ色の残照が映え、鮮やかな陰影を描き出した。自然の造形の美しさに圧倒されて立ち尽くす。こんな状況でなければ、きっと胸が震えるほどに感動しただろう。

雄大な風景の中に佇み、唐突に安っぽいメランコリィに捉われた。

さみしいな、とドラマの現場を懐かしく、恋しく思った。おなじみの家族を演じる役者と、それを支えてくれるスタッフたち。撮影現場には、ひとつの家族のようなまとまりがあった。自分の居場所があることを全身で享受しながら、いつまでもこの時間が終わらないで欲しいという、甘い郷愁のような気持ちを抱いていた。

学校と撮影の両立は大変で、しんどい、と思ったことは数えきれないくらいある。眠くて、時間が足りなくて大変で、つばさを演じることが常に生活の真ん中を占めていた。そのために諦めたものも、我慢してきたものもたくさんあった。

それでも今、あの場所に帰りたい、と思う自分がいる。

スタジオに行き、岡田家のセットに上がれば、自分はいつだって愛される末っ子になれた。温かい家族を演じていられた。

撮影するときに使われるライトの光は、とても熱い。ライトだけじゃなくて、現場には、作品に関わる人たちの熱気みたいなものが漂っていた。そうやって作品が出来上がっていくということを、肌で知った。知ってしまった。

……光の外は、寒い。

つばさを演じ続けることは幸せな反面、苦しくもあった。つばさは虚構の存在で、井上立夏の方が戸籍と血肉を持った生身の人間なのに、そうじゃないように感じる瞬間が度々あった。自分が自分じゃなくなっていくような、別の生き物の皮を被せられたまま呼吸ができなくなってしまうような、そんな感覚。

『クローバー』が終わりを告げたとき、役者という仕事から逃げることだってできた。

だから、ここに立っているのは、自分の意思だ。

毒を食らわば皿まで、という言葉が脳裏に浮かぶ。高遠作品に関わりたいと望むなら一筋縄ではいかないだろうと覚悟してはいたけれど、こんな状況になるなんて想像もしなかった。

そう、まさかこんなことになるとは……。

と、背後で足音がした。振り返ると、長袖のTシャツにトレーニングパンツ姿の瞳が立っている。撮影場所の下見をしてきた帰りという感じだ。

瞳は紫外線を気にしてか目深にキャップを被り、布製のショルダーバッグを斜め掛けにしていた。やや開いたバッグの口から、飲みかけのペットボトルやタオル、日焼け止めらしい容器などが覗いている。手ぶらで出てきた立夏とは違い、きちんと備えている印象だ。

「そんな所で何してるの？」と、瞳は冷静な声で尋ねてきた。

「別に何も。綺麗だなって、景色を眺めてただけ」

にこやかに笑って返す。屈託のなさを装ってしまうのは、身に付いた癖かもしれない。

瞳は海の方を一瞥し、口を開いた。

「危ないから、暗くなってからはあまり遠くまで行かない方がいいわ」

「無人島で強盗にでも遭うとか？」

軽口を叩くと、呆れたような視線を向けられる。

「崖から落ちたり、怪我して動けなくなったりしたら大変よ」

瞳は真顔で諭すように云った。

「ここには病院なんかないし、すぐに医者が駆けつけてこられるような環境でもないでしょ」

そう告げてから、まじまじと立夏の顔を見る。

「……不躾な質問かもしれないけど」

どことなく探るような口調になり、瞳が尋ねてきた。

「立夏さんは、高遠監督と以前から面識があるの？」

「え？」

戸惑いを浮かべて訊き返す立夏に、「あ、別におかしな意味じゃないの」と瞳は落ち着き払った声で告げた。

「なんとなく、高遠監督の作品カラーに、あなたみたいなタイプの役者はあまりマッチしない気がして。監督にも、あなたにとっても、客観的に判断してリスキーでしょう。実際、他の最終候補者はまだ色がついていない子がほとんどみたいだし。だからオーディションの前から個人的に面識があったり、仕事の関係でつながっていたりするのかな、って疑問に思っただけ」

瞳の言葉に、演技ではなく胸の奥が小さく波立った。彼女の云う「あなたみたいなタイプの役者」とは、王道の、定番のテレビドラマの役のイメージが固定している役者、という意味だろう。確かに世間における自分のイメージは「つばさちゃん」でしかないのだから、否定はできない。

苦笑し、やんわりとかぶりを振った。

「つながりなんて、何も。高遠監督とは、私も今回の件で初めて顔を合わせたし……」

瞳が立夏を見据え、正面から問いかける。

「高遠監督は、あなたに何を期待しているの？」

悪意のこもった質問ではなく、純粋に事実を見定めようとする問いだった。言葉に詰まり、沈黙する。知らない。そんなの、誰よりも自分が一番教えて欲しい。

立夏が口を開こうとしたとき、離れた場所で、突然どぼんと大きな音がした。何か重いものが海に落ちたかのような音だった。

同時に素早く顔を見合わせる。瞳が不審そうに呟いた。

「今の何？」

「わからないけど……何か落ちたみたいな音じゃなかった？」

あっ、と立夏は続けて声を発した。

「そういえば結奈さんも外出してるって、さっき恋さんが話してた」

「何ですって」と瞳が動揺したように云う。

「まさか、彼女が足を滑らせて海に転落でもしたんじゃないわよね？」

「だったら大変。結奈さん、泳げないんだよ」

岩場に砕ける波の轟《とどろ》きがいきなり凶悪なものに変わってしまったかのように、瞳は緊張を含んだ面持ちで尋ねた。

「音、どこから聞こえた？」

「たぶん、あっちの方」

慌てて二人で坂道を上っていく。荷物を肩からぶら下げていない分、立夏の方がわずかに先導する形になる。ややあって、少し先の丘に立つ人物の姿を見つけた。こちらに背を向けているため顔はよく見えないけれど、長い髪をアップにまとめた結奈だ。

彼女は崖際で前屈みになり、何やら海を見下ろしていた。ちょっとバランスを崩したらそのまま落ちていきそうな体勢に、こちらがひやりとしてしまう。

「大丈夫？」と立夏が声をかけながら早足で近づくと、結奈はハッとしたように振り向いた。その手が、何かを素早く自分の服のポケットに押し込んだように見えた。

瞳が怪訝そうに尋ねる。

「大きな音がしたから心配になって来てみたんだけど、何かあったの？」

「あの……私……」

落ち着きなく視線を動かす結奈は、明らかに動揺している様子だった。

「どうしたの？」

心配した表情で見守る二人に向かって、結奈がたどたどしく話し出す。

「散歩してたら、叢にヘビみたいなのが見えて、びっくりして後ずさった拍子に近くの看板にぶつかったの。『崖に注意』って書いてある、古い立て看板。元から根元がぐらぐらしてたみたいで、倒れた看板がそのまま海に落ちていって……」

「そうだったの」と立夏は力を抜いて息を吐いた。

「危ないね、私たちも気を付けなきゃ。でも、結奈さんが落ちたりしたんじゃなくてよかった。ヘビは？　どこかに行ったの？」

顔をしかめて足元を見回しながら訊くと、結奈は困ったようにかぶりを振った。

「わからない。もしかしたら、枝とかロープを私が見間違えただけかも」

「……ふうん」

瞳が呟き、ちらりと物云いたげに結奈の手元を見た。立夏たちから視線を逸らし、「驚かせちゃってごめんなさい」と結奈が気まずそうに詫びる。

瞳はため息を吐き、二人に向かって云い放った。

「とにかく、危険な真似はしないことね。大事なオーディションに水を差されるのはごめんだわ」

それから、遠くを見るように目を眇《すが》めた。強い海風が吹き抜け、立夏たちの髪を乱していく。

短い沈黙の後、結奈が誰にともなく、呟いた。

「高遠監督は、この島で私たちに何をさせようとしているの……？」

その問いかけに答える者はいなかった。

夕暮れが深くなっていく。虚実のあいまいになる、不安な時間。もうすぐ自分たちの実力が試される時がやってくる。

瞳が静かに、けれど力のこもった声で口にした。

「――始まるわよ」

◇

午後五時四十五分。

立夏は時間を確認して台本を閉じ、テーブルに置いた。

立ち上がって部屋の姿見の前に立つと、動きやすそうなチュニックとサブリナパンツ姿の自分がこちらを見返す。気持ちを整えるように、ゆっくりと息を吐き出した。

「……よし」

廊下に出て階段を下りると、玄関ホールには既に三人が立っていた。「待たせてごめん」と声をかける。あと姿が見えないのは、えみりだけだ。

さりげなく彼女たちの様子を窺うと、それぞれが緊張の色を浮かべていた。唯一落ち着いているように見える瞳さえも、表情が硬い。そしてそれは立夏も同じに違いなかった。

そわそわと、さっきから胸のざわつきがおさまらない。

「えみりさん、ちょっと遅いよね」

結奈が気に掛けるように呟いた。

「一人きりでほとんど部屋にこもってたみたいだし、具合が悪くなったとかじゃないといいけど
……私、様子見てこようか？」

確かに、あれだけはりきっていた彼女がなかなかやってこないのは少し気になる。

「もしかして、一人だけ先に撮影ポイントへ行ったとかじゃないわよね」

瞳が表情を曇らせてそう口にしたとき、階段の方から足音が聞こえた。悠然と下りてくるえみりの姿を見つけ、息を呑む。

えみりは、ノースリーブの白いワンピースを身に着けていた。

掛けていた眼鏡は外し、顔のパーツをくっきりと際立たせるメイクをしている。フレームの太い眼鏡を外したため、さっきは気づかなかった左目の下の小さなほくろが見て取れた。

インナーカラーを入れた髪と、泣きぼくろがアシンメトリーなアクセントとなり、どこかアンバランスな色気を感じさせる。嘘つきで、捉えどころのない少女――えみりの演じる〈エリカ〉をイメージさせる。作中で指を怪我したエリカを再現したのだろう、左手の薬指に絆創膏まで巻いてあった。

「お待たせ」と口にするえみりに、皆が驚いた顔をする。

立夏も、おそらく他の少女たちも、動きやすさや虫よけ対策を重視して服装を選んでいた。新作の一場面を演じるとはいえ、あくまでもオーディションなのだから、と。

けれどえみりにとって、これはオーディションであると同時に、「高遠凌の作品」なのだ。

常識的に考えれば、無人島を歩く際に白のワンピースは選ばないだろう。しかし高遠作品の持つ独特な空気や世界観、そして〈エリカ〉という少女の危うい個性を表現するために、えみりは計算してそれを身に着けてきた。

えみりの登場で、一瞬場にたじろいだような空気が流れる。しかしすぐに瞳が落ち着いた声を発した。

「これで全員、そろったわね。行きましょう」

気を引き締めて、立夏たちは外へ出た。

「薄暗いから足下に気をつけて」と、瞳が皆に注意を促す。夏の夕暮れとはいえ、圧倒的に光源の少ない島内は仄暗かった。普段、自分たちがいかに人工の明かりに囲まれているかを実感する。顔の近くで飛び回る羽虫が厄介だった。宿泊所が遠ざかるにつれ、無事に戻れるのだろうか、などという不安な気持ちが湧いてきてしまう。

舗装された道でも表面にひびが入っていたり、雑草が伸びていたりして状態の悪い箇所があるので、注意しつつ歩く。懐中電灯は置いてきたが、指定された撮影ポイントへ移動しながら周辺を観察すると、道脇にぽつぽつと光が灯っていた。低木の茂みや木の根元など、あちこちに目立たないようライトが設置されているようだ。

注意深く見るとそれ以外にも、センサー式の照明やスピーカーといった機材が置かれていたりする。

まるでこの島全体が舞台であるかのような錯覚に陥った。——いや、舞台なのだ。演じるのは、自分たち五人。

「……必要最低限のスタッフは残るって云ってたけど、ちゃんと島のどこかにいるんだね」

歩きながら、恋がぼそりと呟いた。「そうね」と瞳が頷いて口にする。

「島内を少し探索してみたけど、そのときも他に人の姿は全く見かけなかったわ。不測の事態でもなければ、こっちに干渉してくる気はなさそうね」

「なんか、本当にこの島には私たちしかいないんじゃないかって気持ちになっちゃう。まるで台本の少女たちみたいで……」

結奈は心細げに云った。……確かに、今の自分たちの状況が、台本で描かれる孤島に五人きりの少女たちと重なってしまう。

なんとはなしに皆、黙り込む。無言のまま歩くと、間もなくして撮影ポイントにたどり着いた。

一日目の演技審査が行われる場所は、夕闇の中でもすぐにわかった。木立に囲まれた丘の真ん中が、ぽっかりと開けた空間になっている。他の場所に比べて草は短く刈り取られ、その場所を囲むように撮影用のライトが置いてある。

周囲に集音マイクと、数台の撮影カメラが設置されていた。暗い木立の向こうには、海にせり出した崖が見える。

微かに煙たい匂いを感じて視線を落とすと、アウトドア用の強い防虫香が叢にいくつも置いてあった。

――ここで撮影が始まるのだ。

バミリという、立ち位置の目印となる蓄光テープを見つけてその前に立つ。恋は少しまごついた様子だったが、やがて全員がそれぞれの位置に着いた。

腕時計を見ると、時刻がちょうど午後六時を刻む。

突然、劇場で開演を告げるときのブザーが鳴った。スピーカーから、大音量が島内に響く。思わずビクッ、と肩が跳ねた。薄闇の中で他の少女たちの戸惑う気配が伝わってくる。

次の瞬間、視界が眩しくなった。周囲の照明がひときわ明るい光を放つ。

反射的に足がすくむのを感じた。今まで立ったどんな現場とも違う、得体の知れないプレッシャーがのしかかってくる。顔が熱っぽくなり、嫌な汗がにじみ出た。

ぐっと空気が密度を増した気がして、視界がよりクリアになる。自分の中でアドレナリンが出ているせいかもしれない。

立夏以外の四人も一瞬うろたえたように視線を動かしたが、すぐに表情を引き締めた。彼女たちの大半は、見られる側として表舞台に上がってきた人間だ。この状況に戸惑いつつも、気持ちを引きずられないようにしているのだろう。

胸の奥が、まるで生き物でもいるかのように蠢く感覚を覚えた。

瞳が息を吸い込み、おもむろに〈ナデシコ〉のセリフを発する――。

〈モンスター〉一日目　仮面の男

「一体どこまで歩くつもり？　暗くなったら戻れなくなるわよ」

瞳はうんざりとした口調でたしなめた。

「夜のピクニックがしたいってわけじゃないんでしょう？」

瞳のセリフを聞き、とっさに肩に力がこもる。

――訓練された、役者の声だ。

映像作品と舞台の上で演じるのとでは、演技の仕方も当然変わってくる。大きな表現を要求される舞台と同じ演技を映像作品でやれば、いかにも不自然で大袈裟な感じになってしまうだろう。

しかし今回のような特殊なシチュエーションでは、芝居の細やかな部分は通常の映像撮影よりも観る者に伝わりにくいはずだ。音声を拾うためにマイクを近づけてくれたり、ライティングを調整したりしてくれるスタッフは側にいないのだから。

瞳は今、この撮影環境に合わせたベストの演技をしている。動作や声の大きさ、設置されたカメラに映える自分の立ち位置を計算しながら演じている。おそらくそのために、彼女は撮影ポイントを下見したのだ。

声を張り上げているふうでもないのによく通る発声の仕方は、一朝一夕で身に付くものでは決してないとわかる。

続いて、結奈が緊張した面持ちで〈スミレ〉のセリフを口にした。

「ナデシコの言う通りだと、思う。もうコテージに帰ろうよ」

声が上ずったのは演技か、素の感情か。結奈は怯えたように視線を動かしてみせながら云った。

「さっきね、あそこの茂みで、何かが動いた気がしたの」

ため息をついて冷ややかに瞳が返す。

「何かって？　幽霊がいるとでも言いたいわけ？」

「そうじゃないけど、でも……誰かにずっと見られてるみたいな気がして、なんだか落ち着かないの。ねえ、皆だって感じるでしょ？」

結奈の演技が硬いな、と側で見ながら感じた。

自分のセリフを喋ることに気を取られ、相手の演技を受けていない。堂々とした瞳の演技を意識してしまったのか、ちょっと気負い過ぎている。怖がりで不安定な少女の役なのが幸いして悪目立ちしてはいないが、同じ空間に立っていると如実にそれが伝わってくる。

だけど、と思う。

結奈の健気な眼差しが、いたいけな雰囲気が、不思議と視線を引き付ける。ずば抜けて美人だったり、特別にスタイルが良かったりするわけではないのに、なんとなく応援したくなるようなヒロインの資質を持っている気がした。つまりは、華がある、ということだろう。

「何それ？　バッカみたい！」

恋が吐き捨てるように云い、せせら笑う。〈ラン〉としてのセリフを喋る。

「スミレっていつも人の後ろに隠れてばっかり。ビクビクして、まるで臆病なネズミみたい」

気合いを入れて演じる恋の手には、しっかりと台本が握られていた。開き直って台本を見ながら演じることにしたようだ。妥当な判断だ、と思う。

セリフをただ暗記することと、それを解釈して役を演じるのとはまた違う。感情を込めて表現することに意識が向いてしまい、覚えていたセリフが飛んでしまうことはプロでもある。ましてて、今はこんな特殊な状況だ。セリフを間違えないことにばかり気を取られて演技がおざなりになったり、緊張からセリフを忘れて芝居全体が壊れてしまうようなことになったら、それこそ目も当てられない。

「守ってもらわなきゃ、一人じゃ何もできないの？　誰かが助けてくれるはずって思ってる？　大体アンタって」

喋り続ける恋を見ながら、おや、と思った。

当然ながら、セリフ回しは決して上手くはない。作られた言葉を口にすることに慣れていないのが、あからさまに透けて見える。

しかし、この子はたぶん——勘が良い。

セリフの間合いや立ち位置、相手の演技に対する反応の仕方が悪くない。役者のアクションから作り出される緊張と弛緩を、本能的に理解しているのだ。身体の使い方をよく知っている人間の芝居の仕方だ、と思った。

プロの役者にまじっての演技審査で、恋は集中して周りの演技に食らいついていく。肝が据わっているのだ。粗削りだが熱のこもったその演技に、確かに引き付けられる何かを感じる。

「あら、スミレが見たのはひょっとしたら本物の幽霊かもよ」

えみりが面白がるような口ぶりで、〈エリカ〉のセリフを喋る。

「だって、私もさっき見たもの。茂みで何かが動くのを。ほら……あそこに幽霊が！」

暗がりを指差しながら、えみりは甲高い声を発した。ハッとそちらを見た立夏たちの姿に吹き出し、悪びれた顔もせず云ってのける。

「嘘うそ、ジョーダンだってば」

軽やかに云い、その場で踊るようにターンする。えみりの動きに合わせ、ワンピースの裾がふわりと広がった。薄闇の中、彼女の白い服がレフ版のように光を反射している。

そこにいるのはえみりではなく、摑みどころのない〈エリカ〉という少女だった。あはは、と〈エリカ〉が無邪気に笑う。

「もし幽霊が現れたら、殺されるのはだあれ？」

役者としての経験が豊富だったり、演技力が抜きん出ていたりするわけではないだろう。けれど、見せ方が上手い。場を作る特別な雰囲気がある。

おそらく彼女はわかっているのだ。高遠凌の映画に必要なもの、求められるものを、他のどの候補者よりも理解している。体現できるほどに研究しつくしているのだ。

野球の理論を本で読むのと、実際にバットを振るのとでは当然違ってくるはずだが、えみりの高遠作品への並々ならぬ執着とこだわりがそれを可能にしているのかもしれない。

役者の中には自意識が強い人間も少なからずいるけれど、彼女は完璧な駒として、あくまでも高遠凌の映画を構成するためにそこに存在している。こんなアプローチの仕方もあるのか、と感心する。

それぞれ、選ばれただけの理由があるのだ。ならば、自分の演技はどう見られるのだろう……？

急速に焦りがふくれ上がった。慌てて雑念を追い払う。余計なことを考えるな、今は芝居をすることに集中しなきゃ。

瞳の演じる〈ナデシコ〉が、立夏に向かって話しかけた。

「さっきからぼうっとして、どうかした？　アイ」

短く息を吸い、〈アイ〉のセリフを口にする。

「ううん……なんでもないの」

取り繕うようにあえてぎこちない笑みを浮かべてみせ、周りの目を気にする内気な少女を演じる。

「幽霊が出たとかいう話を真に受けて、怖くなったんじゃないでしょうね？」と、えみりの〈エリカ〉がにやにや笑って云った。

「そんなんじゃないったら」と困ったような表情を作って返す。そのまま視線を遠くに向け、立夏はセリフを続けた。

「ただ、なんとなくおかしな感じがしただけ」

不安と戸惑いに揺れる顔つきで、思わせぶりに口にする。

「島の風景に、どこか見覚えがある気がしたの。まるでこの場所を知っているみたいな……」

あえてゆっくりと間を取り、周囲の風景を見回す素振りをした。……今の演技はもう少し抑えた方がよかったかもしれない。自分の演技をアピールしなければという思いが先走ると、内向的な少女のキャラクターが置き去りになりかねない。内心、どきどきしてしまう。

えみりが面白がるように云う。

「私、知ってる。そういうのをデジャヴって言うのよね」

「デジャヴって?」

尋ねる結奈に、瞳は淡々と説明した。

「経験したことがないのに、同じようなことを経験したことがあるような気がすること。たいていは錯覚で、脳のエラーなんですって」

「何それ、バカみたい」と恋が嘲笑する。

さあ、ここで見せ場だ。斧を手にした謎の人物を〈アイ〉が目撃する、不穏なシーン。

立夏は遠くの崖の方へ身体を向け、大声でセリフを喋ろうとした。その瞬間、視界に異質なものが映った。

——暗い崖の上に、誰かがいる。

立夏は息を呑んだ。薄闇の中に立っているのは、斧を手にした人間だった。その姿を目にした途端、本物の恐怖が身体を走る。

顔がない。

暗がりに立つ人物には、顔がなかった。胴体や手足はあるのに、顔のところだけぽっかりと穴が開いたように何もない。

ひっ、と小さく声が漏れた。こちらを向いてじっと立っているその姿を凝視し、ふいに気がつく。

仮面だ。目鼻がない、のっぺらぼうの、金属でできているらしいお面を付けているのだ。お面が鏡のように暗がりを映し、顔の部分が闇と同化して見えたのだろう。

頭ではそう理解しても、動揺して鼓動が速くなった。突如現れた禍々しい光景に、思わずぞっと鳥肌が立つ。

「あ、あそこに、誰かいる……！」

声が上ずってしまったのは、必ずしも芝居ではなかった。立夏が声を上げると同時に、崖にいた人物の姿は木立にまぎれて一瞬にして消えてしまう。立夏は身を硬くしたまま、その人物がいた場所を凝視した。

「——まさか」

ややあって瞳が眉をひそめ、低い声で返した。

「この島に私たち以外の人なんかいるはずないわ」

「でも、本当にあそこの崖に誰かがいたの」

「木の影か何かを、人と見間違えたんでしょ」と飄々とした口調でえみりが云う。恋が鼻先で笑い、揶揄した。

「エリカの嘘つきがうつったんじゃないのー？」

「そんなんじゃないったら」

懸命に訴える演技をしながら、次第に不安になってきた。もし本当にあの人物の姿が皆に見えていなくて、自分だけが亡霊か何かを目にしたのだとしたら……などという怖い想像が浮かび、軽く寒気のようなものを覚える。

「確かに誰かがこっちを見てた……！」

強い口調で云い募る立夏に、瞳がため息をついてセリフを喋る。

「そんなに言うなら、確かめてみましょうよ」

瞳は落ち着いた口ぶりで提案した。

「私たち以外にこの島に誰かがいるかどうか、探してみるの。こんな小さな島だもの、もし本当に人がいるなら痕跡くらい見つかるはずよ。手分けして皆で探しましょう」

尚も結奈が怯えたように口にする。

「危険な人がいたらどうするの？　ばらばらに探すなんて嫌、皆で一緒に移動しなきゃ」

「落ち着きなさいよ、スミレ。ここにはあたしたちの他に誰もいやしないわ」

恋が呆れ顔を作ってセリフを口にした。えみりがひらひらと手を振って云う。

「スミレの子守なんてやあよ。手分けしてさっさと回った方が早いじゃないの。幽霊の探索なんて、これはこれで面白いわ」

「……仕方ないわね。それじゃ、それぞれ別の場所を見て回りましょう。スミレは私と一緒に行けばいいわ。三十分後にここで集合ってことでいいわね？」

瞳の言葉に頷き、全員が思い思いの方向を向いた。結奈は瞳の横に並ぶ。皆で数歩進み、そこでおもむろに立ち止まった。えみりだけが足を止めずにそのまま撮影ポイントの外へ歩いていく。

立夏たちは、薄闇に消えていくえみりの背中を見送った。その場に静止したまま、無言で合図を待つ。

互いの間で、じりじりと緊張感が高まっていくのを感じた。近くで木々が不穏にざわめく。

永遠にも思える長い時間……おそらくはわずか数分後、離れた場所から悲鳴が聞こえた。反射的に、肩が跳ねる。

真っ先に動いたのは瞳だった。悲鳴が起こるとほとんど同時に、走り出す。

立夏たちも慌てて動き出した。目指すのは、台本で指示された次の撮影ポイントだ。

撮影用ライトの外へ飛び出したせいか、道がさっきよりもずっと暗く感じられた。夕闇の中を駆けながら、呼吸が速く、浅くなる。

向かった撮影ポイントは、宿泊所のすぐ近くだった。セッティングされた照明の明かりで、遠目にもすぐに位置が確認できた。

撮影ポイントに近づいた瞬間、目の前に現れた光景にぎくっとする。

暗がりでライトに浮かび上がるのは、仰向けになって地面に倒れたえみりの姿だった。両腕を広げて横たわる彼女の肢体は、まるで十字架のような形に見える。

緑に埋もれるように少女が横たわる姿は、見ようによっては美しい構図となりえたかもしれない。しかし状況はそんな甘やかな連想を許すものではなかった。

——えみりの白いワンピースの胸元は、真っ赤に染まっていた。倒れている付近の草花にも、飛散した血痕と思われるものがついている。

暗がりの中、その目は何も映していないかのように、ただ虚ろに空を見上げていた。

間の抜けた声が漏れた。えみりの演じる〈エリカ〉が無残な死を遂げ、他のメンバーたちはそれを発見する。そう、確かにそのはずだ。

「え、は……?」

……しかし、あまりにもリアルな目前の光景に、その場の全員が硬直していた。

倒れたまま動かないえみりは、さっきからまばたきをしていないように見える。投げ出された手足は無機的で、なんだか生きている感じがしなかった。瞳が硬い声で呟く。

「この血……何?」

本当に出血しているかのような、まるで本物の死体であるかのような……。

誰かが緊張に唾を呑む音が聞こえた。意思に反して視線が釘付けになる。怯えと混乱の入り混じった、異様な空気が場を支配した。

芝居を続けるべきかどうか、とっさにためらわれた一瞬の後、ヒステリックな悲鳴が上がった。結奈だ。

「嫌、嫌、こんなの嘘……！」

彼女がパニックを起こしたのかと錯覚したが、すぐに、〈スミレ〉のセリフを口にしたのだと気がついた。どうにか瞬時に気持ちを立て直し、演技を続行することにしたらしい。もっとも、顔が引き攣っているのは演技ばかりではないだろう。

その横で、恋が「まさかこれ、マジで……」とこわばった声で呟くのが聞こえた。こちらは完全に素の表情だ。台本を握りしめる手に力がこもり、指の関節が白くなっている。

周りの意識をストーリーに引き戻そうとするかのように、瞳が声を張り上げた。

「どうして？　この島には、他に誰もいないはずなのに」

そこで演技が続いていることを思い出したのか、恋が慌てて表情を引き締める。

「ふざけんな」と、恋は強い口調でセリフを続けた。怒りとも恐怖とも取れる表情を浮かべ、叫ぶ。

「一体、誰がこんなことしたのよ？」

全員の間に、凍ったような沈黙が落ちる。立夏は小さく息を呑み、口を開いた。

「――呪いよ」

思った以上に硬い声が出た。皆が、立夏に注目する気配。

ゆっくりと視線を動かすと、倒れたえみりの近くに立つ木の幹に、赤い文字で大きく【4】と書かれているのが見えた。

真顔で、〈アイ〉のセリフを続ける。

「噂は本当だったんだわ」

わずかに声がかすれた。さあ、いよいよラストだ。ひりつくような緊張を覚えながら、最後のセリフを口にする。

「ここは、訪れる人間に死をもたらす、呪いの島なのよ――」

立夏がセリフを云い終えた途端、周囲がしんと静まり返った。

次の瞬間、ブザーが鳴った。始まったときと同じように、上演の終わりを告げる音が島内に響く。

――終わった。一日目の演技審査が、終了したのだ。

TAKE3　ライバルたち

誰もすぐ動こうとはしなかった。

全員が固まったまま、地面に横たわるえみりを凝視している。

「まさか、本当に死んだりしてないよね……？」

怖々した声が恋から漏れる。現実離れした不吉な想像に捉われているのに違いなかった。得体の知れない、異様な空気に呑まれて皆立ち尽くす。

そのとき、ふいにえみりが上体を起こした。反射的に目を瞠る。

「えみり、さん……！」

結奈が驚きと安堵の入り混じった声で名を呼んだ。恋もホッとした様子で力を抜いている。

「その血、どうしたの？」と瞳が落ち着きを取り戻して尋ねた。

髪の毛についた草を億劫そうに払い、えみりがスカートのポケットから小ぶりな容器を取り出してみせる。

血糊だ。この生々しい血痕は、あらかじめ用意された小道具だったらしい。

そこでようやく現実に戻ってきたような気がして、立夏は息を吐き出した。

◇

――孤島を訪れた少女の一人が、惨殺された。

そんな一日目のシナリオを演じ終え、宿泊所に戻った立夏たちはあらためて食堂に集まった。緊張しっぱなしで疲れたこともあり、話し合って夕食はホットプレートで肉や野菜を焼くことにする。冷蔵ボックスに入っていた肉やカット野菜を運んできて、長テーブルの上で次々と焼いていく。その間に結奈がグレープフルーツのサラダと、わかめのスープを手際よく作ってくれた。見よう見まねでクッカーで炊いたご飯も、ふっくらと美味しそうだ。

食堂は天井が高く、百合の花を逆さまにしたような形の大きな照明が、五人の頭上から明るい光を投げかけていた。何気なく周りを見回すと、食堂内はいちおう片付けられてはいるものの、かつて島の人たちが利用したと思われる生活の気配も残っている。

部屋の片隅には、蓋が開いた段ボール箱がひとつ置かれたままになっており、中に折り鶴や色とりどりの紙テープの切れ端などが無造作に放り込まれていた。星の形に切り抜かれた折り紙に、子供のものらしき字で「さ」と「よ」というかすれた平仮名が書いてあるのが見える。「さようなら」というメッセージの残骸らしかった。島を離れるときに島民らがここを飾りつけ、ささやかなお別れ会のようなものを行った名残りに見えた。

「ああ、お腹すいた」

それぞれ席に着き、コップに麦茶を注ぐと食事が始まった。肉の焼けるいい匂いがする。甘じょっぱいタレと、ポン酢で、みんな旺盛に肉や夏野菜をたいらげていく。

一時的に緊張から解き放たれたといった様子で、室内になんとなくくつろいだ雰囲気が漂った。まるでサークル活動の合宿か何かのようだ。もしかしたら自分たちの置かれた特殊な状況から目を逸らそうとして、意識してそうふるまっているのかもしれないけれど。

薬缶で湯を沸かし、食後にインスタントコーヒーを飲みながら、必然的にオーディションの話題となった。

「ものすごく緊張しちゃった。私、半分くらい頭が真っ白になってた気がする」

結奈が不安そうに眉を下げてぼやく。

「確かに、これまで経験したことのないシチュエーションよね」と瞳も難しい顔つきで頷いた。

「それにしても、他に演者がいたなんて予想外だったわ。あの仮面の男がいきなり現れたときは驚いた」

「それ。不気味だった……！」と恋が顔をしかめて呟いた。寒気を覚えたように腕の表面をさすりながら云う。

「崖の上に人が立ってるのに気づいたとき、思わず反応するところだった。あたし動体視力がいいから、見えてない設定なのについ目で追いそうになっちゃったよ」

口々に云い合う姿に、やはり彼女たちも少なからず動揺していたらしいと見え、安堵する。瞳が、端の席に座るえみりに話しかけた。

「血糊なんて、前もって用意されてたのね」

えみりはさっきからほとんど会話に加わらず、窓の外を眺めていた。演技審査が終わってからずっと口数が少ない。

「あれね、多目的ホールの段ボール箱に入ってた」

気のない様子で返事をし、えみりは皮肉めいた微笑を浮かべてみせた。

「ちなみに、もっと物騒な物もあったわよ。後で確かめてみれば？」

そんな発言に、眉をひそめる。シナリオは、この先も不穏な展開が待ち受けているのだ。結奈がおずおずと口にした。

「さっきね、正直、ちょっと本気で怖かった。恥ずかしいんだけど、えみりさんが本当に死んでるんじゃないかって不安になったの」

「あたしも、マジでビビったかも」

恋がいささかばつが悪そうに同意する。

「だってなんか本物の死体みたいで。まばたきとか、全然してないように見えたし……」と弁明するように呟いた。

「別に大したことじゃないわ」

えみりが億劫そうに答える。

「顔の部分が見えにくいよう、計算してライトの陰になる位置を選んだの。少しだけ目を細めてすぐまた元に戻すとまばたきしたつもりになれるっていう、ただの小手先のテクニック。周りが暗かったから、明らかに視線が自分に向けられていないときに素早くまばたきをすることだってできたしね」

そう口にすると、えみりは再び無言になり、硬い表情で外の暗がりに視線を向けた。五人の中で真っ先に殺される役だったのが受け入れがたい、といった態度だ。その心情は、立夏にも痛いほど理解できた。もし自分が現実に同じ立場になったとしたら、きっとひどく動揺してしまうだろう。

だけど、と思う。

——一日目の演技審査は、おそらくえみりが持っていった。

彼女は自分の演じる役が最初の犠牲者になったことを逆手に取り、それを自分の見せ場にしてみせた。ドラマチックに注意を引きつけ、限られた枠の中で最大限に存在感をアピールしたのだ。

では、自分の演技はどうだったろう？　外ヅラを取り繕う、「子役芝居」になってはいなかったか？　じわりと不安が湧いてくる。

と、恋が不自然に窓の方を見るのに気がついた。誰もいないはずの方向に、何度も落ち着きなく視線を向ける。そんな恋の様子は、場で明らかに浮いていた。瞳がおもむろに尋ねる。

「さっきから窓の方ばかり気にするのね。もしかして、そこに誰かいるのかしら？」

「え？　ううん、窓ガラスに人影みたいなのが映った気がして。ごめん、あたしの気のせいだと思う」

　恋は慌てた表情で早口に弁明した。それきり、わかりやすく意識してそちらを見ないようにしている。

「怖いこと云わないで。さっきのシーンを思い出しちゃったじゃない」

　結奈が眉を下げて弱々しく抗議した。確かに、暗い窓の向こうに斧を持った仮面の男が佇むさまをつい想像してしまいそうになる。その流れで気になったように、結奈は皆に問いかけた。

「シナリオの続きはどうなると思う？」

「サスペンスホラーなわけだし……きっとこの中から次の犠牲者が出るんじゃない？」

　恋の返答に、「やだ、なんか怖い」と結奈が顔をしかめて云う。

「――私が、引っかかってるのは」と瞳は慎重な口ぶりで話し出した。

「五人の少女がこの島を訪れた理由よ。呪われているだなんていわくつきの孤島に、なぜ彼女たちはわざわざやってきたの？　いったい何の目的で？」

　結奈が「それ、実は私も気になってた」と同意し、言葉を続ける。

「それに、島の風景に見覚えがあるような気がするってアイのセリフがあったでしょ？　彼女はどうしてそう思ったのかしら？　もしかしたらこの島自体に、何か秘密が隠されてたりするんじゃない……？」

　立夏も首をかしげつつ口を開いた。

「一番気になるのは、やっぱり仮面の男の正体だよね。殺人鬼とか、過去に島で亡くなった人の亡霊だったりするのかな？」

「どっちでも嫌よ」

結奈が情けない表情でぼやく。立夏は、仮面の男についてもう少し掘り下げてみた。

「台本には、かつて島を訪れた夫婦が謎の転落死をして大騒ぎになったことが書かれてた。ひょっとしたらその夫婦は事故死なんかじゃなくて、島に潜んでいた仮面の男に殺されたんだとしたら？　仮面の男は、その殺人事件の後もずっとこの島にいた。そして今、アイたちの前に姿を現した――とか」

瞳が冷静にかぶりを振る。

「興味深いアイディアだけど、さすがに無理があるわ。こんな小さな島で、明らかに異様な風体の人物がうろついているのに、島民が長年その存在に全く気づかないなんてことがあると思う？」

「……確かに」

一瞬で論破されてしまった。

「あっ、じゃあ、こういうのはどう？」と、今度は結奈が話し出す。

「転落死した夫婦の幼い子供は、生き残ったのよね？　仮面の男の正体は、両親を失った悲しみで正気をなくし、島をさまようその子供……ってことは考えられないかな？」

立夏は遠慮がちに疑問を呈した。

「でも、そうだったら斧なんか持ってるのは変だよね。いかにも誰かを攻撃しようとしてるみたいじゃない。実際、エリカはあの男に殺されたんじゃないの？」

瞳も思案する表情になり、口を開く。

「そもそもタイトルの『モンスター』は何を意味するのかしら。もしかするとストレートにあの男性のことを指してるわけじゃなくて、何かの暗喩だったりするのかもしれない」

結奈は大きく頷きを返した。

「暗喩かあ。確かに、高遠監督の映画にはメタファーがよく使われるわよね。代表作の『夏の桜』だって、夏に咲く桜という成立しないもので、決して叶わないヒロインの恋心を表してるわけだし」

「ええ、そうなの。どんな展開になるのか今のところ全く予想がつかないから、油断できない。ひょっとするとあの怪しい男の存在はブラフで、本当は私たちの誰かが〈怪物〉で次々に仲間を殺していく——なんてオチもありうるかも」

瞳は真顔で呟いた。「うわあ……」と唸る恋の隣で、結奈がハッと気づいたように云う。

「もしそうなら、〈スミレ〉と〈ナデシコ〉は犯人じゃないってことよね。だって他の子たちはばらばらに島を探索したけど、二人は一緒に行動してたはずだから」

「さあ、どうかしら。それこそ犯人じゃないって思わせて観客を欺くためのミスリードかもよ？共犯って可能性もあるし」

「なんだか本気で緊張しちゃう。続きがすごく気になるんだけど」

結奈ははやる鼓動を落ち着かせようとするかのごとく、胸の辺りに手を当てた。それからふと思いついたように、皆に話しかける。

「ねえ、もし本当に無人島で襲われたらどうする？」

立夏たちはきょとんと顔を見合わせた。

「何、それ。私たちが現実にこの島でってこと？」と立夏は問い返した。結奈が真剣な口ぶりになって続ける。

「そう。この台本みたいに、どこにも逃げられない、誰にも助けを求められない孤島で、斧を持った人物が襲ってきたら？」

「ずいぶん物騒な質問をするのね」

やや呆れと戸惑いがまじったような表情をする瞳に、結奈が云い訳めいた口調で云った。

「だって、どうしても台本の内容と今の状況が重なっちゃうんだもの。ついリアルに想像しちゃって」

「そういう結奈さんはどうするの？」

立夏が尋ねると、結奈は自分から云い出したことなのに恐ろしげな顔になり、小声で答えた。

「私だったら……隠れる、かなあ。水とか食料とか持てるだけ持って、ずっと震えてどこかに閉じこもってるかもしれない。だって怖いもの。瞳さんは？」

瞳が数秒考え、冷静に口にする。

「双眼鏡か何かがあれば、それを使ってできる限り相手を見張るわね。敵の動向を把握していれば、回避行動を取ることも可能でしょう？」

瞳の回答に、さすが、というように恋が目を見開く。「えみりさんならどうする？」と結奈から水を向けられ、えみりはそっけなく肩をすくめてみせた。

「さあね……死んだふりでもするとか？」

いかにもどうでもよさそうに呟く。真面目に応じる気はないらしい。

「もう、クマじゃないんだから」と結奈が突っ込んだ。それから同じ質問を、今度は立夏に向ける。うーん、と立夏は唸った。

「私は結奈さんと瞳さんに近いかな。隠れたり、なるべく遭遇しないように逃げ回ったりすると思う。ていうか、それしかできなくない？　本当に追い詰められて絶体絶命って状況にでもなったら、もちろん死に物狂いで抵抗すると思うけど」

云いながら、恋の方を見る。

「もしかして恋さんなら、武器を持った敵を倒せたりする？」

立夏の言葉に、恋がふいをつかれたような顔になった。すかさず結奈が尋ねる。

「危険な相手に襲われたときはどうすればいいの？　反撃する方法とかある？　教えて」

期待に満ちた眼差しを向けられ、「――あのさ」と恋が困ったように口を開く。

「そりゃ、危険なヤツがいきなり襲ってきたら戦わざるをえないとは思うけど――そういう状況に陥ったとしても、まずは逃げることを優先した方がいいよ。真面目な話、心得のない人間が中途半端に攻撃したら、相手を逆上させたりしてなおさら危ないから。反撃するより、隙をついて逃げることを考えて」

真剣に諭され、結奈は唇をとがらせた。

「隙をつくとか、そんな簡単に云われても。こっちは恋さんみたいに格闘技の経験なんてないんだから無理だよ」

「でも、云うほど難しくはないと思うよ」

考えるように視線を宙に向け、恋が語る。

「たとえば、斧みたいに大きな武器を手にしている相手は確かに脅威だけど、その反面、次の動きを予想しやすいでしょ？」

「確かにそうかもだけど、わかっててもうまく立ち回れる自信ないよ。そんな状況になったら私、絶対パニック起こしちゃう」

ぼやいた後、結奈が苦笑して云う。

「できれば〈スミレ〉は最後まで生き延びて欲しいなあ。早々に殺されちゃったら悲しいもの」

直後、えみりの演じる〈エリカ〉が殺されたばかりだという事実に思い至ったように、慌てた様子で口元を押さえた。気まずそうにえみりの方を窺っている。

漂うぎこちない空気に、立夏が話題を変えようとしたとき、黙っていたえみりがふいに口を開いた。

「……ねえ、知ってる？」

えみりは意味深な口調で告げた。

「これは極秘の情報だけど、『モンスター』のキャストに、意外な人物の名前が挙がってるらしいわよ」

「え？」

目を瞠って問い返す。驚きの表情を浮かべるメンバーたちに向かい、えみりは人差し指を唇に当て、芝居がかった態度で続けた。

「それが誰かまでは私も知らないの。だけど聞いた話じゃ、観客が驚くような人物みたい」

予想外の話に戸惑ったように、立夏たちは顔を見合わせた。思わぬ人物が出演するらしいという噂と、それをえみりが知っていたという事実に対して、二重に動揺した反応をする。

「意外な人物って、まさか大御所の俳優さんとか？　じゃあやっぱり、作中でヒロインを恐怖に陥れるモンスター役はその人が演じるってこと？」

「ていうか、どうしてそんな情報を知って――」

同時に早口で喋りかけた結奈と恋を横目に、あくまで冷静さを装って瞳が返す。

「……そんな噂もあるのね、知らなかったわ。それが事実かどうかは別として」

「じゃあ、この噂は？」

えみりは唇の端を引き上げ、秘密めかして続けた。

「――高遠監督って、過去に人を殺したことがあるらしいわよ」

えみりの発言に、その場にいる全員が動きを止めた。恋が眉をひそめて尋ねる。

「何、それ。どういうこと？」

「私も詳しくは知らないけど」

えみりは口元だけで微笑んで告げた。

「映画の撮影中に、主演女優を死に追いやったんですって。当時の高遠監督は怖いくらいに撮影にのめり込んでて、精神状態が普通じゃなかったって。それが原因でその女優は命を落としたそうよ」

あまりにも不穏な話題に、場にうろたえたような空気が走る。近くで、結奈が小さく息を呑む気配がした。

「事情を知ってるのは、業界の一部の人間だけ。表沙汰にこそなっていないけど、世間から高い評価を受けて注目されていたはずの高遠監督が数年にわたって映画界から姿を消したのは、その出来事が原因だって話」

淡々とした口調でえみりは語った。

「高遠監督が、映画の撮影中に主演女優を殺した……？」

混乱した表情を浮かべ、結奈がえみりの言葉を反芻する。たじろいだように固まる立夏たちに向かって、えみりはふっと小さく笑った。

「――そして今、高遠監督は新作映画を撮るために戻ってきた」

思わせぶりに全員の顔を見回し、物騒な言葉を放つ。

「もしかしたら、私たちも殺されちゃうかもしれないわね？」

シャワーを浴び、消灯してベッドへもぐりこむ。

朝から気を張っていたせいか、全身に疲労感を覚えていた。あまりにも色々なことが起こった気がする。

立夏は天井を見上げ、ブランケットを胸まで引き上げた。月と星の明かりが射すせいで、室内の闇は柔らかかった。カーテンの隙間から入る月明かりで、枕元がぼうっと明るい。

遠くで微かに波の音が聞こえていた。以前、リラクゼーション効果があるという波音が延々と録音されたＣＤを購入したことがあるけれど、あれはすぐ近くに本物の海がないからこそ落ち着いて聴けるものなのだな、と思った。こうして絶えず海の音を耳にしていると、かえって胸がざわついてしまう。

これまでの出来事がとりとめもなく脳裏に浮かんできて、疲れているはずなのになかなか寝つけなかった。期待と不安の入り混じった緊張感が、身体の中を巡っている。たぶん、島に上陸する前からずっと。

一日目の演技を思い返し、また落ち着かない気分になった。あの場面はこうすべきだった、もっとこんなふうに演じればよかったかも、などとついつい考えてしまう。

設置された撮影カメラの向こうで、自分の演技はどんなふうに観られているのだろう？

自ら望んで参加したとはいえ、いまこの島で行われていることとは、立夏が経験してきたどの現場ともかけ離れていた。あまりにも特殊だった。これまでの自分は当たり前のように周りから助けられ、安全な方向へ手を引いてもらえていたのだな、と痛感する。

高遠にまつわる噂や、他の参加者らの真剣な眼差しが脳裏に浮かび、胸の奥が波立った。枕に、頬を押しつける。

人の気配のない暗い部屋は、アパートで母を待っていた子供の頃を思い出させた。ぬいぐるみを仲良し家族に見立てた、一人きりのごっこ遊び。無邪気な作りものの世界。

さみしい現実から目を背けたくて、愛されたくて、ただそれだけで演じてきた。本気で芸能界を目指したわけじゃない。役者としての理想や信念なんてない。母親にすら置いていかれた、惨めな子供。……そんな自分が、ここにいてもいいのだろうか。

闇の中でゆらゆらと、思考がどこかへ流されていく。

いつしか、立夏は眠りに落ちていた。

◇

起きると、朝の七時だった。

こんな環境下でも、習慣でなんとなくいつもと同じ時間に目が覚めてしまうものらしい。

窓の外には、くすんだ色の空と海が見えた。昨日のようなすっきりとした青ではなく、グレーと水色のまじり合ったような色あいだ。天気が崩れるのかもしれない。

さあ、今日は二日目の撮影だ。

簡単に身支度を整えてから食堂に下りていくと、恋と結奈の姿があった。彼女たちは隣接するキッチンでお喋りをしながら、何か作業をしている様子だ。

立夏を見て、「おはよう」と声をかけてくる。二人とも素顔で、髪をまとめてラフな格好をしていた。ショートパンツから伸びた素足が無防備だ。

昨日みんなで話し合い、朝ご飯は時々しか食べないという人もいるので各自で用意し、昼食と夕食は一緒に取ることになっていた。

結奈が愛想よく話しかけてくる。

「ちょうど今、サンドイッチを作ってるところ。簡単なものだけど立夏さんも食べる？」

「あ、もらう。ありがとう」

準備を手伝い、人数分のコーヒーを淹れて食器を運ぶ。すぐに支度が整い、三人とも昨日と同じ席に着いた。

サラダチキンをほぐしてマヨネーズと塩コショウと粒マスタードで和え、キャベツの千切りをたっぷり挟んだサンドイッチと、トマトと目玉焼き。シンプルな朝食を美味しく頂きながら、「よく眠れた？」などと当たり障りのない会話をする。

「あたしはなんか遅くまで目が冴えちゃって。いつもはそうじゃないんだけど、気が昂ってるせいかな」

恋のぼやきに、結奈が「私も、枕が替わるとなかなか寝つけないかも」と深く頷いて同意した。

「気分転換しようにも、ここじゃネットもつながらないしね。そういえば多目的ホールの棚に、ちょっとだけ本があったよね。後で何か借りていこうかな」

結奈がトマトをかじりながら云い、「ああ、それもいいんじゃない」「この島に関する本なんかもあったかも」と立夏たちが相槌を打つ。

他愛のない話題を口にしつつも、みんな気になって仕方ないというように、会話はオーディションの内容へと移っていった。今日はどんなシーンを演じさせられるのか？　台本の続きは、一体どうなるのだろう？　そんなやりとりが飛び交う。

「あの不気味な男の人、またいきなり現れたりするのかな」

「それより、次に殺されるとしたら誰だと思う？」

結奈がそう口にしたとき、食堂に誰かが入ってきて会話が止まる。丈の長いシャツにレギンス姿で現れたのは、瞳だった。

「おはようございます、サンドイッチでよければ作りましょうか？」という結奈の申し出に、瞳がやんわりとかぶりを振る。

「朝はあんまり食べないから大丈夫。お気遣いありがとう」

そう告げて席に腰掛け、瞳は手にした栄養機能食品のバーとミネラルウォーターを少し口にした。部屋から持ってきたらしいノートをめくり、何やら真剣に考えているようだ。

そんな瞳を横目で見やり、結奈が遠慮がちに皆へ問いかけた。

「……ねえ、昨日えみりさんが話してた高遠監督の噂、どう思う？」

一瞬、場が静まった。皆の様子を窺いながら、結奈はおずおずと続ける。

「過去に人を殺したことがあるって、本当なのかな？」

その話題について触れるのをためらうように、口ごもる。誰もが、現実にそんなことが起きたと考えるのが不安だといった表情を浮かべていた。

沈黙に気まずさを覚えたように、「わかんないけど……」と恋がぎこちなく口を開く。

「もし本当に監督が人を殺したりしてたら、警察沙汰になってるはずじゃないの？　そんなニュース聞いたことある？」

「……でも、高遠監督が急に業界から姿を消して、何年も沈黙してたのは事実よね」

やりとりをする二人に、瞳は発言した。

「気をつけた方がいいわよ」

皆の視線を受けながら、瞳が静かに云う。

「もしかしたら私たちを動揺させようとして、わざとそんなことを云い出したのかもしれない。ライバルを陥れるための策かもしれないわよ」

「え……」

立夏は困惑げに眉根を寄せた。瞳が水を一口飲み、「これはあくまで私の勘だけど」と続ける。

「彼女は、色んな意味で手ごわそうな相手だわ。気を抜かない方がいいわね」

瞳の言葉に、恋と結奈も戸惑った様子で黙り込んだ。

昨夜のえみりの発言は、少なくとも表面上は和やかだった雰囲気を一瞬で壊すものだった。『モンスター』に予想外の人物が出演するらしい、とえみりが云い出したときの様子を思い起こす。「極秘情報」を知らなかったのははたして自分だけなのか、他の誰が抜け駆けしているのか、反応を推し測るように互いの顔を見回した。あたかも友人であるかのように同席している相手が競争相手だという事実を、一瞬にして思い出させられたみたいに。

あのとき、告げられた監督の不穏な噂に、えみり以外の全員が動揺した表情を浮かべていたはずだ。

「私たちを不安がらせるために、えみりさんが嘘をついてるかもってこと……？」と、結奈が小声で呟く。

落ち着かないような空気が漂ったとき、当のえみりが食堂に姿を現した。見ると、腕に何かを抱えている。微かに頬を上気させ、こちらにやってきたえみりははずんだ声を発した。

「何のんびりしてるの？　二日目の台本が届いたわよ……！」

えみりは持っていた五冊の台本をテーブルに置き、待ちきれないといった表情で自分の分を手に取った。

「この台本、どうしたの？」と立ち上がりながら瞳が尋ねる。

「玄関前の荷物ボックスに入ってた。私たちが起きてくる前に、スタッフが届けてくれたみたい」

会話しつつ、おのおの台本を手にする。表紙を見つめ、あらためて緊張と興奮が湧いてくるのを感じた。皆、早く自分の演じる役の運命を知りたくてたまらないといった様子でページを開いたり、腕に抱えて部屋へ持っていこうとしたりしている。

と、ふいに恋が「つっ」と呻いて顔をしかめた。見ると、左手の薬指を押さえている。

「やだ、大丈夫？」

結奈が慌てた様子でティッシュを渡す。

「あー紙の端っこで切っちゃったみたい。大したことないから全然、平気」

恋はややばつが悪そうに呟き、やばい、という顔になって手にしていた台本を横に置いた。

「私、絆創膏を持ってるわよ」と瞳が持っていたポーチから傷テープを一枚、取り出して恋に差し出す。さすがの用意のよさ、という感じだ。

ありがとう、と礼を云ってそれを指に巻く恋の姿に、ふと、台本の内容が重なった。左手の薬指を負傷し、何者かの手によって無残に殺害された少女の姿が。

「紙って、少し切っただけでも地味に痛いんだよね」

結奈が顔をしかめ、同情めいた言葉をかける。皆が早々に食事を終えて自室に引き上げていく中、唯一、一階に残ったのは恋だった。彼女は昨日と同じく談話室で台本を読むつもりらしい。

立夏は部屋に戻り、椅子に座ってさっそく台本を開いた。深い水の中へ潜るかのように深く息を吸い込み、読み始める。

――〈エリカ〉という犠牲者が出たことで、五人の少女のたゆたうような時間は突然終わりを告げる。思わぬ事態に恐怖し、激しく取り乱す少女たち。

島に嵐が近づく中、彼女らは疑心暗鬼になり、互いに衝突したりする。

予定の日まで船は来ず、島から逃げ出すことはできない。エリカを残酷に殺した何者かが、今度は自分たちを襲ってくるかもしれない。

〈アイ〉は、男に追われる恐ろしい夢を見る。逃げて、とアイに向かって必死に叫ぶ女の声。アイは島内を逃げ回り、自分を手にかけようとする男からどうにか逃れるが、別の誰かが崖の上で男に追い詰められるのを目撃する。助けなければ、と思うのに、足がすくんで動かない。崖から落ちていく女の悲鳴が響く——。

そこで、アイは目を覚ます。悪夢にうなされて夜中に起きてしまったアイは、窓の外に、一人きりでどこかへ歩いていく〈スミレ〉の姿を目撃する。

驚き、慌てて外に出てスミレを追うアイ。あの不気味な男がどこかに潜んで自分たちを狙っているかもしれないのに、一人で夜の島をうろつくなんて危険すぎる、と焦りながらスミレを捜す。

台本の文字を追いながら、立夏もページをめくる手に力を込める。

アイかスミレのどちらかが哀れな二人目の犠牲者となってしまうのでは、とハラハラさせる展開だ。

真剣に読み進めると、まもなくアイは、崖の上に立ちすくむスミレを発見した。放心したように海を見つめていたスミレはぽろぽろと涙をこぼし、アイに向かって「ごめんなさい」と詫びる。

「ここにいたくなかったの。怖くて、この島から出ていきたくて仕方なかったの。どこにも逃げられるわけなんかないってわかってるのに」
　恐ろしさにじっとしていられなかったのだと打ち明けるスミレ。泣きじゃくるスミレに、「無事でよかった」とアイは落ち着かせるように優しく囁く。

スミレ「夜中に勝手に外に出たなんて知られたら、きっと皆に叱られるわね」
アイ「そうね、すごく心配すると思う」
スミレ「ランに怒鳴られるかもしれない。エリカが死んじゃってからずっと興奮してて怖いの。あの子、私のことを叩くかも」
アイ「大丈夫。このことは二人だけの秘密にしましょう。だからもう危ないことはしないって約束して。ね？」
　アイ、うつむくスミレに微笑みかけて指切りをする。アイの左手の薬指に、誓いの指輪のように絆創膏が巻かれている。

　島に来て二日目、船が近くを通りかからないかと歩きながら海を眺めていたアイは、島の中で怪しい人影を目撃する。正体を確かめるべく、アイはとっさに後を追って島の洞窟へ入っていく。しかし人影を見失い、洞窟の中で迷ってしまう。潮が満ち始め、洞窟内で溺れかけるアイ。そこへ〈ナデシコ〉が現れ、あやういところでアイを助け出す。

ナデシコ、びしょ濡れのアイの肩をつかみ、
ナデシコ「砂浜にあなたの足跡が残ってたから、一人でどこに行ったのかと思って心配したのよ。追いかけてみてよかった。私が来なかったら、溺れ死んでいたかもしれないわ。どうしてこんな場所に来たの？」
アイ「島に、私たち以外の誰かがいたの。きっとあの男よ」
ナデシコ「本当に？」
ナデシコ、警戒するように周囲を見回す。アイに肩を貸し、二人はコテージへと歩き出す。アイが振り返ると、砂浜には自分の濡れた足跡だけがぽつんと残されていた。

やがて、恐れていた事態が起こってしまう。緊張とストレスが極限に達した〈ラン〉は、「エリカをあんな目に遭わせた犯人を見つけて殺してやる」と宣言する。
ラン「あたしは、震えて泣くことしかできない惨めな臆病者じゃない。スミレみたいに夜中にこそこそ一人で逃げ出そうとしたりしない。絶対に」
ナデシコ「スミレは私たちを見捨てようとしたわけじゃないわ、ただ怖かっただけ。皆、死ぬほど怯えてるの。お願いだからバカな真似はやめて」

しかしランは、仲間の制止を振り切って飛び出していってしまうのだ。

ランを捜している途中、アイたちは再び不気味な仮面の男を目撃する。やがて彼女らは、エリカの亡骸の近くで変わり果てたランの死体を発見する。血を流し動かないランの身体の側には、【3】という赤い数字が残されていた。

ナデシコ「あれを見て！」

パニックに陥る中、ナデシコが震える声で叫ぶ。

ナデシコ「あの数字は、生き残っている人数よ。私たちが殺されるたびに減っていく。噂は本当だった、生きてこの島から出られるのはたった一人だけなのよ……！」

二日目のシナリオは、そこで終わっていた。
ふう、と詰めていた息を吐き出す。ストーリーは一気に緊迫した展開になってきた。
二日目の演技審査は、激昂するランが飛び出していって第二の犠牲者となる後半のシーンが指定されていた。セリフの掛け合いや、動きのあるシーンが多い印象だ。
——場所はこの建物の屋上で、開始時刻は午後四時と書かれている。
台本を読むときはいつも全体の流れを把握した後、細部についてや、自分の役をどう演じるか考えながら再読していた。思いついたことを台本に書き込んだり、声に出してセリフを読んだり。

今回も同じようにしてみる。

アイという少女は内気であまり感情を露わにするタイプではないため、今ひとつ演じ方に迷ってしまう部分がある。長年演じてきた「つばさ」がストレートに泣いたり笑ったり、はつらつとした役柄だったため、なおのことそう感じるのかもしれない。

高遠と対峙したときのことを思い出す。

(子役芝居をしようとするな)

逃げや誤魔化しを許さない、真摯な眼差し。

そんな彼に対して、自分は宣言した。周りが抱いている〈つばさ〉のイメージから脱け出したい、役者としての可能性を摑みたい、と——。

じわ、と掌に汗がにじんだ。余計なことばかり頭に浮かんでしまうのは、集中力が切れかかってきたせいだろう。いけない、自分の演じる役に集中しなきゃ。

少しだけ外に行こうと階段を下り、談話室を覗いてみると、そこに恋の姿はなかった。テーブルに飲みかけのペットボトルと台本が置いたままになっており、少しだけ席を外しているといった様子だ。お手洗いか、どこかで軽くストレッチでもしているか。

玄関に向かって歩き出したところで、背後から声をかけられた。

「出かけるの?」

振り返ると、廊下にえみりが立っている。彼女は手にペットボトルの飲み物を持ち、食堂から出てきたところらしかった。

「ちょっと、外の空気を吸いに行こうかと思って」

別に後ろめたいことをしているわけでもないのに、なんとなく云い訳のような口調になってしまう。ふうん、とえみりは感情の乗らない声で呟いた。

「結奈さんも散歩に行くって、さっき出ていったわよ。役作りと気分転換を兼ねて、ですって」

そう云い、何がおかしいのかクスッと口元だけで小さく笑うと、えみりはそのまま背を向けて階段を上がっていった。相変わらずどこか捉えどころのない言動をする人だ。

立夏は気を取り直してスニーカーを履き、外に出た。空は重たい雲がたち込めていた。坂道を上っていくと、遠くに見える海が曇天を映して黒っぽい色をしている。心なしか波も昨日より騒がしいようだ。

周囲の木々がざわめき、潮のにおいがまじった風が吹き抜ける。爽やかとは云いがたい、じっとりとまとわりつくような風だ。それでも身体を冷やし、頭をすっきりさせてくれる効果を感じた。

灰色の空の下、風景を眺めながら歩く。天気が崩れそうな気配がするけれど、雨具の類を何も持ってこなかったことに思い至った。急に降り出さなければいいけど、と思いながら歩いていると、昨日と同じ、海に面した丘で佇む結奈を見つけた。

一人で海の方を眺めている結奈の華奢な後ろ姿に、さっき読んだ台本の〈スミレ〉が重なる。この島から逃げ出したいと怯えて泣きじゃくる、スミレ。

立夏の足音に気がついたように、結奈が振り返った。こちらに向けられたその表情は、当然ながら涙に濡れてはいなかった。

「ごめん、邪魔しちゃった？」と話しかけると、結奈は微笑してかぶりを振った。

……時々、台本のストーリーが現実に侵食してくるような錯覚を起こす瞬間がある。台本の少女たちと同じく、まるで自分たちが本当に危うい孤島に閉じ込められてしまったような気分になる。

「海の色が昨日と全然違うね」

立夏の呟きに、結奈が「うん、そうだね」と素直に頷く。

人間の顔というのは空みたいだ、と思う。ひとめでおおよその様相が判断できる。晴れているか、曇っているか、激しい嵐が近づいているか。

目の前に立つ結奈の表情は、ちょうど今の空模様に似ているように思えた。

晴れでも雨でもなく、曖昧にまじり合った鈍色《にびいろ》の空。そしてひょっとしたら、嵐が訪れる気配を予感させる——。

「海だけじゃなくて」と、立夏はさりげなく口にした。

「なんとなく皆、昨日よりナーバスになってるみたい」

こんな特殊な環境に放り込まれたのだから無理もない、と軽口めかしてそう続けようとしたとき、結奈がぽつりと呟いた。

「たぶん、みんな怯えてるんだと思う」

返ってきた言葉に、結奈を見る。海の方を見つめながら、彼女は云った。

「何かを夢見て、それを現実にしようと本気で努力するのって、怖いよね。失敗したら恥ずかしいし、周りから笑われるかもしれない」

淡々とした、けれど感情のこもった声だった。「何よりも」と結奈が続ける。

「自分が何者にもなれないって、思い知らされることが怖いのよ」

立夏は黙り込んだ。遠くで、海が荒々しく揺れている。

結奈の言葉が胸を衝く。そう、大きなものを抱えてしまった人間はきっと、自らの重みで沈んでしまう。暗く、深い水の中でもがき、そのまま溺れてしまうかもしれないのだ。

無言になる立夏に、本心を打ち明け過ぎたと思ったのか、結奈は気恥ずかしそうに苦笑した。

「ごめんね、変な話しちゃった。立夏さんにはあんまりピンと来ないよね」

空を見上げ、立夏に話しかける。

「なんだか嫌な感じの天気だね。私はそろそろ戻るけど、どうする？」

「……もう少し歩いてから帰ろうかな」

じゃあね、と去っていく結奈の後ろ姿を見送りながら、胸の内に微かにわだかまるものがあった。立夏のことを、自分たちほど切実には役を求めていないだろうと彼女らが信じている気配を感じ、もやっとする。そんなことない、と反論しなかった自分にも。

私だって真剣で必死なのだと、そう返せないのは、立夏自身がそれを表明することを恐れているからかもしれなかった。彼女たちと同じ舞台に立ち、絶対に負けない気持ちと能力があると、どうしてもそれが欲しいのだと、叫ぶことからどこかでまだ逃げているのかもしれない。無邪気ではがらかな、「つばさ」の仮面を捨てられないでいるのだ。

だけど、私だって——。

（大きくなったら、きっと女優さんになれるよ）

ふと、幼い頃に聞いた母の声が耳の奥で響いた気がした。胸に小さな痛みを覚え、ぎゅ、と拳を握りしめる。

なんとなく散策を続ける気分ではなくなったけれど、宿泊所には戻らずそのまま先へ進んだ。遠くに海を眺めながら歩く。さっきより風が強くなり、波が高い。

突然、近くの茂みが不自然に揺れた気がした。野生動物か、それとも恐ろしい殺人鬼かがすぐそこに潜んでいるさまを思い浮かべて立ち止まる。リアルに想像してしまい、鼓動が徐々に速くなる。じっとしていると、荒い息遣いや、低い唸り声までが茂みの中から聞こえてくるような気さえした。

しばしその場で身構えていたけれど、茂みから何かが飛び出してくるようなことは起こらなかった。

ただの風か、あるいは島に残っているスタッフがたまたま通り過ぎただけなのかもしれない。呼吸を整え、しっかりして、と自分自身に云い聞かせる。気持ちが無意識にシナリオの内容に引っ張られている。斧を持った殺人鬼が現実にうろついているわけ、ないじゃない。

気を取り直して歩き続けると、しばらくして、海にせり出した崖に出た。——一日目の演技審査のときに仮面の男が立っていた場所だ。

と、地面の上に何かが置いてあるのが見えた。緑に埋もれるように置かれた白い物は、離れた場所からでも目についた。

近づいてみると、そこにあったのは花束だった。朽ちた島におよそ不似合いな、真新しい花束だ。綺麗に束ねられた花の、真っ白な花弁がさみしげに風に震えている。

立夏は小さく首をかしげた。手に取ってみようとして、風が強くなってきたので、そこで引き返すことにする。どのみち、そろそろ昼食の支度をしに戻らなければならない時間だ。

足早に宿泊所へと戻り、自室へ行こうとして、多目的ホールの扉が視界に入った。えみりが昨夜、ここに置いてあった段ボール箱の中から血糊を見つけたと話していたことを思い起こす。

（ちなみに、もっと物騒な物もあったわよ。後で確かめてみれば？）

好奇心、というよりは義務感に駆られて、立夏は扉を開けて中へ入った。

床に置いてあるいくつかの段ボール箱のふたを開けていくと、それぞれ雨具や救急箱、予備のシーツや懐中電灯などといった物たちが詰め込まれている。他のものに比べて妙に軽い箱を見つけ、それを開けてみた。中を覗き込み、息を吞む。

箱の中には、仮面が一つ入っていた。目鼻のない無機的な仮面。昨夜見た、斧を持った人物がつけていたのと同じものだ。

——そして、仮面と共に入っているのは、大振りのナイフだった。

◇

昼食の時間になり、全員が食堂にそろった。

手早く簡単にできるもの、ということでそうめんにする。ツナやトマト、千切りにしたハムやキュウリや薄焼き卵といった具材を数種類用意し、それぞれ好きな具と一緒に食べるスタイルだ。具だくさんにすれば、炭水化物ばかりということにはならないだろう。

お手軽なメニューのわりに好評で、テーブルには和やかな空気が漂った。食事をしながら、皆リラックスした様子でお喋りをする。

「あ、私、おそうめんに缶詰のミカンは要らない派」

「色付きのそうめんって、なんで数本だけ入ってるんだろうね」

それは素でくつろいでいるようにも、意識してそうふるまっているようにも見えた。今このときは休戦の場で、奇襲をかける者はいないと互いに示し合っているように思えた。……現実にはそうでなかったとしても。

恋が、「これ、誰が置いたの?」とテーブルの上のコップを指差した。云われて、野花らしきものが数本挿してあるコップに視線を向ける。茎の先端に、複数の小さなピンク色の花が咲いていた。結奈が遠慮がちに名乗り出る。

「あ、私。なんとなく殺風景かなって思って飾ってみたの。邪魔だったら、ごめんね」

さっき外に出た帰りに、摘んできたのだろう。「ううん、綺麗ね。ありがとう」と瞳が如才ない微笑を浮かべる。

結奈が立夏を見てにこやかに云った。

「これ、藍の花なのよ」

「え、そうなの？　藍っていうから、青い花なのかと思ってた。意外」と恋が目を丸くする。立夏もそう思っていた。

テーブルを囲んで昼食を取る彼女らを眺めていると、なんだか不思議な気持ちになってくる。こうして島にいる自分たちを、またしても台本の中の役に重ねてしまいそうになる。

百合の形をした照明の下で語り合う、花と同じ名前の少女たち。

「玄関にウィンドチャイムがぶら下げてあったけど、あれも結奈さんが飾ったの？」

瞳の問いに、結奈がはにかみながら頷いた。

「うん、棚の隅に置いてあったのを見つけたの。手作りみたいだから、島に住んでた人が作ったのを置いていったのかも。食卓に花を飾ったら、玄関に何もないのがちょっとさみしい気がして……」

ウィンドチャイムとは、風鈴のように風に揺れることで澄んだ音を出す楽器の一種だったはずだ。

玄関に何もないのがさみしい、という結奈の言葉を聞いて、ふと以前招かれていった友人宅が思い浮かんだ。玄関の靴箱の上に、ペットや家族の写真、手作りのアロマキャンドルやガラス細工のカエルなどが所狭しと飾られていた。

「ママが云ってたんだけど、玄関にカエルの物とか置くといいらしいよ。無事帰る、って、それってただのダジャレじゃんねえ？」と軽く笑って云った友人は、立夏が玄関で見送った母の後ろ姿が、母を見た最後になったことを知らない。飾られた笑顔の家族写真は、幸せの象徴みたいに見えた。

……胸の奥が、微かに軋んだ。

昼食の時間が終わっても、全員、席を立たずその場に留まっていた。窓の外でひっきりなしに木々がざわめいている。

「さっきよりも風が強くなってる」

「台風が近づいてるのかな」

人の気配のない島では、風の唸る音がずいぶん大きく聞こえた。まるで幽界からの声のようにも思えて、気味が悪い。巨大で不吉なものが近づいてきているという感覚があった。

嵐の気配を、誰もが皮膚で感じ取っているようだった。

「船の中で、低気圧が近づいてるって天気予報を聞いたよ」と恋が云う。結奈は心配そうに呟いた。

「直撃しないで逸れてくれるといいんだけど……」

「雨風で無線のアンテナがやられたりしないといいわね」

「あ、それ、映画だったら絶対フラグになるやつ」

瞳の言葉に、恋が冗談めかして続ける。

「ホラーとかサスペンス映画だったら、唯一の通信手段が何者かに壊されたりするんだよね。それで危険な状況で閉じ込められるの」

天気の話題が一転、なにやら物騒な方向に転がった。恋がやや複雑な表情になり呟く。

「嵐の孤島なんて、この状況、リアルに怖くなってきちゃうよね。高遠監督の映画に出られるからいいけど、そうじゃなきゃ絶対に来ない――」

云いかけ、恋はそこでハッとしたように口を押さえた。他のメンバーが、恋の発言に「え？」と戸惑った表情で動きを止める。やがて瞳が冷静に口を開いた。

「……まるで自分がヒロイン役を演じることが決定してるみたいな云い方をするのね。まさか、こっそり裏で何かの工作でもしてたりするのかしら？」

「そんな、そんなこと、するわけないし」

恋が慌てた表情でかぶりを振る。その視線が、誰かに助けを求めるように激しく揺れていた。

瞳はじっと恋の様子を窺い、それから静かに口にした。

「そう。その言葉を信じるわね」

その響きは言葉通りにも、真逆の意味を含んでいるようにも受け取れた。

皆、どこか落ち着かない様子でそわそわし出す。さっきまでの和気藹々《わきあいあい》とした雰囲気が、緊張から目を背けようとしてあえて作られたもののように思えた。

気まずい場の空気を元に戻すように、瞳が二日目の台本について発言する。

「〈ラン〉は、〈エリカ〉の死体の近くで殺されるのね。そういう描写があるってことは、えみりさんも当然、現場で引き続き死体を演じなきゃいけないわけね」

話題が変わり、恋はあからさまにホッとした顔になった。「……なんか、わざわざ死体を映すとか悪趣味」と眉をひそめて話に加わる。えみりが殺された少女を生々しく演じたときのことを思い出したのかもしれない。結奈も意見を口にした。

「よくわかんないけど、高遠監督の映画って独特の映像美も特徴だから、そういう演出効果を意図してるんじゃないかな？　耽美な世界観っていうか」

「少女の死体が島に転がってるのが耽美なの？」

うろんな表情をする恋に、結奈が考えながら語る。

「『死体のある20の風景』っていう写真集、知ってる？　役者や女優が色んなシチュエーションで死んでる設定の写真集なの。ちょっと怖いけど、すごく綺麗で。ああいうアートな感じの雰囲気を意図してるのかもしれないし」

「あるいは、本当は死んでいないって可能性もあるわよね」

瞳がぽつりと呟いた。

「殺されたと思った人物が実は生きていて――なんて展開、この手の作品のお約束じゃない？」

瞳の言葉に、周りが驚いたように黙り込む。

「そっか、そういう展開も考えられるのよね……」と、結奈が独白のように云った。

多目的ホールでさっき見た、箱の中身が頭に浮かぶ。たとえば、あの箱に小道具として入っていた血糊が、作中で「血」ではなく、文字通り「血糊」として使われたとしたら。最初の犠牲者となったエリカが、実はそうではなかったという可能性も十分にありうるわけだ。

今さらながら、現実とフィクションがまざり合う、奇妙な感覚に襲われる。

「……それにしても、なんだか変な感じよね」

まるで立夏の思考を読み取ったかのごとく、結奈が呟く。「変な感じって、何が？」と立夏は尋ねた。

「この台本よ。今までの高遠監督の作品と、ちょっと違う気がしない？」

返ってきた答えに、立夏は怪訝な表情を浮かべて口を開いた。

「そりゃあ、初のホラーサスペンスなわけだし……ジャンルが違うからそう感じるんじゃない？」

「そうなのかな」

結奈が尚も不安そうな、釈然としない面持ちで首をかしげる。確かに、次々と少女たちが死んでいくような血なまぐさい展開はこれまでの高遠作品には見られなかったが。

結奈はためらった様子で言葉を続けた。

「それに、台本の内容にミスもあるの。たとえば……ほら、ここ」

持ってきていた自分の台本を開き、立夏たちに見せる。と、恋が台本を覗き込み「わ、すごい」と声を発した。驚いたように呟く。

「書き込みがたくさん」

確かに、結奈の台本には几帳面な文字で何やらびっしりと書き込んである。作品に対する彼女の熱量が垣間見えた気がした。

「そこは別に見なくていいよ」

やや恥ずかしそうに云う結奈に、「え、でもさ」と恋も手元に置いていた自分の台本を開いてみせた。訝しげに結奈に尋ねる。

「オーディションが終わったら台本を返却してって云われたから、汚さないようにずっと注意してたんだけど、書き込んだりしていいんだ？」

立夏は頷き、口を開いた。

「回収するのは、シンプルに情報漏洩《ろうえい》防止のためじゃないかな。オーディション終了後にこの台本を何かに使用するわけじゃないだろうから、そこは気にしなくて大丈夫だと思うよ」

「うん、そうよね――じゃなくて。見て欲しいのは、このシーンなの」

結奈が真顔でページの一部を指差し、逸れそうになった話題を引き戻す。

精神的に追い詰められたランが、他の少女たちに感情をぶつけるシーンだ。

ラン「あたしは、震えて泣くことしかできない惨めな臆病者じゃない。スミレみたいに夜中にこそこそ一人で逃げ出そうとしたりしない。絶対に」

ナデシコ「スミレは私たちを見捨てようとしたわけじゃないわ、ただ怖かっただけ。皆、死ぬほど怯えてるの。お願いだからバカな真似はやめて」

「ね？」というように結奈が立夏たちの顔を見回す。

「〈スミレ〉が夜中に一人で外に出ていったっていう事実は、〈アイ〉との秘密のはずでしょ。二人しか知らないはずのことを、どうして全員が知ってるの？」

云われて立夏たちは、あっと声を発した。

「――確かに、矛盾してるよね」

「それだけじゃないわ。一日目の台本では左手の薬指を怪我したのはエリカのはずなのに、二日目の別のシーンでは、アイの指に絆創膏が巻いてあるの」

台本をめくりながら、結奈が表情を曇らせて指摘する。

「細部に辻褄が合わないところがあるのよ。オーディション用の仮台本だからって云われたらそうなんだけど、天才と云われた高遠監督らしくないっていうか……」

云い淀み、結奈は思いきったように口にした。

「こんなこと云いたくないけど――今の監督は、本当に正常なのかしら」

場が凍った。胸の奥底にあった疑念を指摘されたかのように、皆が引き攣った表情を浮かべている。

発言した結奈自身も、すぐ気まずそうに目を伏せた。室内に困惑したような視線が飛び交う。しばし沈黙が漂った。

ふいに、強い風が窓を震わせた。「うわ」と恋が間の抜けた声を上げ、それをきっかけに、ハッとしたように部屋の空気が元に戻る。

「……風、止みそうにないわね」

外を見ながら、瞳は低く呟いた。

「演技審査に支障がなければいいけど」

「うん、そうだね」と立夏もなんとなくホッとしながら同意する。瞳がため息をついて云った。

「悪天候のせいでオーディション中止なんてごめんだわ。こっちはいつだって心構えができてるのに」

「あたしも、めちゃくちゃ緊張してるけど延期は嫌だなー。ずっと落ち着かないもん」と恋が情けない面持ちでぼやく。

「もうなるようにしかならないっていうか、いっそひと思いに終わらせて欲しいっていうか、そんな感じ。こういうのなんて云うんだっけ。〈断頭台の露と消える〉？」

「それを云うなら〈まな板の鯉〉でしょ。ギロチンに掛けられてどうするの、縁起が悪いよ」

恋の呟きに、苦笑して指摘する。結奈も困ったように頷いた。

「そうだよ。しかもそれ、夢破れて志半ばで散るみたいな意味合いの表現じゃない？」

「ああ、フランス革命を題材にしたミュージカルとかでよく……」

と、恋が乾いた笑い声を漏らした。怪訝そうに視線を向ける立夏たちに、「あ、ごめん」と慌てて詫びる。

「や……なんか、この状況、ちょっと前の自分が聞いたら絶対信じないだろうなって思って」

恋は苦笑いしながら口にした。

「いきなりこんな島とか来てるし、ゲーノー人とかいるし。毎日稽古ばっかしてたあの頃の自分が知ったら、ありえなすぎてきっと本気でビビると思う」

冗談めかした彼女の口調に、ほんの少しだけ未練のようなものがにじんだ気がして、立夏は遠慮がちに尋ねた。

「……足の怪我は、完治しないの？」

「日常生活には何の問題もないけど、リハビリをしても、選手として本格的に競技を続けるのは無理だろうって」

周りから何度もされてきた質問なのか、恋が淡々と答える。

「まあ、長く続けてると、故障してやめちゃう人とか普通にいたし。個人的な理由で競技を続けられなくなった選手とか、色んな人を見てきたつもりだった。……でもあたしバカだから、本当の意味ではわかってなかったんだ。それがどういうことなのか」

平静な口調を装いつつも、苦い色をにじませて恋は続けた。

「努力して、精一杯ぶつかってあがいて、それでもどうしても壁を越えられなくて諦めるなら、悔しいけど納得はできる。でもそういうのじゃないんだ。特別な試合でもなんでもない、練習中のつまらないミスで怪我をして、今までできていたことができなくなる。怪我する前なら勝てたはずの選手が、自分よりも先へ進んでいくの。それってたまらない気分。腹が立って、辛くて情けなくて、どうすればいいのかわからなくてめちゃくちゃ戸惑ったよ。何だよこれ、って」

誰も口を挟まなかった。不器用に語られる言葉の端々から、リアルな彼女の葛藤が伝わってくる。

「もし、競技者として望むような結果が出せなかったとしても」

恋は何もない空間を睨みつけ、唸るように云った。

「あたしは全力でやり切ったって、胸を張って挫折したかった」

一瞬だけ顔を歪めた恋が、泣いているのかと思った。けれどそうではなかった。夢を断たれてからおそらくもう幾度も自問し、自身を責め、彼女の中で何らかの折り合いをつけたのだろう。

そうしてここに来たのだ。

「ずっと頑張ってきたことが不完全燃焼な感じでいきなり終わっちゃったから、胸のところにぽっかり穴が開いたみたいな気持ちだったの。もやもやして、なんだか無性に苦しくて。それで決めたの」

真摯な声で、恋が云い切る。

「灰も残らないくらい、今度こそ自分を燃やし尽くせるものを絶対に見つけてやるって」

おお、と感心したような声が上がった。

「燃え尽きたぜ……みたいな？　それ、すごくかっこいいかも」

結奈が無邪気にはしゃいでみせる。立夏は呆れ顔で苦笑しながら云った。

「いや、何今から終わりみたいなこと考えてんの。まだ始まってもいないよ」

表情を引き締め、口にする。

「これから始まるんだよ」

高遠の話題で漂っていた不穏な空気は、いつしか遠くへ押しやられていた。場に、奇妙な一体感が湧く。……そうだ、とにかく今はベストを尽くすしかない。自分たちは限られた招待状をもぎ取り、望んでこの場所に立っているのだから。

立夏があらためてそう決意していると、クスッと小さな含み笑いが聞こえた。えみりだ。立夏たちのやりとりを眺めていたえみりは、面白そうに目を細めてゆっくりと席を立った。

唇の端を引き上げ、「お先に失礼」と短く告げてドアへと向かう。悠然と歩く後ろ姿を、立夏は怪訝な表情で見つめた。

昨夜の彼女は、自分の演じる役が第一の犠牲者になったことにショックを受けたように、演技審査の後はずっと硬い表情をしていた。しかし、今のえみりは昨夜とはずいぶん様子が違うように見える。まるで今の状況を面白がっているような、余裕らしきものすら感じられる気がした。

立夏はえみりの後を追うように食堂を出た。廊下を歩く彼女を呼び止める。

「何か用？」

不思議そうな表情で問われ、立夏は口ごもりながら話しかけた。

「用ってわけじゃないんだけど……その、なんだかやけにえみりさんが楽しそうに見えたから、気になって」

立夏のストレートな問いに、「は？」とえみりが小首をかしげた。きょとんとした顔でこちらを見る。

「あ、ごめんね、変なこと云って。別に気にしないで」

立夏が早口にそう告げると、えみりは、にやり、と微笑んだ。それからおもむろに窓の外へ視線を向け、強風にあおられる樹木を見つめながら、当たり前のように口にする。

「だって楽しいじゃない？」

「え……？」

えみりの言葉に、困惑の声を漏らした。まるで獲物を見つけたときの猫みたいに、えみりの瞳孔が開いている。一瞬、身震いするような感覚を抱いた。

「これから何が起こるのか、最高に楽しみ」

風が低く唸っている。崩れゆく外の景色から目を逸らさないまま、えみりが囁く。

「――私たちはまさに今、高遠監督の作り出した世界の中にいるんだから」

TAKE4　疑惑

　部屋のドアが勢いよく叩かれたのは、自室に戻って一時間も経たないうちだった。

　ドアを開けると、廊下に恋が立っている。何やら緊張しているような、困惑したような表情を浮かべていた。

「ごめん、邪魔しちゃったよね。悪いけど、下に来てくれる？」

「何かあったの……？」

　尋ねると、恋は硬い面持ちで頷き、とにかく一緒に来て欲しいと告げた。

　恋の後について一階に下りると、多目的ホールにえみりと瞳がいた。彼女たちは、ホール奥の机上に置いてある無線機の側に集まって会話している。しかし、楽しくお喋りしているという雰囲気ではなさそうだ。

　やってきた立夏の姿を見て、瞳が眉根を寄せて尋ねる。

「結奈さんは一緒じゃないの？」

「声かけたんだけど、部屋にいないみたいで。もしかしたら散歩にでも行ってるのかも」

恋の説明に、えみりは揶揄するように云った。

「彼女、やたらと一人で出かけるのね。なんか怪しいなあ。役作りとか云って、外でいったい何をしているのやら？」

「――こんなときに不謹慎な冗談云わないで」

瞳が顔をしかめてたしなめたとき、玄関で賑やかにウィンドチャイムが鳴った。話題の主が外から戻ってきたらしい。恋が呼ぶと、間もなくして結奈がホール内に入ってきた。皆が集まって立っているただならぬ空気に、「どうしたの？」と不思議そうに問いかける。

瞳がひと呼吸置き、真顔で告げた。

「無線機が使えないの」

「え？」

訊き返した立夏と結奈の声が重なる。結奈はうろたえた様子で訊いた。

「使えないって……どういうこと？」

瞳が冷静に、けれど緊張を宿した声で答える。

「台風が近づいてるみたいだって云ってたでしょう？　天気の状態はどうなのか、オーディションはこのまま継続されるのか、スタッフに確認したくて通話しようとしたら、使えないことに気づいたの。――バッテリーが外されてる」

瞳は手にした無線機を裏返して見せた。……確かに、バッテリー部分が空洞になっている。

「そんな、どうして」

立夏は目を見開いて立ち尽くした。

「昨日スタッフさんから無線機の使い方を教えてもらったときは、何も問題なかったのに」

「立夏さんも心当たりはないのね？」

瞳にそう問われ、彼女たちがさりげなく自分の反応を窺っていることに気がついた。首を横に振る。

「知らない。無線機には触ってないわ」

恋が眉をひそめて皆の顔を見回す。

「誰がやったの？　イタズラなら性質《たち》が悪いよ、こんな状況で笑えない」

……しかし、名乗り出る者はいなかった。

「誰か、これまで他に無線機を使った人はいる？」という瞳の問いに、全員が即座に否定する。

瞳の視線を受け、結奈が一瞬身をこわばらせる気配があった。

「……つまり、ここに来てから今までの間、いつバッテリーが抜かれたのかは全くわからないわけね」

瞳が小さくため息を吐く。五人共、無線機の置いてある多目的ホールにはいつだって自由に入れた。荷物の入った段ボール箱が置いてあることもあり、全員が何度か出入りしていたように思う。誰の仕業かを特定することは不可能だろう。えみりがわざとらしく聞こえよがしに云う。

「誰かさんがこっそりバッテリーを外して、海にでも捨ててきたんだったりして？」

結奈は一瞬きょとんとしたが、今しがた外から帰ってきた自分が当てこすられているらしいとすぐに気づき、うろたえた声を発した。

「私、そんなの何も知らない。バッテリーに触ったりしてないわ」

四人の様子を窺うと、いずれもこの状況に疑心と戸惑いを覚えているように見えた。しかしここにいるのは皆、演じることを生業《なりわい》にしようとしている者たちなのだ。誰の浮かべている表情が本心からのもので、誰が演技をしているのか、見抜くことは困難に思われた。

恋が頬を引き攣らせて云う。

「まさか、島にいる私たち以外の誰かの仕業ってことはないよね？」

「わからないけど——仮にいま非常事態が起きても、私たちから外に連絡できないことになる」

云いながら、食堂で恋が冗談めかして口にした台詞が思い浮かんだ。

（ホラーとかサスペンス映画だったら、唯一の通信手段が何者かに壊されたりするんだよね。それで危険な状況で閉じ込められるの）

立夏と同じようなことを考えているのか、他の少女たちも表情が硬い。

結奈が不安そうに問いかけた。

「どうしよう？　急いで島にいるスタッフさんを捜して、無線機が使えないことを伝えるべきよね？」

「……それはどうかしら」

瞳がぽつりと呟いた。何やら考え込む表情になり、続ける。

「もしかしたらこれは、予想外のトラブルじゃないのかもしれない」

場に、ハッとした空気が流れた。

「何それ、どういうこと？」

食い気味に尋ねる恋に、瞳が言葉を選びながら「わからない？」と丁寧に説明し出す。

「この最終オーディションで、高遠監督は、実際に島で五人だけで過ごすよう私たちに指示した。『モンスター』の内容に近い状況を作り出し、台本まで物語と同じ時系列で一日分ずつ渡してる。

——私たちが集中して役に入り込めるようにね」

恋がふいをつかれたように目を瞠った。瞳が云おうとしていることをようやく理解したらしい。

「つまり——台本と同じような状況にするために、わざと連絡を断たせたかもしれないってこと？」

第三者に助けを求められない、定められた時刻が来るまでは閉鎖環境に身を置かなければならない、物語の少女たちのように。

「あくまで、推測だけれど」と瞳が頷く。しばし黙った後、恋は大きく首を縦に振った。

「確かにありうるかも！」

考えをまとめるように、恋が続ける。

「そうだよ、あたしたちに無線機の使い方を説明した後、スタッフの人がここから引き揚げるときにとっくにバッテリーを持ち去ってた可能性だってあるし」

「そもそも、私たちは本当の意味で孤立しているわけじゃないわ」

瞳が補足するように発言する。

「この島には私たち以外に数名のスタッフが残っているはずだし、毎日指定された時間に行われる演技審査でカメラが回っているんだから、差し迫ったことが起きたときは彼らにそれを伝えることが可能でしょう?」

「まあ、一理あるわね」

えみりがどこか飄々とした様子で同意した。

「もしかしたら私たち皆、試されてるのかもね。動揺して、無線機が使えないことを演技審査中にカメラに向かって訴えたりしたら、役に入り込めていないって判断されてマイナス評価を付けられるかも」

「これもオーディションの一環かもしれない、ってことね……?」と、結奈が緊張した表情で呟く。

「じゃあ、私たちはスタッフさんを捜して無線機のトラブルを訴えるんじゃなく、今から始まる演技審査に向けて準備した方がいいってこと?」

結奈の言葉に、全員が思案する表情で黙り込んだ。皆が同じような結論に達したか、あるいは……この中にそんなことをした「犯人」がいると思いたくなくて、現実から目を逸らそうとしているかのように。

結局、スタッフに知らせに行くべきだと強く主張する者はいなかった。今ひとつすっきりしない顔をしつつも、恋が「……あたし、談話室で台本読んでるから」と戻っていく。

廊下へ出ていく恋の背中を見送ると、えみりが立夏たちに声をかけてきた。

「ねえ、見て」

云いながら、作り付けの棚から一冊の本を取り出す。えみりが手にしているのは、古びた植物図鑑だ。

「それってまるで……」と瞳が驚いたような表情になる。立夏も戸惑いを浮かべて植物図鑑を凝視した。台本の中で、少女たちが古い植物図鑑を眺めるシーンを連想する。

えみりがにやりと笑って云った。

「偶然だと思う？」

誰かの意図によるものか、そうでないのか、シナリオが現実にリンクしていく。外部と連絡が取れない自分たち。自分たちの他に――もしくは自分たちの中に、身の安全を脅かす何者かがいるかもしれないこの状況。そして一人ひとり、消えていく。

結奈が、心なしかこわばった表情で呟いた。

「なんか……気味が悪い」

立夏は黙り込んだ。胸がざわついて、落ち着かない。

えみりはパラパラとページをめくっていたが、すぐに興味を失ったように図鑑を無造作に棚へと戻した。そのままさっさと歩き出す。

「どこに行くの？」という瞳の問いかけに、えみりは「自分の部屋だけど？」と短く答えて去っていった。相変わらずのマイペースぶりだ。彼女にとって大切なのは、あくまで高遠作品であり、それ以外のことについてはさして関心がないのかもしれない。そして、きっと彼女なら、高遠作品に関わるチャンスを得るためにどんなことだってするだろう――。

立夏は首を横に振った。今はとにかく、オーディションに集中しなければ。

「……私も、二階の部屋にいるね」と結奈が遠慮がちに口にした。今日の演技審査の舞台は、この建物の屋上だ。天候も良くないし、外へ下見に行く必要はないので、今からは自室にこもってセリフを覚えるつもりだろう。

瞳が気持ちを切り替えるように軽く息を吐いて、云う。

「私はちょっとだけ外を歩いてくるわ」

「風が強いけど、一人で平気？」

立夏が訊くと、瞳は「ええ」と小さく頷いた。

「遠くに行くつもりはないもの。それに、身体を動かした方が頭にセリフが入りやすいし」

「劇団出身の役者さんって、そう云う人が多い気がする」

「そう？」

喋りながら、全員で多目的ホールを後にする。なんとなく、互いが意識して平穏を装っているようなぎこちない感じが、少しした。不穏な裂け目に蓋をして、見なかったことにしているような空気が。

そのまま立夏も二階の自室へ戻ったものの、やはり落ち着かず、台本の内容に今ひとつ集中できない。

少しして、階下から金属の鳴るような甲高い音が聞こえた。結奈が玄関に飾ったウィンドチャイムだろう。瞳が外へ出ていったらしい。

窓の外を見ると、空は曇っているものの雨は降っていないようだった。立夏も少しだけ外の空気を吸いに出ることにする。

身支度を整えて一階に下り、玄関のドアを開けた途端、勢いよく風が吹き込んできた。強風に煽られてウィンドチャイムが派手に鳴り響き、立夏は慌てて外に出てドアを閉めた。

午前中に外出したときよりも、風が明らかに強い。飛来物に気をつけつつ、道を歩き出した。

坂道を進むと、路上には木の枝の残骸などが散らばっていた。しょっぱい匂いのする湿った風が、ひどく重たく感じられる。髪がなぶられて激しく揺れた。胸の内で水位を上げる不安から逃れるように、高い方へと登っていく。

風に吹かれながら、頭の中で色んな出来事がぐるぐると回っていた。

しばらく歩くと、開けた丘から黒々とした海が見えた。立ち止まって眼下の風景を眺めていたとき、ふいに視界に動くものが映った。――遠くの道を、誰かが歩いている。

距離がある上、生い茂った木々が邪魔してはっきりとは見えないが、身体つきからして成人男性のように思えた。

「あの、すみません！　スタッフの方ですか？」

立夏の呼びかけが聞こえないのか、遠くに見える人の姿は坂道を下り、砂浜の方へと向かっているようだった。立夏はその人物がいる方向を目指して走り出した。

坂道を駆け、人影を捜す。丘から人の姿が見えた辺りに移動したものの、周囲には誰も見当たらない。

立夏はそのまま砂浜の方へ下りた。海に近づくと、風と波の音がまじり合っていっそう喧《やかま》しく聞こえた。昨日よりも波が高く、頭上の雲がすごい速さで流れていく。大波でぬかるんだ砂の部分が水鏡のようになり、島影を映していた。見上げると、峻険な岸壁は下の部分が緑に覆われ、上方は地層がむき出しになっている。

人の姿を捜しながら砂浜を進むと、足元に礫《れき》や岩がいくつも見られるようになった。平坦な砂地が、徐々に岩路になっていく。大小さまざまな岩が転がる足場の悪い道を、注意しながら歩いた。するとやがて、道が水没し始めた。水位はくるぶしくらいまでの浅さで、濡れた草や海藻などで岩がぬるぬるしている。立夏は思いきって水没地帯に足を踏み入れ、なるべく歩きやすそうな砂地と岩を選びながら歩き続けた。

苔に覆われた大岩や、近くの岩にぶつかって砕ける波を横目に歩いていたとき、目の前に思いがけないものが現れた。あっ、と声を上げる。

――洞窟だ。一部の岸壁の下部分が、いびつな長方形のようにぽっかりと口を開けている。岩が波に削られ、浸食されることによってできる、いわゆる海食洞だろう。

突然、台本の内容が頭に浮かんだ。作中に〈アイ〉が島の中で怪しい人影を目撃し、その姿を追って洞窟に入り込むというシーンがあった。

ごく、と唾を呑んだ。

……今の状況は、シナリオの展開とそっくりだ。謎の人影を追い、洞窟にたどり着く〈アイ〉。そんなことはありえないと思いつつも、斧を持った仮面の男がすぐ近くにいて、自分たちを狙っているのかもしれない――そんな想像が浮かんでしまう。

立夏はかぶりを振り、不気味な疑念を打ち消した。今の自分は、良くも悪くも演じる役に影響され始めている。

立夏は洞窟へと近づいていった。覗き込むと、洞窟の内部はくびれた隘路《あいろ》が続いていて、黒い岩肌がむき出しになっている。海水が流れ込んで小川のようになっており、両端に人が通れるくらいの陸があるようだ。表面の赤茶けた岩がごろごろと転がり、奥の方に漂着したゴミや木の枝などが落ちているのが見える。

入口の所で、大声で呼んでみた。

「誰か、いますかー？」

わあん、と洞窟内に声が反響する。中から答える声はなかった。

ややためらった後、立夏は洞窟の中へと歩き出した。そう、これはれっきとした現実なのだから、斧を持った殺人鬼なんているはずがないのだ。

ちょっとだけ確認して、すぐに引き返そう。怖いことなんて、何もないはず。

そんなことを考えながら、暗い岩の裂け目へと足を踏み入れる。まるで怪物のお腹の中に入っていくような気分だ。

洞窟内の岩壁はひんやりしていて、湿った空気のにおいがした。中は予想以上に広いが、地面が濡れていてひどく滑りやすい。

数メートルばかり進むと、漂着物らしき物がいくつも地面に転がっていた。黒ずんで劣化したバケツや、塩化ビニールでできたクマの玩具。褪せて所どころ破れたクマの玩具は、片目がなかった。

クマやうさぎのぬいぐるみを家族に見立ててごっこ遊びをしていた幼い日のことが頭をよぎり、過去の亡霊がよみがえったような気がして、一瞬寒気を覚えた。よく見ると、近くには小動物の骨らしきものも散らばっている。

作り物ではない、自然の迷宮に畏怖めいた感情が湧いた。入口から遠ざかるにつれて、一歩ずつ人間の世界から遠ざかっていくような気持ちになる。奇怪な形の岩などが、まるでその意思を持って立夏を睥睨《へいげい》しているように見えた。奥に行くにつれ、徐々に暗さが増していく。懐中電灯を持ってくればよかったな、と少し後悔した。歩きながら周囲を見回すも、人の姿は発見できない。……いつのまにか、結構奥深い場所まで一人で来ていた。

立夏が入口へ引き返そうとしたとき、突然、何かに足を取られた。きゃっ、と転倒する。地面に膝をしたたかに打ち付け、顔をしかめながら足元を見ると、岩の間に足が挟まっていた。岩と岩の隙間に、足首の部分がすっぽりと嵌まってしまっている。慌てて足を引き抜こうとしたけれど、きつく挟まれていて抜くことができない。それならば、と岩をどかそうにも、岩は半ばまで地面に埋まっており、道具がなければ取り出すのは難しそうだった。

嫌な汗が背中を流れた。……これは、もしかしたらまずい状況なのではないか?

焦って周囲を見回し、直後に視界に飛び込んできたものを見て、立夏は思わず息を詰めた。

——洞窟の天井に、何かゴミのような黒っぽいものが無数に貼りついている。

枯れ葉だ。枯れ葉が天井にくっついているということは、おそらく満潮になると、この洞窟内は海水で満たされるのだ。

ひゅっ、と喉が引き攣った音を立てた。大変だ。

視線を動かすと、洞窟内を流れる小川は、さっきよりも水位が上がっているような気がした。水面の高さが、陸に近い。自分の置かれた状況を理解し、全身が粟立った。

やみくもに足を引き抜こうとするも、足首に痛みが走ってうまく抜けない。どうやらおかしな角度で挟まってしまっているようだ。

立夏は焦りながら叫んだ。

「誰か、助けて！　動けないの」

洞窟内に、哀れっぽい自分の声が反響する。半ばパニック状態に陥りかけ、尚も声を張り上げる。

「誰か！　ねえ、近くにいるんでしょ？」

この島にいるスタッフ達には聞こえないのだろうか。不安のせいか、流れる水音がやけに大きく聞こえた。鼓動がばくばくと激しく鳴っている。落ち着け、落ち着いて、と必死に胸の内で繰り返すも、本能的な恐怖はいっそう高まっていった。

「ああ……」

悲痛な声が口から漏れる。呼吸が浅く、速くなった。どうしよう、一体どうすればいいの？罠にかかった無力な小動物のように、暗がりの中でもがいていたとき、離れた場所から微かな音が聞こえた。——足音だ。こっちへ近づいてくる。

ハッとして音のする方に顔を向けると、入口の方向から歩いてくる人の姿が見えた。やがて、薄闇の中でその姿が明らかになる。瞳だ。ショルダーバッグを斜め掛けし、風のせいでやや髪の乱れた瞳がそこにいる。

瞳は地面に座り込んでいる立夏を見つけ、驚いた表情で目を見開いた。

「そこで何やってるの？」

冷静沈着な彼女らしくなく動揺した声で尋ねられ、立夏も混乱したまま返事をする。

「岩に、足が」

それだけの言葉で、瞳は状況を理解したらしかった。「挟まったのね？」と表情を引き締めて云い、急いで立夏のもとへ歩み寄る。

瞳は立夏の正面に屈み込み、足首ががっちりと挟まっていて動かせないことを知ると、岩の先端を摑んで反対側に引っ張り出した。岩は地面にめり込んでおり、引き抜くことこそできなかったものの、岩と足との間にほんのわずかな隙間ができる。その瞬間、擦り傷ができるのも構わず、立夏は力を込めて足を引き抜いた。足首を圧迫していた感覚が、瞬時に消える。

立夏はかすれた息を吐き出し、安堵した。感慨に浸る間もなく、瞳に腕を摑まれる。

「何してるの？　早く、行かなきゃ」

そうだ、ここに来る道が完全に水没してしまったら、泳いで戻らなければならなくなる。

「歩ける？」と問われ、立夏は慌てて頷いた。二人で洞窟の入口へと急ぐ。

洞窟を出ると、水は足首の上くらいまでの深さになっていた。じゃぶじゃぶと水の中を歩いていく。夏とはいえ海水は冷たく、波に何度か足を取られそうになった。

生きているのか死んでいるのか、浅瀬にヒトデが沈んでいるのが見えた。水底でゆらゆらと揺れる茶色っぽい海藻の間を、小魚の群れが泳いでいる。濡れたスニーカーが重かった。一度、足を滑らせて尻もちをついてしまい、服がぐしょ濡れになってしまう。差し出された瞳の手を摑んで、焦りながら立ち上がった。

風のせいで波のうねりが激しい。岩にぶつかった冷たい波飛沫が顔にまでかかる。海水が口に入って塩辛かった。前を歩く瞳が肩に掛けているバッグが、まるで救助を求める白旗のように、大きく前後に揺れ続けていた。

どうにか砂浜に戻り、助かった、と息を吐く。気力と体力をごっそり持っていかれた気分だ。

立夏は顔を上げて瞳に云った。

「……ありがとう。誰もいなくて、本当にどうしようかと思った。なんであそこに来てくれたの？」

瞳が岸壁の上方を指差し、軽く息をはずませながら答える。

「上を歩いてたら、あなたが砂浜を歩いていくのが見えたのよ。風が強いのにどこに行くんだろうと思って見てたんだけど、なかなか戻ってくる様子がないから、心配になって」

そう云う瞳の表情がこわばっている。もし瞳が来なかったらと思い、立夏はあらためてぞっとした。

「勝手なことしてごめん」

立夏は思わず謝った。瞳が怪訝そうに尋ねてくる。

「立夏さんこそ、どうしてあんな所まで行ったの？」

咎めているというより、純粋に疑問に思っているらしかった。気まずさと後ろめたさを覚えながら、口を開く。

「その、誰かが砂浜の方に歩いていくのを見たの。オーディションの関係者だと思ったから、無線機が使えないことを知らせなきゃと思って追いかけたんだけど……」

立夏の言葉に、瞳が眉をひそめる。

「他に人の姿なんて、私は見なかったけど」

「え、でも……」

「きっと何かを見間違えたのよ。人が幽霊みたいに消えるわけがないじゃない」

そう云い、瞳がため息をつく。

「作中でアイが溺れかけたからって、そこまでシナリオを再現しなくてもいいのよ？」

本気とも冗談とも判断がつかない言葉を発し、しかめっ面で立夏を促した。

「とにかく、早く戻りましょう。二人とも風邪をひくわ」

神妙な思いで頷き、瞳に続いて歩き出す。足首の擦り傷に、海水がしみて少し痛かった。

びゅうびゅうと唸る風の音が、まるで誰かの叫び声のように聞こえた。

◇

玄関のドアを開けると同時に、吹き込んだ風がウィンドチャイムを揺らす。鳴り響く金属音に、人の気配を感じた気がしてホッとした。さっき暗がりの中一人きりで動けなくなったことが、予想以上にこたえているらしい。

ちょうど階段を下りてきた結奈が、戻ってきた立夏たちを見てぎょっとした顔になった。

「え、やだ、なんか二人とも濡れてない？　何があったの？」

「……ちょっと、海で。私のせいで瞳さんまで巻き添えにしちゃったの」

立夏がばつの悪い思いでそう答えると、「どうしたの？」と恋が一階の廊下を歩いてきた。

「海で濡れちゃったんですって。私、タオル持ってくるね」

結奈がそう告げ、小走りに多目的ホールへ入っていく。話し声が聞こえたらしく、二階からえみりも顔を出した。

「演技審査の前に水遊びするなんて、ずいぶん余裕ね。それとも二人で大胆な役作り？」

何がおかしいのか、笑ってからかうように云う。瞳が何か云い返そうとしたとき、恋が慌てた様子で口を挟んだ。

「とにかく、濡れた服を着替えなきゃ。急いであったかい飲み物を用意するから、その後で食堂に来て」

ありがとう、と云おうとして、くしゅんと思わずくしゃみが出た。恋が食堂へ向かいながら「早く、風邪ひいちゃう！」と促す。

結奈から受け取ったタオルで濡れた足などを拭き、立夏と瞳が階段を上がろうとしたとき、食堂の方から恋の悲鳴のような声が聞こえた。

「何よ、これ……！」

全員、急いで食堂へ移動する。恋は食堂の開いたドアの前で棒立ちになっていた。

食堂の中を覗き込み、立夏も上ずった声を上げた。結奈が目を瞠り、口元を覆う。隣で瞳が固まるのがわかった。

室内は、ひどい有様だった。色とりどりの紙テープが宙を舞い、部屋のあちこちに散乱している。まるで誰かが乱痴気騒ぎでもした直後のようだ。ちぎれた紙テープや、テーブルクロスの端が激しく風にはためいている。見ると、食堂の窓が大きく開け放たれ、そこから風が室内に吹き込んでいるのだ。

しかし、立夏たちの視線が注がれているのは開いた窓などではなかった。

テーブルの上に、古い植物図鑑が一冊置いてある。開かれたページには、大振りのナイフが深々と突き立てられていた。そのページに載っている花の写真を目にし、息を吞む。――藍の花だ。側に置いてある藍の花が飾られたコップから、透明な水が少量こぼれている。「これは一体、何なの……？」と、立夏はかすれた声で呟いた。

「誰がやったの?」

皆が呆然と立ちすくむ中、瞳が硬い声で尋ねた。

「し——知らない。あたしじゃないよ」

「私も、こんな悪質なイタズラするはずない」

恋と結奈が慌てた様子で否定する。えみりも、はて、という表情で小首をかしげてみせた。もちろん、立夏もかぶりを振る。

「誰の仕業か知らないけど、一体どういうつもり?」

瞳はこわばったような表情で口にした。

シナリオに登場する、花と同じ読み方の名前を持った少女たち。立夏の役名を指す花のページに刃物を突き立てるという行為が、何らかの悪意を表していることは明白だった。よく見れば、藍の花のページが開いたままの状態になるように、わざわざ端を留めて固定されている。

視線を動かすと、食堂の片隅に置いてあった段ボール箱の中身がごっそり減っているのが見えた。床やテーブルの上などに散らばっている紙テープの切れ端は、ここに入っていたものが風に飛ばされたのだろう。

えみりが悠然とした足取りで窓に近づき、開いていた窓を閉めた。吹き込んでいた風が瞬時に止まる。しかし、ひりつくような緊張は室内に漂ったままだった。鋭利に光るナイフの刃に、否応なしに注意が向いてしまう。

「これを見つける前、最後に食堂に入ったのは誰……?」

立夏が問うと、全員、戸惑ったように顔を見合わせた。瞳が冷静に申告する。

「最後かどうかはわからないけど、私、外出する前に食堂に寄ったわ。ハンドタオルを置き忘れたから取りに来たの。もちろん、そのときはこんなイタズラなんかされてなかった」

瞳の後で、恋はやや云いにくそうに口を開いた。

「……たぶん、最後に入ったのはあたしだと思う。瞳さんのすぐ後に、食堂の入口に置いてあるウェットティッシュを取りに行ったの。だけど、そのときは何も異状なかったよ。もしあったら、その場で皆に知らせてる」

「だとしたら、異変が起きたのは瞳さんが出かけたくらいから、立夏さんと戻ってくるまでの間ってことになるわね」

結奈が難しい表情になり、呟く。立夏は恋の方を向いて尋ねた。

「恋さんは、ずっと隣の談話室にいたの？」

目が合った瞬間、恋の肩がビクッと跳ねる。周りの視線を受け、恋はむきになった表情で主張した。

「ずっと一人で談話室にいたけど……あたしじゃない。こんなこと、あたしは絶対にやってない」

瞳が他の二人に視線を移した。

「結奈さんとえみりさんは？」

瞳の問いに、結奈がおずおずと答える。

「――皆と別れた後、二階の部屋にこもって台本を読んでた。昼食のとき以降、食堂には行ってないわ」

「私も。ああ、多目的ホールには一度行ったかな。洗面台の電球が切れたから予備を取りに。でも、他の物には何も触ってない」

えみりは飄々として見える態度で口を開いた。「つまり、誰もアリバイがないってわけね」と
どこか面白がるような口ぶりで続ける。アリバイという不穏な単語に、恋と結奈があからさまに顔を引き攣らせた。

「私たちは五人とも別々に行動してたんだもの、仕方がないわよ」と瞳がため息をつく。

結奈が確かめるように、恋に尋ねた。

「食堂に行くには、談話室の前を通らなきゃいけないわよね？　誰か人の姿を見たりしなかったの？」

確かに、談話室は磨りガラスのドアになっているため、人が通ればすぐわかるはずだ。しかし結奈の質問に、恋は困惑した表情で首を横に振った。

「見なかったよ。ずっと談話室にいたけど、誰も通らなかった。……あ、そうだ！」

ふいに恋が何かを思いついたような顔になり、ポケットからスマホを取り出した。何やら操作し、画面を勢いよく立夏たちに向けてみせる。

「セリフの練習しながら、ずっとボイスレコーダーを回してたんだ。録音をオンにしてすぐ、ちょうど玄関から誰か出ていく音がしたの。二度、玄関戸が開いたのを覚えてる。これを聞いても

らったら、あたしが席を外さずに練習してたこととか、部屋の前を通る足音が聞こえないことが証明できるんじゃない？」

恋のスマホの画面を見ると、そこには録音を開始した日時と、一時間ほどの録音時間が記録されている。

「ずいぶんタイミングよく、録音なんてしてたわね」

えみりが意外そうに呟いた。恋が気まずそうな、やや恥ずかしげな表情を浮かべる。

「立夏さん、云ってたじゃん。録音したセリフを聞いて、耳で覚える役者さんもいるって。だから……」

ぼそぼそと云われて、ああ、と頷いた。立夏の話を覚えていて、さっそく実践してみたらしい。

恋は意を決した表情で、ふてくされたように云った。

「下手なセリフ読みを聞かれるの、死ぬほど恥ずかしいけど、必要なら最初から全部再生するよ。今ここで確認する？」

「——ううん、いいわ」

一瞬だけ周りと視線を交わし、立夏は首を横に振った。えみりが肩をすくめて云う。

「まあ、さすがにそんなすぐばれる嘘はつかないでしょうね。データが残ってるんだったら、誰も食堂に近づかなかったっていうのは本当でしょう」

「じゃあ、この嫌がらせをした犯人は、外から食堂に侵入したってこと……？」

誰も談話室の前を通らなかったのなら、開いていた食堂の窓から忍び込んだと考えるのが自然だろう。その時間帯に外にいたのは、立夏と瞳の二人だけだ。

結奈の口にした疑問に、立夏は別の可能性を主張した。

「それは外出してた私たちじゃなくたって、結奈さんとえみりさんにも可能だったはずよ。こっそり玄関から外に出て、食堂の窓から入ればいいだけだもの」

と、瞳がきっぱりとした口ぶりで否定する。

「残念だけど、それは無理だと思うわ」

視線を向けると、瞳はやや表情を曇らせつつも、落ち着いた態度で説明した。

「たった今、恋さんも話してたじゃない。ボイスレコーダーを回してすぐ、玄関から私たちが出ていく音がしたって。結奈さんが玄関の所に飾った、ウィンドチャイムの音がしたんでしょう？風が強くて、ドアを開閉する度に激しく鳴り響いてた。誰かが出入りしたのなら、必ずあの音で気がついたでしょうね」

「あっ、そうか」

そういえば立夏も建物を出るとき、ウィンドチャイムが騒がしい音を立て、慌ててドアを閉めたのだった。

「それに、玄関を使わずに出入りすることもできなかったはずだわ。玄関前の多目的ホールにも窓はあるけど、開口部が狭くて人が通れるほどの隙間はない。もちろん、二階の窓から外に出入りするなんてことも無理よ。強風で危険だし、もし私たちが建物の近くにいてそんな現場を目撃されたら、明らかに不審がられるでしょう？」

瞳は嘆息しながら付け加えた。

「……おかしな疑いをかけられるのは不本意だけど、真相を明らかにするために事実関係ははっきりさせておかなきゃならないものね」

瞳の言葉に、恋たちが困惑した色を浮かべる。状況を鑑みると疑わしいのは立夏と瞳ということになってしまうが、だからといって頭ごなしに二人を犯人と決めつけるわけにもいかず、どうしていいかわからないのだろう。

そのとき、窓際に立っていたえみりがにやりと笑って口を開いた。

「盛り上がってるところ悪いけど、ちょっとこっちに来てくれる？」

何やら意味深な態度に、立夏たちは訝しげにしつつも、云われるまま窓に近づいた。窓の向こうには叢が繁り、連なる木立が風に身を揺らしている。

えみりが外を指差して云った。

「この窓って、外からだと結構高さがあると思わない？」

云われて、窓の下の地面を見る。おそらく窓の外に立てば、窓の下枠が立夏たちの顔の真ん中くらいの位置に来るだろう。

「この高さだと、建物の中に入り込もうとしたら、窓の縁《ふち》を摑んで、足を掛けてよじ登らなきゃならないよね？」

「そりゃ、少なくとも飛び越えられるような高さじゃないけど……」

えみりの言葉に、恋が戸惑った様子で頷く。「見て」と、えみりは今度は窓の縁を示した。

「さっき窓を閉めたときに気づいたんだけど、だいぶ砂埃が積もってる。誰かがここに手を掛けたり、踏んだような痕跡なんか全然残ってないのよ」

えみりに云われて、皆がハッと気がついた顔になる。彼女の指摘した通り、外側の窓縁《まどべり》には埃が厚く積もっていて、長い間そこに誰も触れていないことは明らかだった。

「待ってよ。それって、建物の外からも中からも、誰も食堂には入れなかったってことじゃない」

恋が愕然としたように口にする。

「じゃあ、この悪質なイタズラは誰がやったっていうの。ホラー映画じゃあるまいし、そんな、幽霊でも出たみたいな……」

笑い飛ばそうとして、自分の言葉で不安になったのか、恋の頬がこわばった。ナイフが突き立てられた植物図鑑と、室内に散らばった色とりどりの紙テープを薄気味悪そうに見る。不穏な空気がたち込め、自然と皆、黙り込んだ。

窓の外では木々が不気味にざわめいている。それを眺め、窓にきちんと鍵が掛かっているか今すぐ確認したい衝動に駆られてしまった。まるで映画のシナリオのように、今この瞬間も、得体の知れない何者かが自分を狙っているような気がしてきてしまう。

「……幽霊なんて、非現実的だよ」

立夏はぎこちなく云った。

「この島には、私たちと数名のスタッフさんしかいないはずでしょ」と立夏が自身に云い聞かせるように続けると、結奈は泣きそうな顔で問いかけた。

「じゃあ、何？　私たちの中の誰かが、こんな気味の悪い嫌がらせをしてるってこと？」

それとも、と緊張した表情で結奈が呟く。

「まさか、これも何らかの方法で高遠監督が仕掛けたことなの？　私たちを追いつめて、自分の演じる役に没入させようとして……？」

云いながら小さく身震いし、両腕で身体を抱く仕草をする。

「もしそうなら、そんなの、異常よ。私たちを脅かすために無線機を使えなくしたり、刃物まで使うなんて……度を越してる。これはただのイタズラじゃないわ」

えみりは何かを思案するような表情で黙っていた。全員の間に、緊迫した空気が漂う。

立夏は本に深く刺さったナイフを見つめて立ち尽くした。

立夏たちを哄笑するように、強く風が吹きつけた。

◇

朝からずっと鉛色の雲に覆われていた空は、その後も一向に回復する気配を見せなかった。やはり嵐が迫っているのかもしれない。

波がうねり、風が強くなっていくにつれて、本土にいるときとは違う心細さを感じた。今はまだ問題がなさそうだけれど、この小さな島にいて大丈夫なのだろうか……？

あの後、五人は張り詰めた空気の中で食堂を片付け、気まずさを漂わせたままそれぞれの部屋に戻った。互いに正面から目を合わせず、ちらちらと相手の様子を窺う。もしかしたら、この中に敵がいるかもしれないと警戒するかのように。——隙を見せたら背中から刺されるかもしれない、そんな得体の知れない敵が。

そうでなければ、この建物の外に、自分たちを脅かす何者かがいることになってしまう。高まっていく緊張感は、まるでシナリオの中の少女たちのようだった。

どうにか気持ちを立て直そうとしていると、ややあって、ふいに部屋のドアがノックされた。乱暴ではないけれど、相手の動揺を伝えるような余裕のない叩き方だった。

「ねえ、出てきてくれる？　大事な話があるの」

やや上ずった硬い声。瞳の声だ。

どうやら他の部屋にも呼びかけたらしく、ほぼ同時に全員がドアを開けて顔を覗かせた。穏やかではない瞳の表情を見て、結奈が不安そうに尋ねる。

「何？　何かあったの？」

廊下に仁王立ちした瞳が、手にしていた物をこちらに突き出した。瞳が持っているのは台本だった。しかし、それはほとんど原形をとどめてはいなかった。全体が黒く焼け焦げ、ぼろぼろになってしまっている。

結奈が小さく悲鳴を上げた。

「ひどい」

「これ……まさか今日の台本？　どうして、こんな――」

訳がわからないという表情で呟いた恋に、瞳が頬をこわばらせたまま告げる。

「部屋に戻ったら、出かける前に机の上へ置いたはずの台本がなくなってたの。もしかしたら別の場所に置いたのを忘れてるのかもしれないと思って、あちこち捜してたら――キッチンのゴミ箱にこれが捨てられてた」

立夏は息を呑んだ。混乱したような視線が交錯する。

まさに今から演じようとしている場面の台本が盗まれ、燃やされた。……自分たちしかいないはずの、この建物内で。

それぞれの部屋に内鍵は付いているけれど、外から鍵は掛けられない造りになっている。瞳が留守にしている間に室内に入り込むことは五人の誰にでも可能だったはずだ。宿泊所に残った三人にも、瞳の後から出かけた立夏にも、台本を盗める機会ならあった。

「でも、キッチンは食堂と隣接してるから、誰も入れなかったはずだよ。いったい誰が、どうやって？」

立夏が疑念を口にするとほぼ同時に、瞳が一同の顔を見回して尋ねた。

「誰の仕業？」

結奈は青ざめた表情になり口元を覆った。

「私、そんなことしてない。本当よ」

「あ、あたしだって！」と、恋も勢いよくかぶりを振る。

「……くだらない嫌がらせね。さっきからずいぶんふざけた真似してくれるじゃない」

えみりが目を眇め、挑発的に唇の端を上げてみせる。立夏も慌てて否定しながら、彼女たちの様子を窺った。

「誰がこんなことしたのかは知らないけど」

瞳が、険しい顔つきで口を開く。

「セリフはもう、全部頭に入ってる。それに、動揺して演技に支障をきたすなんて無様な真似は絶対にしない。……残念だったわね」

自らに云い聞かせるように、瞳は冷静に告げた。緊張を含んだ眼差しでこちらを睨み据え、口にする。

「私が云いたいのは、それだけよ」

立夏たちに背を向け、瞳は毅然とした足取りで自室に入っていった。ドアの向こうで、内鍵を掛ける音が重々しく聞こえる。

皆動揺したような表情を浮かべつつも、それ以上どうすることもできなかった。

外は暗く、雲行きが怪しい中、容赦なく演技審査の時間が近づいてくる。

やがてその時が来ると、誰からともなく、四人は二階の階段のところへ集まり出した。誰もさっきの件について触れようとはしないけれど、明らかにぎこちない、よそよそしい空気が漂っている。台本を持参した恋は、どことなくばつが悪そうにしていた。

少し遅れ、白いワンピースに着替えたえみりが部屋から出てきた。胸元が赤く染まったその姿に、血糊だとわかっていても一瞬どきりとしてしまう。

彼女は、宿泊所の前で死体として横たわっていなければならないのだ。

えみりが「じゃ、また後でね」と軽く手を振り、妖しい微笑を浮かべて一人で階段を下りていく。その背中を見送りながら、いっそう緊張が高まるのを感じた。

瞳が皆の顔を見回し、おもむろに問いかける。

「準備はいい？」

その表情に、台本を奪われたことによる動揺の色は見られない。本人が宣言した通り、瞳はベストを尽くして演技を全うするつもりなのだろう。

立夏たちは黙ったまま頷いた。無言で、屋上へ続く階段を上っていく。しっかりして、他人のことを気に掛けている場合じゃない。今は役を演じることに集中しなければ。そう。

——階段を上がりきれば、もうそこは自分たちの舞台なのだ。

〈モンスター〉二日目　迫る危機

扉を開いて屋上に出ると、湿った潮風が顔に吹きつけてきた。灰色の空が頭上に広がり、遠くに見える海は昨日よりも波立っている。

初日に、去っていく船をここから見送った。屋上に撮影カメラやライトが設置されているのは、そのときに見つけて知っていた。自分たちを囲む数台のカメラは、まるで目玉のようだ。まばたきしない機械の眼球が、自分たちを冷酷に映している。

機材は、風雨から守るかのようにいずれもしっかりと固定されていた。素早く視線を動かし、あらためて周囲の状況を確認する。

コンクリートの床を這う電源コードやケーブルに足を引っかけたりしないよう注意しなければ、と頭の片隅でちらりと思った。屋上を囲む錆びた柵の一部は破損しており、転落防止のためらしき薄いベニヤ板が応急処置的に立て掛けられていた。強く押したり寄りかかったりしなければ大丈夫だろうが、念のためあまり端には寄らないようにしておこう、とそちらも気に留めておく。

それにしても、自分たちの生活している施設内で台本を演じるのは、想像していた以上に奇妙な感じがした。まるで映画のストーリーに搦め捕られていくような、虚実の境界がどんどん曖昧になっていく感じがする。それは監督が意図したことなのだろうか。

台本自体は、もうとっくに頭の中に収まっていた。あとはどう演じるか、どこまで演じられるかだ。

軽く唇を舐めたとき、カチンコの代わりに、撮影開始を告げるブザー音が聞こえた。無機的な合図が島に鳴り響く。

直後、撮影ライトが立夏たちを照らした。眩い光を向けられ、まるで監視塔から見つかってしまった脱獄囚にでもなったかのような錯覚に陥る。時間になれば点灯するように設定されているのか、あるいはスタッフがどこかで操作しているのだろうか。……いや、今はそんなこと、どうだっていい。

ちらりと他の三人を窺うと、彼女たちの横顔にも、立夏と同じような緊張が浮かんでいるのに気がついた。予想外の状況に陥り、追い詰められていく少女たちのひりつくような映画の空気が、再現される。

シーンは、立夏のセリフから始まっていた。

「――怖い夢を見たの」

硬い声で口にする。風の音にかき消されないよう、でも演技のトーンは抑えめに。その方が盛り上がっていく緊迫感を演出できるはず。

「あの不気味な男に追いかけられる夢よ。島を走り回って、必死で逃げたの。すごく恐ろしかった。捕まったら、きっと殺される」

わずかな間の後、恋が〈ラン〉としてのセリフを発する。

「あたしも見たわ。エリカが助けを求める夢をね。惨めで、残酷な夢だった」

怒ったような口調で恋は続けた。

「――可哀想なエリカ」

彼女の声は、今にも爆発しそうなヒステリックな響きを持っていた。台本を握り締める恋の指に、不穏な力が込められる。

「皆、落ち着いて。冷静にならなきゃ」と、すかさず瞳が諭すように云う。立夏たちの顔を見つめ、瞳は告げた。

「自棄《やけ》になって行動しちゃ駄目。お互いに協力すればきっと助かるはずよ」

瞳の演技は、やはり上手い。余計な動きはせず、わずかな視線の動き、表情の変化で役の性格や心情を巧みに伝えてみせる。直情的な演技をする恋と相対したとき、そうした方が芝居の流れにめりはりが出ると、客観的に計算している。

「お互いに協力ですって？」

恋が苛立った様子で瞳のセリフを繰り返した。全員を睨みつけ、怒りをたぎらせ吐き捨てる。

「あたしは震えて泣くことしかできない惨めな臆病者じゃない。スミレみたいに夜中にこそこそ一人で逃げ出そうとしたりしない。絶対に」

あくまで表面上は冷静に、瞳が返す。

「スミレは私たちを見捨てようとしたわけじゃないわ、ただ怖かっただけ。皆、死ぬほど怯えてるの。お願いだからバカな真似はやめて」

触れたら焦げつきそうな恋の激情に、名指しされた結奈は怯えたような目で「嫌、怖い」と身を震わせた。彼女の長い髪が風になぶられ、激しく揺れる。

「怒らないで。ごめんなさい、ごめんなさい、謝るから傷つけないで」

演技経験がない恋が意外な勘の良さを見せるのに触発されたのか、追い詰められる結奈の演技も負けじと熱を帯びていくようだった。結奈が耳を塞ぎ、あえぐようにすすり泣く。

「こんなのもう嫌、帰りたい。お願いだから許して……！」

今のセリフは、もしかすると彼女の素の感情が入っているのかもしれない。そう思わせるくらい切実な口調だった。

張りつめた沈黙の後、うつむいた恋は呟いた。

「——知ってるわ」

低く緊張を宿した口調で、恋が云う。

「あたし、知ってるのよ。この島で誰かがあたしたちを殺そうと狙ってるってこと」

聞く者がぞっとするような、暗く恐ろしげな響きだった。

「そいつは斧を持った殺人鬼かもしれない。ひょっとしたら、あたしたちの中の誰かかも」

ゆらりと恋は顔を上げた。まるで本当に追及されている気がして、思わずぎくりとしてしまう。

固唾《かたず》を呑んで見つめる立夏たちを、恋が燃えるような目つきで睨みつける。

「やってみればいい」

ぎらつく眼差しで、恋は挑むように云い放った。

「そいつがどこの誰だろうと、あたしから何も奪わせない」

仰ぐように曇天を見上げ、迫真の演技で叫ぶ。

「誰かがあたしを害そうとするなら、逆に殺してやるわ」

セリフから、表情から、〈ラン〉の激しさがほとばしる。

そこに立っているのは、まさしく世界に対して憤る少女だった。一瞬、気圧されそうになる。

全身で演じる恋の姿に、ふと「金継《きんつ》ぎ」を連想した。割れたり欠けたりした陶磁器などを漆でつなぎ、継ぎ目を金属粉で装飾して修復する技法だ。金継ぎされた傷跡は美しい模様となり、唯一無二の形となる。新しく命を吹き込まれて再生するのだ。今、これまでやってきたこととはまるで違う世界へ飛びこもうとしている彼女に、そんなイメージが重なっていく。

さあ、次は動きのある見せ場のシーンだ。

台本では、ランが「エリカをあんな目に遭わせた犯人を見つけて殺してやる」と怒鳴り、一人で飛び出していこうとする。「やめて、そんなことしたら殺されちゃう。誰も行っちゃ駄目、ここにいて」と追いかけて泣きすがる〈スミレ〉に激昂し、ランはスミレを押し倒す。

「アンタみたいに一人で何もできない甘ったれたヤツは、いっそここであたしが息の根を止めてやる」と罵倒し、スミレの首を絞めるのだ。周りの少女らが止めに入って事なきを得るが、ランは制止を振り切り、外へ走っていくという流れ――。

　自分のセリフと動きを、素早く頭の中で確認する。

　恋が強い口調でセリフを発する。

「エリカをあんな目に遭わせた犯人を見つけて、殺してやる……！」

　そのまま扉に向かって駆け出す恋を、結奈が追いすがって止める――はずだった。

　恋を追う演技をしようとして前に走り出た結奈と、なぜか結奈に向かって突っ込んできた恋が、正面から衝突した。

　一瞬、何が起きたのかわからなかった。

　勢いよくぶつかった二人が短い悲鳴を上げ、体勢を崩す。衝撃で結奈がその場に尻もちをつき、恋が大きくよろめいた。バランスを失った恋の身体が、柵に立て掛けてあったベニヤ板にぶつかる。

　衝撃でベニヤ板がずれ、破損した柵の隙間から、恋の身体と共に向こう側へ倒れていった。そのまま何もない空間へ吸い込まれる――。

　思わぬ事態に悲鳴が上がった。

　考えるより先に、立夏は反射的に手を伸ばした。落ちそうな恋に飛びつき、慌ててその腕を捕まえる。勢いでぐんと引っ張られ、自分まで落ちるのではないかと肝が冷えたが、もつれるように倒れ込んでどうにか二人とも落下を免れた。固いコンクリートの床に転がり、荒く呼吸をする。

　直後、ベニヤ板が地面に叩きつけられる鈍い音が下から聞こえた。

とっさに言葉が出てこず、倒れた姿勢のまま呆然とする。至近距離で見る恋の顔は青ざめ、驚きと恐怖にこわばっていた。それはおそらく自分も同じに違いなかった。……一歩間違えれば、彼女は転落死していたかもしれない。

ベニヤ板に衝突したときに打ち付けたのだろう、恋の右のこめかみが赤くなっていた。腕も擦りむけて痛々しく血がにじんでいる。

ぽた、と恋の鼻からふいに赤いものが滴った。――鼻血だ。

場の空気が凍りついた。結奈は床にへたりこんだまま、目を見開いてショックに固まってしまっている。誰もが突然の出来事に動揺し、どうしていいのかわからないのだ。もはや芝居は完全に崩れてしまった。

頭の中が真っ白になる。心臓が痛いほどに脈打っていた。どうしよう、一体どうすればいいの？

パニック状態に陥りかけたそのとき、瞳が大きく息を吸い込み、こちらに向かって鋭く叫んだ。

「――バカな真似をしないで！　心中でもする気？」

戸惑う立夏たちを見据え、瞳が毅然とした口調で続ける。

「こんなことをして、何の意味があるっていうの？」

そこで、ハッと気がついた。

これは〈ナデシコ〉のセリフだ。瞳は、スミレの首を絞めたランを止めるシーンに引き戻してみせたのだ。演技はまだ、続いている。

「一人で犯人を捜しに行こうなんて、無茶をするのはやめて。危険すぎるわ」

そうセリフを口にしながら、瞳が片手で扉を指す。台本に沿って立ち去るよう、恋に合図しているのだ。

瞳の意図を察したらしく、一瞬遅れて、恋が息を呑む気配があった。我に返ったように立ち上がり、ぐいと乱暴に鼻血を拭う。

「うるさい。誰にも、あたしの邪魔はさせない……！」

こわばった声でセリフを叫ぶと、恋は今しがたの動揺など感じさせない機敏さで扉の方へ走り出した。足音を立て、階段を駆け下りていく。

ラン、と結奈が慌てたように呼んだ。こちらもなんとか自分の演技を取り戻した様子だ。

「戻って」

結奈が悲痛な声で呼びかける。立夏も急いで立ち上がり、歩きかけて、自分の膝が微かに震えているのに気がついた。恋が落ちそうになった瞬間が頭をよぎり、もし彼女の腕を摑むのが遅れていたら、と考えて本気でぞっとする。

瞳が「立てる？」と座り込んだ結奈にさりげなく手を貸している。

「ランを追わなきゃ。あの子を放っておけないわ」

瞳の真剣なセリフに、結奈と立夏は大きく頷いた。ライバルであるはずの彼女の演技の巧みさが、今はこの上なく頼もしかった。階段を下り、そのまま建物を飛び出す。

外に出ると風が強く吹き、髪の毛を荒々しく乱していった。木々が枝葉を揺らし、慟哭する人間のように身をよじっている。それら全てが、まるで映画の演出のように思えた。

と、ふいに何か弾力のある物を踏んだ。驚いて反射的に足を止める。足元に視線を向けると、叢に埋もれるように白っぽい何かが転がっていた。小さな靴だ。長年風雨に晒されたように表面はかなり薄汚れているが、どうやら子供用のスニーカーらしい。

無視できない違和感を覚え、立夏は眉をひそめた。建物のすぐ近くにこんな物は落ちていただろうか？　もしかすると演技中に不自然に出現したこれは、ストーリー上何らかの意味を持つ小道具だったりするのか……？

急に立ち止まった立夏に、「どうしたの？」と瞳が声をかけてくる。立夏の視線の先を追い、同じように難しい表情になり呟いた。

「子供の靴……？」

次の瞬間、結奈が引き攣った声を発した。ハッとして見ると、ざわめく木々の向こうに怪しい人影がある。

あらゆるものが風に翻弄される中、黒ずくめの人物はこちらを向き、微動だにせず立っていた。その手に、斧が握られている。

――仮面の男だ。

「あ――」

冷たいものが背中を滑り落ちた。得体の知れない黒い塊のように、影のように、男は無言でそこにいた。じっと佇んでいるだけなのに、その存在がひどく恐ろしかった。一瞬でも目を離したら襲いかかってくるのではないかという気がして、その場の誰も身動きができなくなる。無機的な仮面の向こうで、男の眼が鋭く自分を捉えるのを感じた。男の醸し出す異様な空気に、演技ではなく、思わず呑まれる。あれは一体、誰？　なんて不吉な、禍々しい――。

と、立ちすくむ立夏の前で男が動いた。そのまま背を向け、木立の向こうへ消えていく。

直後にセリフを思い出し、立夏は狼狽しながら声を張り上げた。

「あの男よ、あの男が近くにいる……！」

「わ、私も見たわ。怖い、殺人鬼は本当にいたのね」

瞳が警戒を含んだ声で呼びかける。

「みんな離れないで！　気をつけて」

間もなく、緑の中に倒れているえみりの姿が視界に飛び込んできた。植物の緑と、ワンピースの白のコントラストが鮮やかだった。あらためて目にしても、胸元が赤く染まった少女の「死体」にどきっとしてしまう。そちらに意識を持っていかれないよう、慌てて視線を逸らす。

横たわるえみりの側を通り過ぎてすぐ、瞳が急に立ち止まった。そこにあるものを見つけ、目を瞠る。その口からかすれた声が発せられた。

「ああ、そんな――」

隣で結奈がけたたましい悲鳴を上げる。立夏も、信じられないという表情を浮かべてみせ、目の前の光景を凝視した。

恋は、大きな木の幹に寄りかかるような格好で座っていた。しかし、彼女がただ休憩しているわけではないことは明らかだった。恋は無防備に両足を投げ出し、踊っている最中に突然糸を切られたマリオネットのようにうなだれている。その首の回りは、血のようなものに濡れて赤く染まっていた。

幾つものカメラとライトに囲まれ、「死体」を演じているのだと頭ではわかっていても、本能的に身がこわばる。

まるで彼女が本当に死んでしまったかのような錯覚に襲われ、無性に落ち着かなくなった。さっき屋上でできたらしい実際の傷も相まって、余計に生々しく見えてしまう。

「ひどい、ひど過ぎる。こんなの嘘よ」

結奈はかぶりを振って、悲痛な泣き声を漏らした。怯える演技が、こちらが戸惑うほど真に迫っている。

ふいに瞳が「あれを見て！」と、恋がもたれかかっている木を指差した。太い幹に、赤で【3】という数字が書かれている。

瞳は緊張に唾を呑むように喉を上下させた。

「――あの数字は、生き残っている人数よ」

微かに声を震わせ、こわばった口調で瞳が云う。

「私たちが殺されるたびに、減っていく」

必死に冷静になろうとして、それでも恐怖心がにじんでしまう、リアルな演技。皆の視線が瞳に向けられる中、彼女は顔を歪めて苦し気に叫んだ。

「噂は本当だった。生きてこの島から出られるのは、たった一人だけなのよ……！」

瞳が最後のセリフを云い終えると、やがて終了を告げるブザーが鳴り響いた。その音を聞いた途端、一気に全身から力が抜ける。

——終わった。どうにか、指定されたシーンを演じ切ったのだ。

ブザーが鳴り終わっても、立夏はすぐ動くことができなかった。半ば放心して棒立ちになったまま、息を吐き出す。

結奈は口元を覆い、ショックと緊張からか、崩れ落ちるようにその場にしゃがみこんでしまった。瞳もさすがに硬い表情で額の汗を拭っている。

恋がゆっくりと立ち上がるのを目にし、立夏はようやく我に返った。

「ねえ！　大丈夫？」

慌てて恋のもとへ駆け寄ると、恋は軽く顔をしかめながら「……あー、平気」と頷いた。

「よろめいたとき、とっさに故障した足を庇って自分で変な転び方しちゃったんだよね。板でちょっと顔とか打っただけで、たぶん大した怪我はしてないと思う」

そう云い、ずっ、と鼻をすする。服の袖や顔の一部が鼻血で痛々しく汚れてはいるものの、もう出血は止まったようだ。

「それよりも、鼻血出して走った直後に死んでる方が大変だったよ。呼吸するたび、肩とか動いてるんじゃないかと思ってひやひやしてた」

話しながら、自分が屋上から転落しかけたことを思い出して恐怖心がよみがえったのだろう。

恋は頬を引き攣らせて口にした。

「さっき――マジでやばかったよね。助けてくれて、ありがとう」

恋の言葉に、立夏もあらためて血の気が引いていくのを感じた。

やばかった、というのは大袈裟な表現でもなんでもない。

オーディションの最中に、危うく大変な事故が起きるところだったのだ。候補者の一人が負傷した。しかも一歩間違えれば大怪我をするか、命を落とすような事態になっていたかもしれない。

もしかしたらスタッフが慌てて駆けつけてきたりするのではないかと思い、しばらく周囲の様子を窺ってみたけれど、誰かが現れるような気配はまるでなかった。ぞくっ、と静かに鳥肌が立つ。

おかしい。いくらなんでも、この状況はあまりにも不自然で非常識ではないか。嫌な予感に胸がざわつく。

こんなアクシデントが起きたのに、どうして誰も姿を見せないの……？

不安と混乱に立ち尽くしていると、いつのまにか、起き上がったえみりがこちらに近づいてきた。

「ねえ、何があったの？」

立夏たちに向かって、えみりは怪訝そうに尋ねた。

「いきなり上から物が落ちてくるし、なんだか屋上の縁で騒いでるし。おちおち死んでもいられなかったわよ」

そこで鼻血に汚れた恋の顔や、擦り傷に初めて気がついたらしく、眉をひそめて問いかける。

「……それ、本物の血？」

TAKE5　怪物は誰

恋の怪我の手当てをすべく、立夏たちはひとまず談話室へと移動した。

瞳が恋をソファに座らせていると、結奈が「救急箱、持ってきた」と室内に慌ただしく入ってくる。えみりは血糊で汚れた服を着替えるためいったん部屋に戻り、席を外していた。

ベニヤ板にぶつけて赤くなっている恋のこめかみを見て、「急いで冷やさなきゃ」と結奈が泣きそうな顔で云う。

「これくらい別に大したことないよ。あたしの役はもう死んじゃってるから、明日の撮影にも影響ないと思うし」

「何云ってるの、顔は大事な商売道具でしょ」

きっ、と結奈に睨まれて恋がたじろいだ。触れたら折れそうにはかなげな容姿をして、意外とたくましい。

立夏は息を吐き出して云った。

「軽い打撲と擦り傷、ってところかな。とりあえず、ひどい怪我じゃないみたいでよかった」

濡れタオルで顔を拭う恋に、結奈が何かをそっと差し出す。

「これ……屋上に落ちてたから、拾っておいたの」

彼女が気まずそうに手渡したのは、恋の台本だった。演技中に結奈とぶつかったとき落としたものだ。

台本を受け取った恋が、眉間にぎゅっとしわを寄せる。

「――悔しい」

恋は呻くように云った。その表情や、握られた拳から、彼女の苛立ちや無念さが伝わってくる。

「こんな終わり方ってあり？　なんかめちゃくちゃ悔しいんだけど！」

心底悔しくてたまらないというように、恋はがなった。荒く息を吐き、やけっぱちのようにぼやく。

「あーもー、出番ないんだったらもう帰っていいじゃん、つまんないなあ」

恋はふてくされた表情でぶつぶつ文句を云っていたが、しばし沈黙した後、ぽつりと呟いた。

「……もっとやりたかったな」

どこか切なげなその顔を見て、おや、と思った。初日は戸惑っていた様子の彼女が、演じることに対してより真剣に、貪欲になっているように感じられたのだ。

不完全燃焼な熱やもどかしさが、行き場を求めて恋の中を烈《はげ》しく駆け巡っているようだった。

首元を染める作りものの血が、傷ついた彼女の内側から染み出たもののように思えて、黙り込む。

それにしても。

――あと少しで、自分たちの芝居は滅茶苦茶になり、あやうく失敗するところだった。

恋と結奈の演技が嚙み合わず、二人の身体がぶつかったのをきっかけに一気に芝居が崩れてしまった。

演技に熱がこもるあまり、恋が動きを間違えたようにも見えた。しかし、恋はずっと台本を手に演じていたのだ。

それに、必死で台本の内容を覚えようとしていた彼女が、いくらなんでもそんな初歩的なミスを犯さないだろう。彼女は熱心に台本を読んで……。

立夏はハッと息を吞み、真顔で恋に向き直った。

「ちょっと台本を見せてくれる？」

立夏の言葉に、「え？」と恋が困惑した声を出した。まばたきをしてこちらを見る。

「台本って、あたしの？　別にいいけど……」

不思議そうにしながら、恋は持っている台本を立夏に渡した。「ありがとう」とそれを受け取り、素早くページをめくっていく。

演技審査に指定されたシーンを開き、文字を追いながら、こわばった呟きが漏れた。

「これ……」

立夏のただならぬ様子に、結奈や瞳も「何？」「どうしたの」と戸惑ったような顔つきでこちらを見る。

立夏は台本から顔を上げ、彼女たちに向かって告げた。

「順番が違う」

「――は?」

恋がぽかんとした面持ちで声を発する。訳がわからないという顔になり、立夏に尋ねた。

「何、それ」

「どういうこと?」

訝しげな彼女たちに、立夏は「見て」と開いたページを指差してみせた。

〈エリカ〉が殺害されたことで感情を昂らせた〈ラン〉は、自分が犯人を見つけて殺してやる、と口にする。そこまでは立夏の読んだ内容と同じだった。

問題は、その後だ。

一人で飛び出していこうとするランに、〈スミレ〉が追いすがって必死に思いとどまらせようとする。しかしランはスミレの訴えに耳を貸さない。逆上してスミレを押し倒すのだ。罵倒しながらスミレの首を絞めるランを、他の少女たちが止める。

ラン「うるさい。誰にもあたしの邪魔はさせない……!」

ランは制止を振り切り、走っていく――。

「恋さんの台本では、シーンの前後が逆になってるの」

立夏はページを指しながら説明した。

「逆上したランがスミレを押し倒して、首を絞める。それを他の少女たちが止めに入る。ランは感情的になって彼女たちを拒絶する」

ラン「うるさい。誰にもあたしの邪魔はさせない……！」

一人で飛び出していこうとするランに、スミレが追いすがって必死に思いとどまらせようとする。しかしランは、スミレの訴えに耳を貸さない――。


瞳が硬い声で呟いた。

「……本当だわ。この台本、ページの順番が逆になってる」

結奈も呆然とした様子で、台本を見つめている。

演技が嚙み合わなかった原因はそれだった。

結奈は、恋が扉に向かって走っていくものと思い、追いかけてすがろうとした。恋は結奈を押し倒し、首を絞める演技をするつもりだった。

――どちらも、自分が読んだ台本通りに。

「あたし、てっきり結奈さんが芝居を間違えたんだと思って……」

「私は恋さんのミスが原因でぶつかったのかと思ってたわ。怪我人を責めるみたいで気が引けたから、指摘しなかったけど」

二人が顔を見合わせ、云いにくそうに口にする。

「ここをよく見て」と立夏は問題のページの綴じ目の部分を指差した。

「注意して見なきゃわからないけど、このページだけ少し位置がずれてる。誰かがページを切り外して、表裏を逆にして糊で付け直したんじゃないの？」

「マジで⁉　何、それ」

恋がぎょっとしたように目を見開いた。皆の間にただならぬ緊張が走る。

思い返すと、恋は談話室に自分の台本を持ってきていた。部屋に一人でいると落ち着かないからと云い、そこでずっと台本を読んでいたのだ。

談話室は共有スペースであるため、もちろん五人とも自由に出入りできる。恋が台本を置いたまま席を外すような時間もあっただろう。

――つまり自分たちの誰でも、その小細工をすることが可能だったのだ。

「誰よ、さっきのこともそうだけど、いったい誰がそんなふざけた真似したわけ？」

恋が興奮した様子で声を張り上げる。脈が速くなるのを感じた。場に、緊迫した沈黙が漂う。

ややあって、無言でソファに座っていた瞳がためらいがちに口を開いた。

「こんなことはあまり云いたくないけど」

立夏たちに視線を向け、思惟《しい》を巡らすような表情で云う。

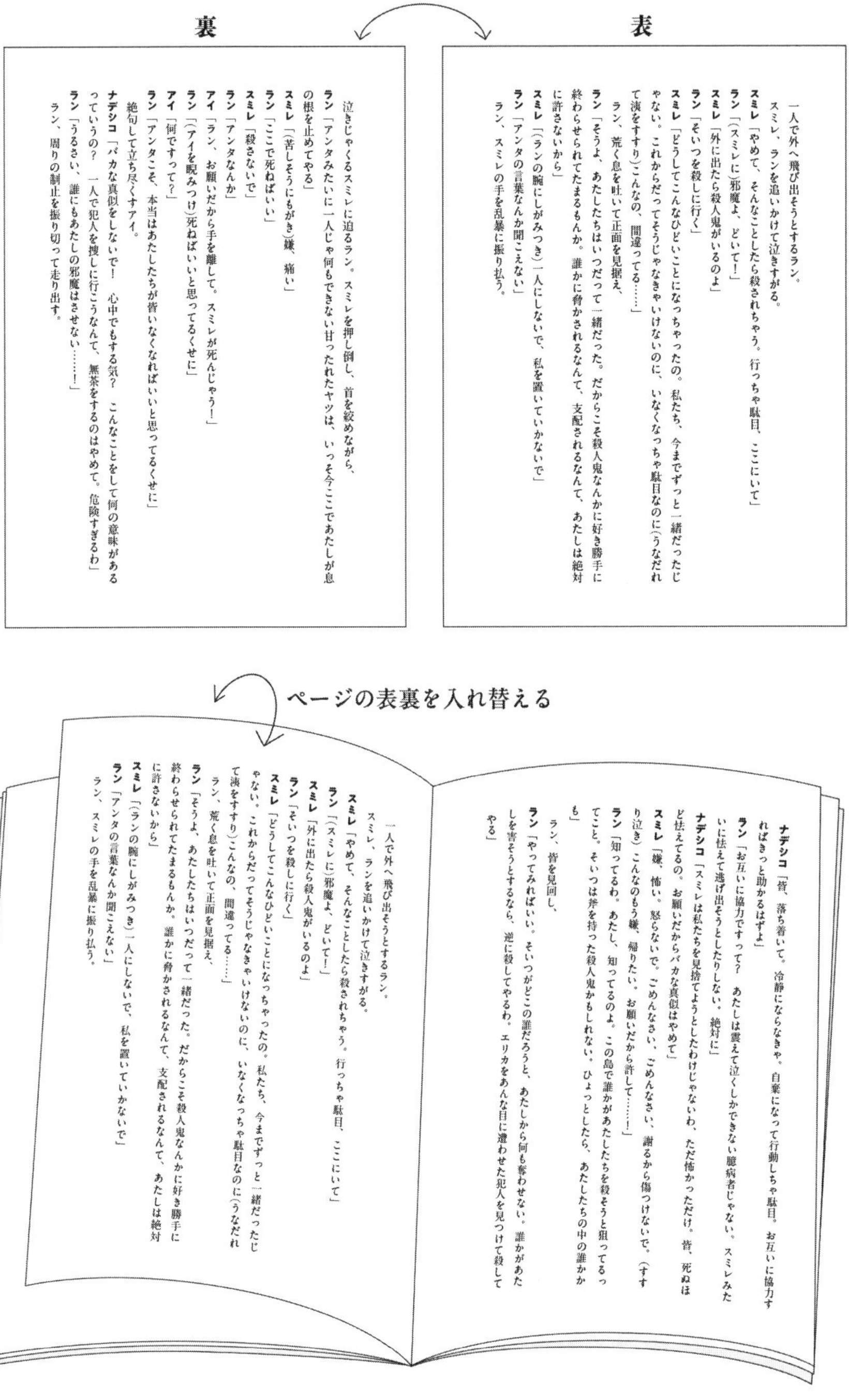
表
一人で外へ飛び出そうとするラン。
スミレ、ランを追いかけて泣きすがる。
スミレ「やめて、そんなことしたら殺されちゃう。行っちゃ駄目、ここにいて」
ラン「(スミレに)邪魔よ、どいて!」
スミレ「外に出たら殺人鬼がいるのよ」
ラン「そいつを殺しに行く」
スミレ「どうしてこんなひどいことになっちゃったの。私たち、今までずっと一緒だったじゃない。これからだってそうじゃなきゃいけないのに、いなくなっちゃ駄目なのに(うなだれて涙をすすり)こんなの、間違ってる……」
ラン、荒く息を吐いて正面を見据え、
ラン「そうよ、あたしたちはいつだって一緒だった。だからこそ殺人鬼なんかに好き勝手に終わらせられてたまるもんか。誰かに脅かされるなんて、支配されるなんて、あたしは絶対に許さないから」
スミレ「(ランの腕にしがみつき)一人にしないで、私を置いていかないで」
ラン「アンタの言葉なんか聞こえない」
ラン、スミレの手を乱暴に振り払う。
裏
泣きじゃくるスミレに迫るラン。スミレを押し倒し、首を絞めながら、
ラン「アンタみたいに一人じゃ何もできない甘ったれたヤツは、いっそ今ここであたしが息の根を止めてやる」
スミレ「(苦しそうにもがき)嫌、痛い」
ラン「ここで死ねばいい」
スミレ「殺さないで」
ラン「アンタなんか」
アイ「ラン、お願いだから手を離して。スミレが死んじゃう!」
ラン「(アイを睨みつけ)死ねばいいと思ってるくせに」
アイ「何ですって?」
ラン「アンタこそ、本当はあたしたちが皆いなくなればいいと思ってるくせに」
絶句して立ち尽くすアイ。
ナデシコ「バカな真似をしないで! 心中でもする気? こんなことをして何の意味があるっていうの? 一人で犯人を捜しに行こうなんて、無茶をするのはやめて。危険すぎるわ」
ラン「うるさい、誰にもあたしの邪魔はさせない……!」
ラン、周りの制止を振り切って走り出す。
ページの表裏を入れ替える
ナデシコ「皆、落ち着いて。冷静にならなきゃ。自棄になって行動しちゃ駄目。お互いに協力すればきっと助かるはずよ」
ラン「お互いに協力ですって? あたしは震えて泣くしかできない臆病者じゃない。スミレみたいに怯えて逃げ出そうとしたりしない。絶対に」
ナデシコ「スミレは私たちを見捨てようとしたわけじゃないわ、ただ怖かっただけ。皆、死ぬほど怯えてるの。お願いだからバカな真似はやめて」
スミレ「嫌、怖い。怒らないで。ごめんなさい、ごめんなさい、謝るから傷つけないで。(すすり泣き)こんなのもう嫌、帰りたい。お願いだから許して……!」
ラン「知ってるわ。あたし、知ってるのよ。この島で誰かがあたしたちを殺そうと狙ってるってこと。そいつは斧を持った殺人鬼かもしれない。ひょっとしたら、あたしたちの中の誰かかも」
ラン、皆を見回し、
ラン「やってみればいい。そいつがどこの誰だろうと、あたしから何も奪わせない。誰かがあたしを害そうとするなら、逆に殺してやるわ。エリカをあんな目に遭わせた犯人を見つけて殺してやる」
一人で外へ飛び出そうとするラン。
スミレ、ランを追いかけて泣きすがる。
スミレ「やめて、そんなことしたら殺されちゃう。行っちゃ駄目、ここにいて」
ラン「(スミレに)邪魔よ、どいて!」
スミレ「外に出たら殺人鬼がいるのよ」
ラン「そいつを殺しに行く」
スミレ「どうしてこんなひどいことになっちゃったの。私たち、今までずっと一緒だったじゃない。これからだってそうじゃなきゃいけないのに、いなくなっちゃ駄目なのに(うなだれて涙をすすり)こんなの、間違ってる……」
ラン、荒く息を吐いて正面を見据え、
ラン「そうよ、あたしたちはいつだって一緒だった。だからこそ殺人鬼なんかに好き勝手に終わらせられてたまるもんか。誰かに脅かされるなんて、支配されるなんて、あたしは絶対に許さないから」
スミレ「(ランの腕にしがみつき)一人にしないで、私を置いていかないで」
ラン「アンタの言葉なんか聞こえない」
ラン、スミレの手を乱暴に振り払う。

「――えみりさんの妨害工作、という可能性は考えられない？」

「え？」

立夏だけでなく、結奈たちも戸惑った様子で瞳を見る。

「えみりさんの妨害工作って……どうしてそう思うの？」

瞳はやや迷う素振りをした後、「気づいてる？」と逆に問いかけてきた。

「立夏さんの役名を連想させる花のページに、ナイフが突き立てられていた。私の台本は燃やされた。そして今、恋さんの台本に細工がされていたことで、恋さんと結奈さんの大事なシーンが台無しになった」

瞳の言葉に、あらためて身を硬くする。確かにあの場面は〈ラン〉と〈スミレ〉が感情をぶつけ合う、二人にとって見せ場ともいえる箇所だったはずだ。しかしページの順番が入れ替えられていたことにより、ランとスミレの緊迫したやりとりは演じられずに終わってしまった。二人にとっては、不本意極まりない結果だろう。

瞳の云おうとしていることを察したのか、結奈が息を呑む気配がした。緊張した表情で呟く。

「えみりさんだけ、何もされてない……？」

瞳は頷き、「考えてもみて」と慎重な口調で話し出した。

「彼女は最初の被害者役だった。自分の演じる役が初日に死ぬってことは、その後は当然セリフもなければ、見せ場を演じる機会もないってことよね。実質、舞台から退場させられるようなものだと思うの」

云いながら、自身の口にした言葉の残酷さに痛みを感じてしまったように、ほんの一瞬眉をひそめる。

「被害者が実は死んでいない可能性もある、って話したわよね。殺されたと思わせて生きてるパターンなんじゃないかって。……あれは訂正するわ。今日の撮影でわざわざ〈エリカ〉の死体を見せたってことは、やっぱり彼女は作中で間違いなく死んでいるのよ」

どことなく沈鬱な表情で瞳が説明する。

「えみりさんは、高遠監督の熱烈なファンよね。高遠監督の映画に関わる権利を得られるなら何でもするって、堂々とそう話してた。ここにいる誰よりも自分が高遠作品を理解しているんだ、って。そんな彼女が退場させられたまま、ただ黙ってライバルの奮闘を見ているかしら？」

瞳の口から発せられた「ライバル」という言葉にどきりとした。自分たちが互いに競う相手だという事実を、あらためて突きつけられた気分になる。

空気が重苦しさを増していく中、瞳は続けた。

「活躍する機会を失っても、自分が有利になるための方法はある。……わからない？」

問いかけるようにわずかな間を置いて、瞳がおもむろに口にする。

「自分が得点できないなら、他人に失点させるのよ」

結奈の肩がビクッと跳ねた。息を詰め、瞳の話に耳を傾ける。

「既に自分が退場してしまった芝居を破綻させ、私たちを失敗させることで、彼女がこのオーディションを勝ち抜こうとしているとしたら？」

真剣な顔つきで云われ、立夏は身体をこわばらせた。

「だとすれば」

警戒するような低い声で瞳が呟く。

「もしかしたら、また何か仕掛けてくる可能性だってあるわね」

ごく、と誰かが緊張に唾を呑む音がした。しばらく誰も喋らなかった。

瞳が立ち上がり、扉の方へと歩き出す。横を通り過ぎるとき、恋の肩に軽く触れて、瞳は冷静な声音で告げた。

「……今後はお互い、誰でも触れられるような場所に大切な物は置いておかない方がいいと思う。飲食物もね」

そう云い、そのまま部屋を出ていく。残された恋は凍りついたように固まっていた。

危険な目に遭いかけ、しかもそれがこの中の誰かの仕業ではないかと告げられたのだ。ショックを受けるのも、無理もない。

互いに探り合うような視線が交わされ、気まずい表情で目を伏せる。……いよいよ雲行きが怪しくなってきた。

「本当にこのまま島に残って演じ続けていいのかな?」

結奈が微かに声を震わせて云った。

「今日演じたシーンだって、もし恋さんが屋上から転落してたら、取り返しのつかない事態になっていたはずだよ」

その問いかけに答えられる者はいなかった。これは明らかに普通のオーディションではない。先の展開を知らされない奇妙なシナリオ。外部から隔絶され、あの仮面の男以外は誰も姿を現さない、特殊な状況に置かれた自分たち。

(——高遠監督って、過去に人を殺したことがあるらしいわよ)

ふいにえみりの言葉が脳裏をよぎり、身を硬くした。立夏の中で、えみりが妖しく囁く。

(もしかしたら、私たちも殺されちゃうかもしれないわね?)

立夏はぎゅっと掌を握り込んだ。

◇

その晩、寝苦しさを覚えてなかなか眠れなかった。

空気が湿って、じっとりと重い。流れる汗が不快だった。目をつぶり、なんとか睡眠に入ろうとする。

手足を丸めて一人きりで闇の中に横たわっていると、いつのまにか、立夏は知らない部屋にいた。

むっと熱気のこもった、狭い場所だ。暑くて、微かに生ゴミのすえたような臭気がする。窓はテープで目張りされ、開かないようになっていた。ここはどこだろう。知らない場所——ううん、確かに見覚えがある。

立夏が子供の頃に住んでいた、アパートだ。

窓の外から、蟬の鳴き声と工事の喧《やかま》しい音が聞こえてくる。ざわざわと胸が騒ぎ、次第に息苦しくなってきた。全身が汗でびっしょりと濡れて気持ちが悪い。ひりつくように喉が渇く。

暑い、なんだかすごく苦しい、誰か助けて。——ママ。

無性に、狭い室内に一人でいることが恐ろしくなった。よろめくように玄関のドアへと向かい、ノブを回す。しかしドアはまるで開かない。

ひどい暑さに目まいがして、呼吸が荒くなってきた。指先が震えてうまく力が入らない。力を振り絞り、必死にドアノブを回し続けた。

お願い、助けて、ここから出して。

突然、手応えがありノブが回った。音を立ててドアを開け、無我夢中でまろび出る。

次の瞬間、立夏は息を吞んで立ち止まった。

……ドアを開けて外に出ると、そこには夜の闇が広がっていた。

墨汁を流したようにどこまでも真っ暗だ。遠くで、近くで、不安を掻き立てるような海鳴りが聞こえてくる。唸るように潮風が吹く。

ここは、島だ。

呆然と暗がりに立ち尽くしたとき、ふいに背後で足音がした。驚いて振り返ると、闇の中に誰かが立っている。その姿を目にした途端、理由もわからず恐怖した。得体の知れない何者かが、追いかけてくる——。

立夏はがむしゃらに駆け出した。息を切らせ、必死の思いで恐ろしい存在から逃れようとする。逃げなきゃ、この島を脱け出さなければならない。全身にまとわりつくような闇の中、やみくもに足を動かし続ける。

いつのまにか、立夏は海にせり出した崖に出ていた。

ふと地面で何かが白っぽく光った気がして、恐る恐る視線を向けると、そこに置いてあったのは白い花束だった。——死者にたむけられる、供花だ。

つややかに光る花びらが、なぜだかひどく忌まわしいもののように見えた。

そのとき、後ろから足音が迫ってきた。恐ろしい何者かが、自分を捕まえにやってくる。

立夏は嗚咽しながら走った。しかしすぐに崖っ縁に追いつめられる。崖の先は、急な斜面となって暗い海に落ち込んでいた。崖下で波が激しく岩にぶつかる音がする。

怯えながら、立夏はじりじりと崖っ縁に後ずさった。次の瞬間、足下が崩れて体勢を崩す。何もない空間へ、身体が急に投げ出される。

——ママ！

暗闇を落下しながら、喉から悲鳴がほとばしった。

落ちる——。

◇

ハッ、とそこで目が覚めた。

一瞬、自分がどこにいるのかわからなかった。白い天井をぼんやり眺め、ようやく、置かれた状況を思い出す。

——オーディション合宿、三日目だ。

全身に寝汗をかき、やけに喉が渇いていた。

カーテンを開けると、黒い雲が重々しく空を覆っている。窓の外でひっきりなしに風の吹きつける音がした。風が煩《うるさ》かったせいで、怖い夢を見たのかもしれない。まだ少しだけ頭が重かった。

簡単に身支度を整え、時計を確認して階段を下りていく。食堂に向かうと、そこには既に立夏以外の全員がそろっていた。

「おはよう」と結奈がややぎこちない口調で挨拶をしてくる。

最終日ということで早起きしたのか、あるいはあまり眠れなかったといった様子だ。

朝食はレトルトのカレーとミネラルウォーター、フルーツを切ったものを用意した。封のしてある食品など、全体的に人の手が加わらない物が中心のメニューだ。瞳は水と少量のフルーツだけを取っていた。

疑心と警戒めいた空気の中、互いを窺う。使えなくなった無線機、植物図鑑に突き立てられたナイフ、燃やされた台本――そして、恋の怪我。一連の出来事は、何らかの悪意を持った存在が自分たちの身近にいることを否応なしに感じさせるものだった。

瞳の口にした、「妨害工作」という物騒な言葉がよみがえる。それぞれが内側に押し隠していたであろう不安な感情が、不穏な出来事を経て、ここにきてはっきりと可視化されてしまったような雰囲気が漂っていた。

少なくとも表向きは和やかにふるまっていたのが、今は全員が囚人のように神妙な顔つきで黙々と食事をしている。それは最後の演技審査に向けて集中しているだけではない、もっと別の緊張感に思えた。

食堂内に、云いようのない空気が蔓延する。特に恋は、何やら思い詰めたような表情でずっと黙り込んでいた。

唯一の例外はえみりで、他の少女たちのことなどさして目に入らない様子でそわそわしている。台本が届けられるのを待っているのだ。

「台本、今日の分はまだ来てないの？」

立夏が尋ねると、えみりは「そうなのよ」と焦れたように頷いた。

「勿体ぶるなあ。ああ、早く続きが読みたい」

芝居がかった口調で嘆くえみりに、瞳がどこか探るような視線を向ける。しかし結局何も云わず、黙ってミネラルウォーターをひと口飲んだ。

結奈が食堂へ持ってきた前回までの台本に視線を落としながら、恐る恐るといった表情で皆に尋ねる。

「この映画、ラストはどうなると思う……？」

立夏たちは真顔で考え込んだ。それは今この場面で、ひどく重要な問いかけに思えた。最後まで生き残るのは、はたして誰なのか？〈モンスター〉の正体とは？

思案する表情になり、口を開く。

「どういう結末になるのか予想できないけど、あの斧を持った男がきっとまた私たちを殺しに来るはずよね」

私たち、と何気なく口にした後、それがまるで現実のことのように思えて首の後ろが少し寒くなった。昨日、木立の向こうからこちらを窺っていた、異様な男の姿がまざまざとよみがえる。他の少女らも同じような感覚を抱いているのか、束の間、重たい沈黙が落ちた。

瞳も難しい面持ちになり考え込む。

「――そもそも、彼はどうしてそんな異様な姿をしているのかしら。高遠監督はこの演出にどんな意図を込めたの？　何かのメタファー？」

「メタファーって、要するに比喩のことでしょ。感情や物事を他の物になぞらえて表現することよね。確かに高遠作品には、メタファーが多く用いられる傾向があるわ。『斧を持った仮面の男』は現実には存在しなくて、何かを示す暗喩だったりする……？」

結奈の言葉に、恋が首を横に振った。

「でも登場人物は全員、仮面の男の姿を目撃してるよね？　皆がそろって同じ幻を見てるなんて不自然だよ。ありえない」

「そっか、云われてみれば、そうだよね」

結局、みんな沈黙する。

恋は「……やっぱりこの台本、なんかおかしいと思う」と云いにくそうに呟いた。

「だってさ、〈エリカ〉の死体が野ざらしで放置されてて、そのすぐ近くで皆が平然と寝泊まりしてるんだよ？　耽美的な演出かなとも思ったけど、友達の死体をそのままにしておくとか、現実的に考えたらありえなくない？」

恋が眉をひそめ、主張する。

「昨日、エリカの死体の近くで自分の演じる役が死んじゃってあらためて感じたんだけど、仲間の亡骸を雨風の当たらない所に移動してあげるとか、せめて布くらい掛けてあげたりするものでしょ。普通だったらさ」

そこでいったん言葉を切り、恋は声を低くして云った。

「うまく云えないけど、この台本――気味が悪いよ」

恋の言葉に、皆がしんと黙り込んだ。

唯一、えみりだけは表情を変えることなく立夏たちを眺めている。その胸の内は読み取れない。

瞳が場の空気を変えるように軽く咳ばらいをし、「ちょっとお手洗いに行ってくる」と告げて席を立った。

食べ終えた食器を重ねて立夏も立ち上がり、ふと、頭上に視線を向ける。天井にぶら下がった照明の電球部分に、紙テープの切れ端が一本引っかかっているのが見えた。

「何？」と怪訝そうに尋ねてきたえみりの視線が、電球に引っかかっている紙テープを捉える。

「ああ、昨日風が吹き込んだときに飛んじゃったのね。みんな動揺してたし、きっと片付けるときに気づかなかったんでしょ」

一応手を伸ばしてみたものの、食堂の天井は高く、仮に立夏がテーブルの上に立ったとしても数センチほど足りなそうだ。えみりが興味なさげに云う。

「もう誰も住んでないんだし、そのままにしておいても問題ないわよ。私たちだってもうすぐ島から引き上げるんだから」

えみりの言葉に、半ば無意識にどきりとした。……この三日間が終わった後、自分たちはどうなるのだろう？　自分は今、役者としてちゃんとやれているだろうか？

なんだか胃の辺りが重たくなり、そっと息を吐き出す。どうやら思っている以上に緊張しているらしい。

朝なのに暗い窓の外で、強風が吹いていた。震えるように窓が揺れる。

「風……ますます強くなってきたみたい。やっぱり嵐が近づいてるのよ」

立夏の呟きに、結奈が表情を曇らせて云った。

「もしかして、オーディションが中止になったりして」

その口ぶりは、中止になることを心配しているのか、ならないことを不安がっているのかはわからなかった。

　ざわめく木々を見つめながら、心許ない面持ちで結奈が続ける。

「こんな天気じゃ、海だって相当荒れてるわよね。船は予定通りに迎えに来てくれるのかしら。私たち、無事帰れると思う？」

　立夏が返事をしかけたそのとき、黙っていた恋がふいに口を開いた。

「あのさ、ちょっといい？」

　ひどく真剣な面持ちで立夏たちに切り出す。

「よかったら昨日の台本、見せてくれないかな。少し気になることがあって。できれば、ここにいる全員」

「別に、いいけど……」

　恋の頼みに、立夏は戸惑いの表情を見せつつも頷いた。手元に台本を持っていた立夏と結奈が、それを差し出す。えみりは小首をかしげ、「私のは部屋にあるから、後でも構わないでしょ？」とそっけなく答えた。

　恋は立夏から受け取った台本を真顔で眺め、次に結奈の台本も同じようにチェックした。それから、何か戸惑ったように沈黙する。

「どうしたの？」

　立夏の問いに、恋は一瞬ためらう素振りをしてから、口を開いた。

「いや、実は……」

そのとき、瞳が食堂に戻ってきた。手に透明なビニール袋のようなものを抱えている。

「――最終日の台本が届いたわよ」

興奮を孕んだ瞳の言葉に、食堂内の空気がざわっと波立つ。皆の視線がそちらに集中した。

「いま荷物ボックスを確認したら、これが入ってたの」

そう云い、瞳はきっちりとビニールに包まれた五冊の台本をテーブル上に置いた。

台本が剥き出しではないのは、もし雨が降り出しても濡れないように、という主催者側の配慮だろう。自分たちの置かれた異様な状況と、そのささやかな配慮はひどくちぐはぐなものに思えた。

「見せて」とえみりが真っ先に手を伸ばし、ビニールの梱包を性急に剥がした。早く中身を見たいという気持ちは皆同じであるかのように、えみりのいささかお行儀の悪い行為を咎める者は誰もいなかった。

全員が自分の台本を手にし、そのまま腰を下ろしてすぐに読み始めた。それぞれ、真顔でページに視線を落とす。途中で飲み物を取りに立ったり、声を発したりすることもなく、皆ただ黙って台本を読んでいた。聞こえてくるのはほとんど風の音と、ページをめくる音だけだった。

ふいに、瞳が身じろぎをした。瞳の方へ視線を向けると、一番早く台本を読み進めていた様子の彼女は、表情をこわばらせて固まっている。

立夏は小さく唾を呑み、再び文字を目で追い始めた。

三日目の台本は、ますます緊迫した展開になっていた。

島に、嵐がやってくる。殺人鬼が襲ってくるのではないかと恐れ、建物内で息をひそめて過ごす少女たち。窓の外で不審な音がするのを聞いた〈アイ〉は、様子を見るため外に出る。付近に異状は見つからず、安堵して戻ろうとしたとき、血を流した〈スミレ〉がよろめきながら建物から出てくる。

今度は、スミレが三番目の被害者となったのだ。絶命したスミレの後ろから、ナイフを手にした〈ナデシコ〉が姿を現す。

ナデシコは、自分が生き残るためにスミレを刺殺したのだとアイに告げた。生きてこの島から出られるのはたった一人なのだ、と。

ナデシコ「みすみす殺されてなんかあげない。私が最後の一人になるの」

ナデシコがアイに襲いかかり、二人は激しく争う。揉み合ううちにアイがナデシコを刺してしまう。

少女は一人きり、島に立ち尽くす。

「え？」

恋がはじかれたように台本から顔を上げた。呆然とした表情で呟く。

「これ……どういうこと？」

——物語は、そこで終わっていた。その先のページは全て白紙だ。

立夏は息を詰めて最後の文章を凝視した。

「まさか、これで終わりなの？」

瞳も混乱している様子で呟く。困惑したような空気が場に漂った。あまりにも唐突すぎる幕切れを、どう受け止めていいのかわからないのだ。

「待って、待ってよ、意味わかんない」と恋が憤然とした口調で云った。

「最後は仲間同士で殺し合って、訳がわからないまま一人だけ生き残って。いったい何なの、これ」

納得できないという表情で恋が云い募る。

「これじゃ、〈エリカ〉や〈ラン〉を殺した犯人は誰なのか結局わからないままじゃない。そもそもあの仮面の男は何だったわけ？」

恋の強い言葉に、誰も反駁しなかった。

周りを窺うと、えみりは無言で何やら考え込んでいる様子だ。恋が釈然としない面持ちで爪を嚙む。瞳もはっきりと表情には出さないものの、さっきから落ち着かない様子で視線をさ迷わせていた。

高遠凌という人物に対する疑念と不安が一気に膨れ上がったように、室内を不穏な気配が覆っていく。

もしかして世間の噂通り、今の監督は正気ではない状態なのか。辻褄の合わない、しかも白紙で終わっている台本を与えられて、一体どうしろと云うのだろう？　口に出さなくても、そんな動揺が彼女たちの表情にはっきりと刻まれているかのようだった。

と、うつむいていた結奈が呟いた。

「私……もう、無理」

その言葉に、皆が同時に結奈を見た。結奈が弱々しくかぶりを振り、泣き声を上げる。

「こんなのおかしい、どう考えたって異常だよ。皆だってそう思ってるでしょ？」

罠にかかってもがく小動物のように、痛々しい姿だった。

「この島に連れてこられたときから、ずっとまともじゃないって感じてた。怖いの」

気丈にこらえていた何かが彼女の中で決壊してしまったかのごとく、結奈の目から涙が落ちる。

「私、このオーディションを降りる。今すぐ帰——」

結奈が最後まで云い終わる前に、乾いた音が響いた。

——えみりが、結奈の頰を平手打ちしたのだ。

驚いた顔でえみりを見る。全員があっけに取られたように動けない中、えみりが口を開いた。

「そんなの駄目よ」

表情ひとつ変えず、えみりは平然と云い放つ。

「高遠監督の作品を放り出して逃げるなんて許さない」

周りの空気を意に介する様子もなく、えみりはうっとりとした口調で告げた。

「彼は天才なの」

その言葉に、立夏はハッと小さく息を呑んだ。

陶酔したような眼差しのえみりを睨み、結奈が涙目で問いかける。

「……天才じゃなく、異常者だったら？」

その問いに、迷いも気負いも見せずにえみりは答えた。

「それでも構わない」

まっすぐに結奈を見返し、えみりが続ける。――もし、彼がいびつな世界の住人だったとしても。

「彼の作品の中で死ねるなんて本望だわ」

そう云い、誇らしげに笑ってみせる。暗がりに咲く花のように鮮やかに、しなやかに。

結奈は青ざめ、今度こそ言葉を失ってしまった様子で立ちすくんだ。

恋が目を瞠り、やがて呆然とした声で呟く。

「あんた――どうかしてる」

◇

オーディション最後となる演技審査は、正午きっかりに始まると記載されていた。

これまでより開始時刻が早いのは最終日だからか、この悪天候のせいか。台本を覚えたりするための時間は短いけれど、それについてはさして問題はないように思われた。……そんなことよりも、この異様な空気の方がもっとずっと不安だった。

風は次第に強くなり、空は日没後のように暗い。正午近くになると、いよいよ雨が降り出した。窓ガラスに雨と風が吹きつけ、外の世界が混沌としていく。まるで仮構と現実の境目がまじり合うかのように、ひずんでいく。

嵐が来たのだ。

立夏は短く息を吐き、指定時刻の十五分前に自室を出た。落ち着かない気分で階段を下りると、人の気配がする談話室の方へと向かう。

中には、恋とえみりと瞳がそろっていた。それぞれソファに腰掛けた三人が、こちらを見る。

皆、一様に表情が硬かった。何者かによって幾度もオーディションの妨害工作がなされた上、これから演じようとしている肝心の台本は理解しがたい内容。この状況下で、リラックスした態度でいられる方が不自然だろう。

緊張した表情を浮かべる彼女たちの姿に、島に来た日、自分たちがこの場所で同じように集まったときのことを思い出した。名乗り合い、自己紹介をしたのがたった二日前だというのに、その出来事はまるで遠い昔のことのようだった。

ソファに近づき、「結奈さんはまだ来てないの?」と尋ねると、瞳が眉根を寄せて頷く。

恋が心配そうに呟いた。

「大丈夫かな、さっき、ずいぶん動揺してたみたいだし……」

「そうだね」

取り乱した様子のさっきの結奈を思い起こし、立夏は不安げに同意してみせた。瞳がため息をつき、口にする。

「……もし結奈さんが現れなかったら、そのときは彼女抜きで芝居を続行するしかないわね」

「ええっ、急にそんなこと云われても！」

恋はぎょっとしたような顔になり、えみりを睨んだ。

「えみりさんがいきなりぶったりするからだよ、泣いてる女子の顔引っぱたくとか、本当ありえない」

非難されたえみりは悪びれた様子もなく、軽く肩をすくめてみせた。「ああ、もう！」と恋が焦れたように唸る。

「あたし、ちょっと迎えに行ってくる。結奈さんのこと説得してみるから」

勢いよく立ち上がった恋に、えみりが云った。

「その必要はないみたいよ？」

「え？」

恋が訝しげに動きを止めるのとほぼ同時に、えみりはドアの方へ視線を向け、にやりと笑う。

「遅かったじゃない」

驚いて振り返ると、戸口に結奈が立っていた。彼女はこれから討ち入りでもするかのように、顔に悲壮な覚悟を浮かべている。

「てっきり怖気づいて逃げ出したかと思ったけど」と、えみりが揶揄するように口にした。きっ、と結奈がえみりを睨む。

「逃げようかと、思ったわよ」

怯えや迷いをにじませつつ、結奈は弱々しく云った。

「だって怖くなっちゃったんだもの。……ううん、この島に来たときからずっと、本音は怖くてたまらなかった」

結奈が目を伏せ、半ば自棄になった口調で吐露する。

「そうよ、逃げたいって、心のどこかでいつも考えてたわ。役作りのために島を散歩してたなんて嘘。本当は不安で仕方なくて、家族でも友達でも、誰でもいいから今すぐに泣き言を聞いて欲しくて、電波が届くところを探してスマホを持って島中をうろうろしてた。——結局、どこにもつながらなかったけど」

「……ああ」

結奈の言葉に、何かを思い出したように瞳が呟いた。

「島に来た日、大きな水音がして立夏さんと駆けつけたら、あなたは私たちを見てひどく動揺してたわね。ヘビに驚いたって話してたけど、本当はそうじゃなくて、通話できる場所を探そうとスマホに気を取られていたから看板を倒してしまったのね？」

指摘され、結奈がばつの悪そうな顔になる。

「あのとき結奈さんが慌ててポケットにスマホを隠すのが見えたの。だから、正直、あなたのことを少し疑ったのよ。ひょっとしたら誰かと結託して、裏で何か企んでるんじゃないかって」

瞳の言葉に、「そんな」と結奈は小さくかぶりを振った。

「弱みを見せたくなくて、とっさに嘘をついちゃったの。たぶん、後ろめたかったんだと思う」

結奈の口から、力ない言葉が発せられる。

「……私なんかヒロイン役にふさわしくないかもしれないって、誰よりも私が一番、そう思ってるから」

自分で云いながら傷ついたような顔をする結奈に、微かに胸が疼いた。皆から期待されている役に、自分がふさわしくないかもしれないという気持ち。そんな不安と恐ろしさを、自分もよく知っている気がした。

立夏は、遠慮がちに声をかけた。

「……でも、逃げなかったんだよね」

結奈がふいをつかれたように顔を上げる。他人の傷口にそっと手をあてがうような気持ちで、立夏は穏やかに続けた。

「私たちは毎日撮影カメラの前に立つんだから、スタッフに辞めるって伝えようと思えば、そうできた。いつだってリタイアできたのに、結局、自分の意思でしなかったんでしょう？」

それを聞いた途端、結奈の顔が泣き出しそうに大きく歪む。堪えるようにきゅっと下唇を噛みしめ、ややあって、結奈はぎこちなく頷いた。

「……私」

目をうるませ、まっすぐに立夏たちを見つめる。

「初めてなの。こんなふうに感じたこと。絶対に無理だって、才能なんてないのにバカみたいだって、周りから笑われることもわかってる。でも、それでもいいからやりたいって、そう思っちゃったの」

肩を震わせつつも、迷いを振り切るように結奈は告げた。

「だから、今、ここにいる」

「そう」

結奈の言葉に、拍子抜けするほどあっさりとえみりが頷いた。

「とにかく、辞退する気がなくなったみたいでよかったわ。この期に及んで役を投げ出すつもりなら、脅してでも芝居を続けさせようかと思ってたの」

真顔であんまりな発言をするえみりに、結奈が頬を引き攣らせて抗議する。

「えみりさんて、高遠監督以外はどうだっていいと思ってるでしょう?」

「役者なんて監督が傑作を撮るための贄《にえ》よ」

悪びれた様子もなくしれっと云い放つえみりに、隣で恋が本気で引いている。と、瞳が結奈を見つめて呟いた。

「……あなたは、才能があるわ」

「え?」と不思議そうに訊き返す結奈に向かって、瞳は静かに告げた。

「下積み期間もろくになかったでしょうに、デビューしてすぐ大手メーカーのCMやドラマの仕事が決まって、注目されて。それがどれだけすごいことか」

瞳の言葉に、結奈が驚いたような表情になる。瞳は一同をゆっくりと見回し、真顔で続けた。

「結奈さんだけじゃないわ。十代で当たり役に出会えた立夏さんも、未経験に等しいのにいきなり高遠作品で主演の最終候補に選ばれた恋さんとえみりさんも、あなたたち皆、ヒロインの素質がある」

云いながら、自嘲的に微笑む。

「私だって自信はないのよ。でも、だからこそ努力してきたつもり」

瞳は深く息を吐き出し、すぐに毅然とした声を発した。

「初日に云ったことを、今ここでもう一度云わせてもらうわ」

立夏たちを見据え、宣言するように告げる。

「私は人一倍、このオーディションに賭けてる。真剣にヒロイン役を狙いに行く」

自分を奮い立たせるように云い切った瞳の声は凛としていて、心を摑まれたように目が離せなかった。ここにいる彼女もまた、確かにヒロインの素質を持っているのだと、そう感じた。

すると、黙ってその様子を見つめていた恋が表情を引き締め、おもむろに口を開いた。

「――じゃあ、あたしからも宣戦布告しとく」

何かに挑むかのように、恋が力強く云う。

「誰かがこのオーディションを妨害してる」

ストレートな発言に、反射的にどきりとする。恋は昨日の撮影でぶつけたこめかみに指で触れながら口にした。

「悪意のある犯人がこの中にいるのかどうか、それはわからないけど」

一瞬、恋の指先が微かに震えたように見えた。それを無理やり抑えるかのごとく拳を握り込み、恋が云い放つ。

「あたしも、最後まで諦めない」

意志のこもった声だった。しかし直後に複雑な表情を浮かべ、恋が小さく目を伏せる。

「あたしは、瞳さんみたいに演技ひとすじでやってきたわけじゃない。立夏さんや結奈さんみたいに芸能活動をしてたわけでも、えみりさんみたいに高遠監督についてめちゃくちゃ詳しいわけでもない。正直テコンドーに未練があるし、今すぐオーディションを棄権して帰れば怪我が完治するって云われたら、たぶん迷わずそうしてると思う。中途半端だとか、敗者とか、そんなふうに思われたって仕方ないのかもしれない」

そう云い、まるでどこかが痛むみたいに唇を噛む。わずかな沈黙の後、「――でもさ」と恋は口を開いた。

顔を上げ、さっきよりも力のこもった眼差しで、言葉を発する。

「願ったことが実現しないと〈負け〉になって、何も価値がないの？」

彼女の赤みがかった髪が、炎みたいだった。

「夢が叶わなかったら、それは間違ってたってことになるの？」

射貫くように、恋が虚空を見据える。

「怪我のせいで続けられなくなったけど、テコンドーやってなきゃよかったなんて、努力してきた全部が無駄だったなんて、あたしは絶対に思わない」

そう断じる声に、潔さと揺るぎなさを感じた。まざりもののない強い光に胸を打たれる。

──たとえ夢を絶たれても、それで全てが終わりではないのだ、と。

「あたし自身にそれを証明してみせるためにも、諦めないから」

ふっと力を抜き、恋はむくれたように唇を尖らせた。

「……まあ、主演女優って柄じゃないし。お前なんかにヒロインやる資格ないって云われたら、そこは否定しづらいんだけどさ」

恋の言葉を聞きながら、なぜだか少しだけ泣きたいような気分になった。ひょっとしたら、自分のしてきたことをそんなふうに信じられる、肯定できる恋のことが純粋に羨ましかったのかもしれない。

「ううん」と立夏は首を横に振った。考えるより先に、言葉が口をついて出ていた。

「資格がないのは、私の方」

立夏の唐突な発言に、四人が不思議そうにこちらを見る。立夏は苦笑して云った。

「がっかりさせちゃうかもしれないけど、役者としての自信なんて、本当は私だって全然ないんだ」

あんなに隠したかったはずの素の感情が、驚くほどすんなりと口に出せた。なぜか今なら過剰に取り繕うことなく、大切な部分を晒せる気がした。

「ずっと不安で仕方なかったの。自分は偽物なんじゃないか、って」

え、と四人が驚いたような顔をする。

「偽物って……それ、どういうこと？」

意外そうに瞳から尋ねられ、立夏は淡々と答えた。

「私、特別な才能があるわけでも、目指して芸能界に入ったわけでもないの。こうありたいと願う自分のふりを、ただ一生懸命してきただけなの。本当にそれだけ」

苦い感情を覚えながら、口元だけでぎこちなく微笑む。あらためて言葉にすると、自分はなんて不純で、つまらない、空虚な人間なんだろう。

「そんなふうに周りから認めてもらえる資格、ないんだ」

ずっとそれを知られることを恐れていたのに、ごく自然に本音が口から出ていた。こんな特殊な状況に置かれているせいだろうか。あるいはオーディション合宿の最終日だから、やや感傷的になっているのかもしれない。……ここにいる彼女たちが、あまりにも素直に剝き出しの感情を見せてくれるから。

「子供の頃、母に置いていかれたの。一人ぼっちで帰りを待ち続けたけど、母はそれきり、二度と私のもとへ帰ってきてはくれなかった。さみしくて、どうしようもなく悲しかった。あの頃の私は誰かに必要とされたかったの。愛される子供でいたかった。そんな気持ちだけで『岡田家』の末っ子を演じてきたの。呆れちゃうでしょう？」

四人は立夏のいきなりの告白に困惑しているのか、しばし無言になった。快活な「つばさちゃん」の口からそんな言葉が発せられるとは、さすがに予想外だったのかもしれない。

恋が迷う素振りをした後、遠慮がちに、でも云わずにいられないといった様子で口を開く。

「立夏さんが偽物なら、その演技に泣いたり、笑ったり、感動した視聴者の気持ちも偽物だっていうの？」

懸命に言葉を探しながら、恋は戸惑いを見せる立夏に語りかけた。

「役者がドラマの中で演じるのは、現実には存在しない人物で。台本があって、作り話で。でも……本物なんじゃないの？」

手探りで不器用に伝えようとする恋の言葉を、立夏は黙って聞いていた。彼女の声には、何かそうさせるだけの誠実さみたいなものがあった。

「あたしは素人で、お芝居のことなんか全然わかってないかもしれないし、うまく云えないけど」

拙い口調で、恋がひたむきに訴える。

「役を演じるってことは、嘘だけど嘘じゃないんだって、そう思う。実際に心を動かして、役に命を吹き込んで――」

そこで言葉を切り、恋は思い出したように小さく笑った。

「初日に話してたじゃん。ドラマの撮影がハードで、学校との両立は本当に大変だったって。それでも立夏さんはずっと、全身で演じ続けてきたんじゃないの？」

恋が力強く云い切る。

「そんなの、絶対に本物《プロ》の役者じゃん」

それを聞いた瞬間、心臓を素手で摑まれたような衝撃を覚えた。理屈じゃない、生身の声に揺さぶられる。

とっさにどう応えればいいかわからず棒立ちになっていると、えみりが大袈裟にため息をついた。「くだらないわね」とえみりが吐き捨て、せせら笑う。

「あなたの事情や生い立ちなんて興味がないの。正直どうだっていいわ。演技で、才能で、震えさせてくれたらそれでいい」

云いながら、えみりの目に野生動物めいた鋭い光が宿った。

「ていうかそれが全てでしょ」

逃げを許さない眼差しで、立夏に向かって云い放つ。怖い目だった。彼女が本心からそう信じているのだと、その目を見てわかった。

「安心して」とえみりは続けた。

「――中途半端な演技をするなら、私が潰してあげるから」

それから唇の端を引くようにして、にい、と笑う。彼女なりの励ましのつもりなのか、それとも本気なのか、えみりの真意が摑めない。

けれど彼女たちの熱に引きずられるように、胸の奥深くで、何かが蠢く感覚があった。自分の中から、言葉にしがたい感情が湧き起こってくる。この気持ちの正体を知りたい、と思った。はたして自分は本物になれるのか、そうじゃないのか。それを確かめるためにも。

立夏は覚悟を決め、大きく頷いた。その場にいる全員の顔を見回し、口を開く。

「このストーリーを演じ切ってみせるの」

迷いや不安を押し殺し、決意を込めて宣言する。

「私たち全員で。――最後まで」

ふっ、とえみりは息を吐き出すように笑って云った。

「もしかしたら、演技審査中にまた誰かが狙われるかもよ?」

「知ってる」と、それに恋が力強く言葉を返す。

えみりは、今度は結奈に向かって挑発めいたセリフを投げかけた。

「今度はもっと恐ろしい目に遭うかもしれない」

結奈が下唇を噛み、正面を見据えて呟く。

「――そうかもね」

だけど、それでも。

自分に云い聞かせるように、立夏は口にした。

「絶対に、ラストシーンまで邪魔はさせない」

芝居の開始時刻が近づいている。……泣いても笑っても、これが最後だ。

瞳が低い声で締めくくった。

「元から、引き返すつもりなんてないわ」

〈モンスター〉三日目　対決の時

玄関に移動した五人は扉を見つめ、静かにそのときが来るのを待っていた。先程からずっと、隠しようのない緊張感が場に漂っている。

……演技開始を告げるブザーは、間もなく鳴るだろう。

立夏はちらりと時計に視線を向けた。あと数分で本番だ。

「さて、と。私たちはそろそろ行った方がいいんじゃない？」

「――そうだね」

えみりと恋が短く会話する。既に殺された役の二人は、宿泊施設の側で絶命していなければならないのだ。

「雨、すごい降ってるっぽい。演技中にくしゃみとか出ちゃったらどうしよう」

真剣に心配している恋に、えみりが笑顔で「高遠監督の世界観を壊すような真似をしたら、終了後に本物の死体になるかもしれないわよ」と物騒な言葉をかけている。

「え、それ、緊張をほぐすためのブラックジョークだよね？」

恋が顔を引き攣らせつつ確認した。一見呑気なやりとりにも思えるが、彼女たちの身にまとう空気はひどく張り詰めている。

恋は扉の前で立夏たちの方を振り向き、「お先に」と短く告げた。その表情はこわばっていたけれど、同時に何かを吹っ切ったような色も浮かんでいる。

一瞬、恋が物云いたげにこちらを見た。それに無言で頷き返す。

心配そうに見守る立夏たちに向かって、えみりが軽く片手を振った。

「せいぜい凄惨な死体を演じてやるわよ」

不敵にそう呟き、扉を開けて外へ出ていく。場の人数が減ると、空気がひときわ重くのしかかってくるように感じられた。雨音がさっきよりも煩く聞こえる。

瞳は虚空を見つめたまま、既にこれから始まる芝居に集中している様子だ。

と、側に立つ結奈の指先が小さく震えているのに気がついた。緊張が伝播したように、いっそう落ち着かなくなってくる。心臓の鼓動が速くなった。

――ブザーが鳴ったら、一気に緊迫したシチュエーションが始まる。

このプレッシャーは立夏自身が感じているものか、それとも危機的な状況に立たされた〈アイ〉のものなのか。

どちらにせよ、全力で演じるまでだ。掌を軽く握り込み、息を吐き出す。

心を決めて、立夏は扉のノブに手を掛けた。

「……じゃあ、私も行くね」

演技審査は、不審な音の正体を確かめに外へ出た〈アイ〉が建物内に戻ろうとするところから始まっている。立夏が外でスタンバイしているところに、結奈と瞳が現れるという流れだ。

二人の強い視線を背中に感じながら、扉を開ける。

建物の外に出た途端、雨と風の音が辺りを包んだ。斜めに吹きつける雨が全身を打つ。あっという間に衣服が水を吸って重みを増した。肌を濡らす冷たさを感じながら、本当に台本の世界に入り込んでしまったような空恐ろしい気分になった。皮肉にも近くにスタッフの姿が見えないことで、孤島に閉ざされ、追い詰められる少女の心理により近づいていく感覚がある。

周辺の木々は大きくざわめいていた。視界の悪い中で地面のバミリを見つけ、そこに立つ。固定された複数のカメラと照明の位置をきっちり確認する。自分の演技を、この雨の中でもあますところなく捉えてもらえるように。

――さあ、来い。

心の中でそう呟いたとき、呼応するかのように島内にブザーが鳴り響いた。始まった。最後の芝居が、ついに幕を開けたのだ。

立夏はその場に立ったまま顔と視線を動かし、警戒するように周囲を見回した。恐ろしい殺人鬼がすぐ近くに潜んでいるのではないか、というアイの怯えを表情ににじませ、無意識の行為のようにぎゅっと衣服の胸元を摑んでみせる。

周りに怪しい人影が見当たらないことを確かめ、小走りに建物の方へ近づこうとしたとき、勢いよく玄関の扉が開いた。

結奈が、建物の中からよろめくように出てくる。腹部を押さえた彼女の指の間から赤いものがにじんでいた。三番目の被害者となったのは、〈スミレ〉だ。

立夏が目を見開いて立ち尽くしていると、結奈はふらつきながらこちらに歩いてこようとした。荒い呼吸をし、唇をわななかせて、苦しそうに声を発する。

「助けて」

玄関前の短い階段の途中で、ふらりと結奈の身体が傾いた。そのまま地面に倒れ込む。一瞬、彼女が本当に足を滑らせたのかと思い、駆け寄りそうになった。

うつぶせに倒れた結奈が、弱々しく顔を上げる。頬に泥がはね、大きな瞳には苦痛と恐怖の色が浮かんでいる。そのさまはひどく残酷で美しかった。

固まっている立夏に向かって、結奈が必死な様子で這いずってくる。すがるように見上げ、こちらに向かって震える手を伸ばす。唇が白い。息が詰まって声が出てこないという感じで、結奈は絞り出すように云った。

「たす、けて」

濡れた長い髪が、覆うように彼女の顔にかかる。歪んだ表情は、まるで泣き笑いをしているように見えた。結奈がかすれた声を漏らす。

「死にたくない、よ」

その目から、つうっとひとすじの涙がこぼれた。

立夏は固唾を呑んで、彼女の演技をただ見つめていた。——違う。初日の結奈とは、全然違う。彼女は本来、これほどリアルに演じることはできなかったはずだ。

おそらくはこの特殊な状況が作用し、役を自分の手元に引き寄せたのだろう。そしてそれはきっと、結奈だけではないはずだ。否応なしに芝居の緊迫感が高まっていく。

目の前で息絶えるスミレを見下ろし、呆然とするアイ。

「起きて、スミレ」

地面に横たわった少女は、雨に打たれたまま動かない。乱れたスカートの裾からむき出しになった白い足が痛々しい。

「誰がこんなことをしたの？」

信じられないというようにかぶりを振り、泣きそうな声でセリフを口にする。

そのとき、雷鳴が響いた。眩い閃光が瞬いた直後、ビクッとする。

——玄関扉の前に、いつのまにか人が立っていた。

片手に仮面を持ち、それで顔を覆い隠している。斧を持った男が付けていたのと同じ、のっぺらぼうの仮面だ。

顔の見えない人物の登場に、とっさに本気で動揺する。あれは瞳だろうか？　そうに決まっている。理解しているのに、別の誰かがそこに立っているのではないか、という得体の知れない不安が胸をよぎった。

こんな演出は、台本には書かれていなかった。一瞬で場の空気を持っていかれる。

その人物は、仮面を持っている手をゆっくりと下ろした。階段の上から昏い眼差しでこちらを見下ろす。彼女と目が合った瞬間、立夏は反射的にたじろいだ。

瞳は別人のようだった。無表情なのに、その奥に冷たい何かが滾《たぎ》っているのがわかる。鋭く、とても不穏な何かが。

互いに見つめ合ったまま動けなかった。瞳の手から仮面が滑り落ちる。仮面は無機的な音を立て、階段に転がった。

そこで初めて、瞳が仮面の陰に隠して持っていた物が明らかになる。大振りのナイフだ。刃の部分が赤く濡れている。

瞳は、汚れたナイフの側面に静かに指を滑らせた。血糊のついた人差し指で壁をなぞり、２という数字を書いてみせる。

凍りつく立夏に向かって、瞳はうっすらと微笑んだ。

「――これでもう、生き残っているのは、私とあなただけ」

あやうい色を宿したその表情を目にした途端、ぞくっ、と演技ではなく冷たいものが背すじを走った。

どくどくと鼓動が速くなる。怖い。つばさしかまともに演じたことのない自分が、彼女に太刀打ちできるのか？

瞳がこちらに向かって歩いてきた。地面の水たまりをよける素振りも見せず、立夏をまっすぐに見据えて近づいてくる。

降りしきる雨の音にまじって、ぴちゃ、ぴちゃ、と水たまりを踏む足音が響く。まるでホラー映画の効果音だ。

全身を打つ雨を、照明の生み出す光と影を、瞳は効果的に利用している。この場の全てを、自分が演じるための武器にしているのだ。今いる空間が、瞳の独壇場と化していた。

緊張に思わず喉が上下した。彼女の迫力に怯み、わずかでも気を抜くと呑まれてしまいそうになる。セリフと演技が飛びそうになる。

「あ……あなたが、スミレを刺したの？」

立夏は声を震わせ、信じられないという表情で瞳を見た。

「なんで、こんなこと……」

ショックを露わにしながら後ずさる。瞳は目を逸らさないまま、云った。

「生き残るためよ」

ナイフを手に、悪びれた様子もなく口にする。自明の理を掲げるように。

「ここで生き残れるのは、たった一人きりなんでしょう？」

瞳の目から、すっと光が消えた。

「みすみす殺されてなんかあげない」

真顔で立夏を見据え、低く告げる。

「私が、最後の一人になるの」

云った直後にナイフを振りかざし、瞳が躍りかかってくる。立夏は悲鳴を上げた。

「やめて」

身をよじり、必死でナイフをよける。作り物のはずなのに、雨の中で鉄臭い血のにおいを嗅いだような気がした。彼女は今、本当に人を刺し殺したのではないか。そんな現実離れした想像が一瞬頭をよぎり、戦慄する。

逃げてばかりでは話が先に進まない。

立夏は思いきって瞳に向き直った。手を伸ばし、どうにか彼女からナイフを奪う。勢いよくナイフをもぎ取ったはずみで、その刃先が立夏の手をかすめた。

その瞬間、ピリッと鋭い痛みが走る。え、と驚きに息を詰めた。

見ると、人差し指の横に細く赤いひとすじの線が走っている。――血だ。ナイフが触れた部分の皮膚が、切れたのだ。

とっさに何が起こったのか理解できず、凍りついた。ひりつく痛みに言葉を失う。このナイフは作り物の小道具ではない、本物だ。なぜ、どうして――。

正面に立つ瞳を見る。まさか、瞳が本物のナイフにすり替えたのか。一体どうして、そんなことを？

予想外のハプニングに、頭が真っ白になる。本物のナイフで瞳を刺すことなど、絶対にできない。どうしよう、どうしたらいいの？

混乱する立夏を、瞳は冷ややかに見つめていた。それから、嘲笑するように云う。

「刺せないの？」

その言葉に衝撃を受ける。そうだ、このままではアイは〈ナデシコ〉を刺せない。もしかしたら瞳は、あえて本物のナイフを使うことで立夏の演技を邪魔するつもりなのだろうか。だけどそんなことをしたら芝居そのものが破綻してしまうはずなのに、なぜ?

半ばパニック状態に陥りながらも、奪い取ったナイフを握り直す。周囲を見回してもスタッフからの指示はない。瞳の狙いはわからないけれど、とにかく今は、なんとかしてこの場を乗り切らなくてはいけない。

ナイフを突き出し、追いつめられた表情を作って叫ぶ。

「来ないで……!」

瞳は立夏を見据えたまま、一歩、また一歩と近づいてくる。武器を持っているのはこちらのはずなのに、なんという迫力だろう。出方を誤れば相手を傷つけてしまいかねない状況に気が気ではなく、ナイフを手にした立夏の方の腰が引けてしまう。相手に刃物を向けていてはうかつに動くことができず、演技がやりにくいことこの上ない。これが瞳の目的だとしたら、まさに罠にはめられてしまったことになるだろう。ごくり、と緊張に唾を呑む。

けれど、一方的に翻弄されて醜態をさらすわけにはいかない。どうにか台本に沿って話を進めなくては。

横目で素早くカメラを確認し、立夏は意を決した。怯えたように瞳を見つめ、嗚咽めいた声を発する。

「ナデシコ……!」

ナイフを持ったまま、身体ごとぶつかるように瞳へと向かっていった。カメラの角度を意識し、彼女を刺したように見えるぎりぎりの位置でナイフを止める。立夏が行動に出た以上、瞳は刺された演技をしなければならないはずだ。

立夏の演技を受けて瞳があっと悲鳴を上げ、腹部を押さえて深く身を折る。その様子を見つめ、汗か雨かわからないものが背中を流れ落ちていくのを感じた。立夏は、自分のしたことにショックを受けたような表情を作ってその場に棒立ちになった。

これでいい。台本通りナデシコは刺され、最後にアイだけが残る——はずだった。

突然、瞳が肩を震わせた。とっさに苦悶の演技かと思ったものの、瞳の口から、おかしそうな笑い声が漏れる。

「あははは」

思わずぎょっとし、瞳を凝視した。くっくっと笑みをこぼしながら瞳が顔を上げ、おもむろに自分のシャツの裾をめくり上げてみせる。立夏は驚きに息を詰めた。

瞳の衣服の下には、切り取られた植物図鑑の表紙が忍ばせてあった。固くて厚みのあるそれは、もし本当にナイフで刺されても貫通を防いでくれるくらいの強度がありそうだ。しかし、問題はそこではなく。

——これは一体、どういうこと?

うろたえ、冷や汗がにじむのを感じた。これは与えられたストーリーを逸脱している。作品の世界観を破壊する行為だ。ナデシコは、本来ならここで死ななければならないはずなのに……。

立夏は助けを求めるような思いで周囲に視線を走らせた。しかし、やはり演技を中断する指示はどこからも出ない。カメラは尚も回り続けている。なぜ、どうして。

そこで、ハッと思い当たった。台本の内容を正確に思い起こす。


少女は一人きり、島に立ち尽くす。


——そうだ。台本の中でアイはナデシコを刺し、最後は島に一人の少女だけが残される。

しかし、ナデシコが刺されて死ぬとは台本のどこにも書かれていない。そして、最後に残った一人がアイだとも明記されていないのではないか。

ナデシコはアイに刺されるけれど、命を落とすことなくアイをも殺し、最後の一人として生き残る。瞳は、意図的にシナリオをそう解釈してみせたのだ。

「……私を消せなくて、残念だったわね」

植物図鑑の表紙を無造作に足元に捨て、瞳がぞっとするような冷たい声で云う。渡された台本にはないセリフ。けれど、ストーリーを破綻させてはいない。

次の瞬間、狼狽する立夏に向かって瞳が素早く手を伸ばした。ふいをつかれ、一瞬でナイフを奪い返される。再び、鋭い目をした瞳にナイフを突きつけられた。本物のそれを向けられ、恐怖心に喉が引き攣る。

瞳がゆらりとこちらに踏み出し、立夏を見据えて口にした。

「あ、な、たが死、ん、で」

追いつめられ、鼓動が痛いほどに高まる。

「ああ……」

瞳は本気だ。役者として、本気で立夏を殺しにくるつもりなのだ。たとえどんな手段を使ってでも。

そのとき、立夏の頭の中に、島で起こったいくつもの不穏な出来事が浮かんだ。使えなくなった無線機、ナイフが突き立てられた植物図鑑、燃やされてキッチンに捨てられていた台本、演技審査の重要な場面が入れ替えられたページ……。

風雨で飛ばされていく木の葉に、食堂内に舞い散っていた色とりどりの紙テープのイメージが重なった。瞳が握るナイフに意識が向く。

迫り来る瞳を見つめ、立夏の中で疑念がはっきりと確信に変わった。——そうか、やはりそうだったのだ。

立夏は緊張に息を吸い込んだ。

「ねえ」

意を決して、口火を切る。

「私たちを脅かすような真似をしていたのは——全部、あなただったのね？」

立夏の発した言葉に、瞳は真顔でこちらを見返した。

表情は硬いものの、特別に動揺している様子はない。それが演技なのか、そうでないのかわからなかった。

立夏の口にしたセリフを無視するのは流れ的に不自然だと判断したのだろう、瞳が眉をひそめて訊き返す。

「……どういう意味？」

雨まじりの風が頬を打つ。身がすくみそうなほどのプレッシャーを感じながらも、雨と風の音に負けぬよう、立夏は声を張り上げた。

「この島で、特殊な状況に置かれた私たちを怯えさせる、不可解な出来事があったでしょう？」

映画を破綻させるような言動を取るわけにはいかない。現実の事件を台本のストーリーに重ね合わせて、懸命に言葉を選びつつ喋る。

「たった一人しか生き残れないかもしれない私たちが精神的に追いつめられていく中で、さらに追い打ちをかけるような出来事が続いたわよね？　誰の仕業かわからず、外部も内部も警戒しなきゃならなくて、私たちは互いに疑心暗鬼に陥った」

立夏を睨みつけ、瞳が冷静に尋ねてきた。

「――私がそれをやったって云うの？」

いきなり糾弾されたにもかかわらず、自分の演技を崩さない瞳に舌を巻く。立夏はこれまでの出来事を思い返しながら、云った。

「昨日、昼食の後に皆でお喋りをしたよね。こんな状況に陥ってすごく不安だし、それぞれ感じるところはあったとしても、それでも全員が前向きに行動しようとしてたと思う。だけどその直後に無線機が使えないことがわかって、空気が一変したの」

　スタッフから演技を止めるような指示が出てこないことを確かめつつ、張り詰めた思いで口にする。

「無線機が使えないことを最初に発見したのは、あなただった。うまく云えないけど……なんだか、タイミングが良すぎる気がしたの。皆が団結した雰囲気になった直後にそれを打ち壊すようなトラブルが起こるなんて、作られた物語みたいで」

　あのとき瞳は、バッテリーが『ない』でも『見当たらない』でもなく、あえて『外されてる』という云い方をした。まるで、誰かが意図的にそうしたと印象づけるかのように。

　加えて、これは自分たちが役に没入できるよう高遠監督が意図してやらせたことなのではないかと、瞳は皆にそうほのめかした。そのために結局、誰もオーディションの運営側に、積極的に無線機のトラブルを訴えようとはしなかったのだ。

「第一発見者だから怪しいって？　そんな曖昧な理屈で犯人にされちゃたまらないわね」

　すかさず瞳が反駁する。立夏は、首を小さく横に振った。

「ううん、そうじゃない。恋さんが……いえ、ランが、あることに気がついたの」

　うっかり現実の名を口にしてしまい、慌てて役名に云い直す。瞳は冷ややかに問いかけてきた。

「気がついたって、何を？」

「――自分の大事な物が、知らないうちに誰かにすり替えられていたってことに」

立夏がそう告げた途端、ほんの一瞬、瞳の頬がこわばった気がした。

今朝、恋から「昨日の分の台本を見せて欲しい」と乞われたことを思い起こす。立夏と結奈、そしてえみりの台本も確認した後、恋は重苦しい表情になり、三人を密かに呼び出して打ち明けた。

アクシデントが起きた直後は動揺して気づかなかったけれど、後で自分の台本を見返していたら、おかしな点があったのだと。

「血が付いてなかったの」

立夏たちに向かって、恋はそう口にした。

「食堂でお喋りしてたとき、紙の端っこであたしがうっかり指を切ったよね。あのとき台本の側面に、少しだけ血が付いちゃったの。だけどいまあたしの手元にある台本には、そんな痕跡はどこにもない。まるで、血なんか最初から付いてなかったみたいに」

昨日、自分たちは、恋の台本に細工がされたという事実に動揺した。

恋の言葉にきょとんとした立夏たちは、直後にその言葉の意味を理解し、ハッとした。

――しかし考えてみれば、恋の台本を盗んでページの順番を逆にし、それを気づかれないようにまた元の場所に戻すなどという面倒なことをわざわざする必要はないのだ。

なぜなら自分たちは全員、同じ台本を持っている。この中の誰が犯人であっても、あらかじめ細工しておいた自身の台本と、恋の台本をすり替えるだけでいいのだから。

おそらく恋の台本は、妨害工作をした人物のものとすり替えられたに違いない。犯人は台本の側面に付着したわずかな血の染みに気づかず、隙を見て恋の台本と、細工を施した自分の台本とをすり替えたのだろう。つまり、恋の台本を持っている人間こそが、昨日のアクシデントを仕組んだ犯人ということになる。恋はその事実に気づいたため、他のメンバーに昨日の台本を見せて欲しいと頼んだのだ。

立夏と結奈、えみりの台本に、血の汚れは見つからなかった。三人が持っている台本は、間違いなく本人のものだった。……つまり。

立夏は、瞳に向かって云い放った。

「私たちは、自分の持ち物を彼女の物とすり替えたりしなかった。それが確認できなかったのは、たった一人だけ」

自分の台本が何者かに燃やされてしまったと、瞳は皆に訴えた。あれがもし、台本をすり替えたことがバレないよう、証拠隠滅を図った瞳の自作自演だったとしたら？

立夏は、拳を握り込んだ。

「……この中で一番頼れる存在だと思われていたあなたが、皆に危害を加えようとした犯人かもしれないだなんて、できれば信じたくなかった」

それは立夏の本心だった。口にしながら、あらためて背すじが冷たくなってくる。

初めは、えみりを疑っていた。けれどさっき結奈とえみりのやりとりを聞いていて、疑問を覚えた。

高遠は天才だと、一点の曇りもなく云い切ったえみり。

高遠に心酔し、あんなにも彼の作品を大切に思っているえみりが、自分の手で意図的にそれを破綻させるような真似をするだろうか……？　いくら非公式のオーディションとはいえ、シナリオの進行を妨げることは、えみりにとって高遠作品を冒瀆する行為に他ならないのではないだろうか。まして台本を焼くなどという行為は、ファンとしてあるまじき暴挙に違いない。

実際えみりは、途中で役を放棄しようとした結奈を引き留めた。作品を放り出して逃げるなど許さない、と宣言したのだ。

そんな彼女が一連の妨害工作を行ったとは、考えにくい。

と、瞳が立夏を見据えて問いかけた。

「証拠はあるの？」

「証拠……？」

瞳が堂々とした態度で云い放つ。

「私がすり替えたっていう証拠なんて、どこにも存在しないんでしょう？」

立夏はとっさに口ごもった。

瞳の指摘する通りだ。台本に血が付いたというのは、あくまで恋がそう主張しているに過ぎない。実際に血の染みが付着していたかどうかを証明する術は、何もないのだ。唯一の証拠になりえたはずの恋の台本は、瞳の手によって既に処分されてしまったのだから。

立夏が答えないことで、自分を犯人だと告発できるだけの証拠を持っていないと確信したのだろう。

「何もかも私のせいにするつもりみたいだけど、そういうあなたこそ、自分が犯人じゃないって証明できるの？」

瞳は語気を強め、さらに畳みかけた。まるで彼女こそが、真犯人を追い詰めるヒロイン役であるかのように。

「それに、食堂で植物図鑑にナイフが突き立てられていた件は？　あのとき私は外出してた。洞窟であやうく溺れかけたあなたを見つけて、助けてあげたでしょう？　その場にいなかった私に、一体どうやってそんなことができたっていうの？」

瞳が毅然とした表情を浮かべ、立夏を睥睨する。

……そう、一連の出来事を彼女がやったという物的証拠は何もない。食堂で起こった不可解な事件についても、離れた場所にいたはずの瞳にどうすればそれが可能だったのかがわからなかった。だから、彼女が犯人であるという確証が持てなかったのだ。

——たった今までは。

立夏は、怯まずに瞳の視線を受け止めた。吹き荒《すさ》む風の中で、息を吸い込む。

風に躍る木の葉と、食堂内に舞っていた紙テープのイメージが重なったとき、立夏の中に一つの考えが閃いた。

「誰も近づかなかったはずの食堂から、ナイフの突き刺さった植物図鑑が突然現れた。そのカラクリが今、わかったの」

立夏は云い放った。

「なんですって」

訝しげな顔をする瞳に向かって、考えを整理しながら、話し続ける。

「私とあなたが外出していたとき、宿泊所に残った人たちは誰も食堂に行かなかった。それは恋さ……ランが、たまたま録音していたデータが証明してる」

瞳は余裕を見せて冷笑した。

「だから、外にいた私が窓から侵入したんだろうって？　食堂の窓縁にたっぷり埃が積もってるのを、あなただって見たでしょう。人がよじ登った痕跡なんてどこにも……」

「違う。誰も、窓から食堂に侵入したりはしなかったの」

立夏はきっぱりとした口調で否定した。

「ナイフの刺さった植物図鑑を作り出すために、わざわざ中へ入る必要はなかったのよ」

そう云い、ポケットから白い紙テープの切れ端を取り出す。それを目にし、瞳の表情に一瞬動揺の色がよぎった気がした。

「食堂の照明の電球に、これと同じものが引っかかってたの。昨日、窓から吹き込んだ風で飛んだんだろうと思ったけど、シェードの内側の電球に絡まってたのがなんだか気になって」

食堂の天井からぶら下がっている、百合の花を逆さまにしたような形の照明。花びらのように細長いシェードが覆っているのに、紙テープがその内側に入り込んで電球の部分に引っかかっていることに、小さな違和感を覚えた。

「おそらくあなたは建物を出る直前に、食堂に寄ってちょっとした細工をしたんだと思うの」

口をつぐむ瞳に、立夏は続けた。

「食堂の隅に置いてあった段ボール箱には、古い紙テープがたくさん入ってた。それを利用したんでしょう？　紙テープをナイフに巻き付け、照明の電球にくくって吊り下げる。劣化した紙テープは耐久性が落ちているでしょうし、加えて、ほんの少し水で湿らせたのかもしれない。たとえば食堂のテーブルに置いてあった、藍の花が飾られたグラスの水を使ったのかも。後は、そうやって固定したナイフの真下に開いた植物図鑑を置いておくだけ」

そう、たったそれだけ。

「時間が経って紙テープがちぎれれば、勝手にナイフが落ちて植物図鑑に突き刺さるはず。あなたは細工をしておいて何食わぬ顔で外出し、出がけに外から食堂の窓を開けたの。窓の鍵は、あらかじめ解錠しておいたんでしょう。窓を開けた目的は、自分が仕掛けた細工の痕跡を隠すため。台風が近づいているせいで、昨日は風が強かった。ナイフを固定するのに使った、ちぎれた紙テープは、吹き込んだ風であっという間に室内に散乱したでしょうね。風で散らばった他の紙テープにまぎれて」

つまんでいた紙テープの切れ端がはためき、雨粒と共に立夏の手から飛んでいく。あのとき部屋中に飛散していた紙テープは、きっと風に飛ばされやすい位置に置くなどされていたのだろう。

皆でお喋りをしていたとき、恋が会話の中で〈まな板の鯉〉と云おうとして〈断頭台の露と消える〉などと物騒な云い間違いをしたのを思い出した。もしかしたら話題にギロチンが出たことがきっかけで、瞳はこんな仕掛けを思いついたのかもしれない。

立夏の推理に対し、瞳は何も答えない。立夏は尚も語りかけた。

「あなたの狙いは、自分が不在にしているときに皆の間で騒動を起こすことだったんでしょう？　自分は疑われずに他の候補者たちを動揺させて、精神的に揺さぶりたかったのよね？　たまたまボイスレコーダーが回っていたから、思いがけず不可解な密室が出来上がってしまったけど、元々は私たちが互いを疑って疲弊すればいいくらいの気持ちだったんじゃないかな。窓枠に砂埃が積もって外から侵入した形跡がないことも把握していて、もし自分に疑いが向くようなら、その事実に気づいたふりをして潔白を主張するつもりだったんでしょう」

食堂の異状を発見して互いに疑心暗鬼に陥ったとき、瞳は、宿泊所にいた三人が誰にも気づかれずに外から食堂に侵入することなど不可能だと説明した。外にいた自分自身に不利な説明を、事実関係を明らかにするためにと、あえて口にしてみせたのだ。そんな瞳の公正な態度に、彼女が混乱を引き起こした犯人だと本気で疑った者は、はたしていただろうか。

窓から侵入した人間はいないという事実に、たまたまえみりが気づいたけれど、誰も口にしなければきっと自分でそれを指摘して身を守っていたはずだ。

「天井の照明に仕掛けたナイフは狙い通り本に突き刺さったけど、もしうまく刺さらなくても、別に構わなかったのよね。要は、他のメンバーを動揺させられればよかったんだもの。植物図鑑の側にナイフが落ちているだけだったとしても、多かれ少なかれ私たちにショックは与えられたはず」

「……大事なことを忘れてるわよ」

黙っていた瞳が、口を開く。

「異変が発見される前、最後に食堂に入ったのは私じゃない」

そう、瞳の云う通り。瞳の後、最後に食堂へ入ったのは恋だ。

「私がそんな怪しい仕掛けをしたっていうのなら、どうしてその後に食堂へ行ったランは、何も異状がなかったと話したの？　彼女が嘘をついてるとでも？」

「ううん」と立夏はかぶりを振った。恋は、嘘などついていない。

「彼女があなたの後に食堂へ行ったとき、確かに、室内に異状はなかった。だってそのとき、窓はまだ開け放たれていなかったし、植物図鑑にナイフは刺さっていなかったんでしょう」

植物図鑑は、瞳の手によって既にテーブルの上に置かれていたはずだ。しかし。

「昨日お喋りをしたときに、ホールの棚から気晴らしに本でも借りていこうかな、なんて話してたの。そんな会話をしたこともあって、テーブルの上に本が一冊置いてあっても、誰かが持ってきたんだろうなと思うくらいで、特に違和感を覚えなかったんだと思う」

それに加え、恋が食堂の異変に気づかなかった理由はおそらく、百合を逆さまにしたような形のあの照明だ。

「細長いシェードに隠れて、照明の内側にくくりつけられているナイフが見えなかったのよ。真下から覗き込みでもすれば確実に気がついたでしょうけど、彼女は食堂の入口に置いてあったウエットティッシュを取りに入っただけだと云ってたから、天井の照明に仕掛けられたナイフに気づかなかったとしても不思議じゃない」

　——そうしてその直後、瞳が仕掛けた罠は作動したのだろう。

　瞳が何か云いかけ、口を閉じる。立夏は尚も続けた。

「あの時間帯に食堂の窓を開けられたのは、外にいた私たち二人だけ。でも、私にはその細工をすることができないの」

　立夏が手を上に伸ばしてみせると、その意味を理解したらしく、瞳がハッとしたような顔になる。

　そう、身長だ。今朝、食堂で照明の電球に紙テープが引っかかっているのを見つけたとき、一瞬取り除こうかと思ったものの、手が届かなそうだったのでやめたのだ。立夏がテーブルの上につま先立ちになっても、おそらくそれをするにはあと数センチは足りないように思われた。

　そして、女性としては長身の瞳は、立夏よりも十センチほど背が高い。

「誰がいつ食堂に入ってくるかわからない状況で、脚立や何かを用意して作業をする余裕なんかなかったはずだわ。急いでテーブルの上に乗って、素早く細工を済ませたはず」

　ふと、洞窟内で動けなくなった自分を、瞳が助けに来てくれたときのことが思い浮かんだ。瞳は外を出歩くとき、布製のショルダーバッグを持参していた。几帳面な彼女は、ペットボトルの水や、タオルや日焼け止めや、そういった色々な物を備えて常に持ち歩いているようだった。

　けれど海の中を歩いて浜に戻るとき、彼女が肩に掛けたバッグは風に激しく揺れ続けていた。おそらくあのとき、瞳のバッグの中味は空だったのだ。ナイフと植物図鑑をその中に忍ばせて多目的ホールから持ち出し、食堂に運び込むために使用したから。

　立夏は瞳を見つめ、告げた。

「――つまり、あの奇妙な密室を作り出すことが可能だったのは、あなただけなの」

　瞳が無言で立夏を見返す。その表情から、本心は読み取れない。しかし、二人の間の空気が確実に張り詰めていくのを肌で感じた。立夏は追及した。

「あなたはそうやって卑劣な手段で、他の子たちを蹴落とそうとしたのね？」

　瞳の眼差しに、唐突に鋭い光がよぎる。

　直後、瞳がナイフを手に躍りかかってきた。ふいをつかれ、とっさにナイフを握る瞳の腕を掴んだものの、そのまま押し倒される形で転がった。濡れた地面に勢いよく倒れ込み、背中に痛みと冷たさが走る。衝撃に思わず「ぐっ」と声が出た。

　殺気を湛えた瞳の視線が、間近で立夏に向けられる。ぞっとするような低い声で、瞳が言葉を吐き出した。

「――そうよ。生き残るために、私がやったの」

　演技は、まだ続いている。凶暴な感情を込め、瞳が叫ぶように宣言する。

「最後にこの場所に立っているのは、私……！」

　ピンチなのに、瞳の発したセリフに煽られるように感情が昂った。揉み合う演技をしながら瞳を睨みつけ、彼女の顔の近くで話しかける。この距離なら、雨風の音にかき消されてマイクには拾われないはずだ。

「台本に細工されたことで、恋さんは危険な目に遭って怪我をした。一歩間違えれば、転落して本当に命を落とす事態になっていたかもしれない」

瞳の動きが、一瞬止まった。演技審査中の今、しかも相手からナイフを向けられている危険な状況でこんな話をするべきではないと、頭ではわかっていた。けれど胸の中に激しい感情が込み上げてきて、どうしても云わずにはいられなかった。

「結奈さんだって、アクシデントのせいでベストの演技ができなかったはずよ。それはもちろん、私も同じ」

転落しかけた恋を助けた直後、ショックのあまり膝が震えたのを思い出す。のしかかる瞳に抵抗しながら、力を込めて言葉を続ける。

「あのとき皆が動揺する中で、瞳さんだけは機転を利かせて真っ先に芝居を続けた。失敗するかと思った課題のシーンを、冷静に立て直してみせた。でも台本に細工したのが瞳さんなら、そうなるのをあらかじめ知っていたんだから、スムーズに対処できたのも当然よね」

怒りのような悲しみのような感情に駆られ、立夏は唸るように云った。

「あれもライバルを脱落させて、自分の演技力をアピールするために仕組んだんでしょう？」

立夏の言葉に、瞳が顔をしかめる。手足をばたつかせてもがく立夏を押さえつけようと演技をしながら、瞳が身体の位置をわずかに変えた。自分の唇の動きが、カメラに捉えられない角度に。

「……やるしかなかったのよ」

その目に苦し気な色を宿し、瞳が低く呟く。立夏にしか届かない声で告げる。

「高遠監督が普通じゃないやり方で作品を作るっていうのは、もちろん聞いてた。でも、芝居が始まって間もなくえみりさんの演じる役が殺されたのを見て、急に怖くなったの。あんなふうに、自分もいつ芝居から退場させられるかわからないって考え出したら、とてもじゃないけどじっとしていられなかった」

そう云い、瞳は内心の動揺を意志の力で押し隠すようにきつく下唇を噛んだ。

「云い訳するつもりじゃないけど、誰かに怪我をさせるつもりはなかったし、彼女が屋上から落ちかけるなんて夢にも思わなかった。——本当よ」

立夏は非難めいた思いで問いつめた。

「だからって、こんなことまで、どうして……」

「ど、どうして？」

その瞬間、再び瞳の表情が変わった。思いがけぬ強い反応に、立夏は反射的にたじろいだ。瞳が顔を近づけ、己の中の毒を注ぎ込むように、立夏の耳元で昏く囁きかける。

「これまで、思うようなチャンスに恵まれなかった。どんなに努力し続けても、望む仕事は私には回ってこない。なのに事務所の大きさや、見た目の愛らしさだけで、発声も演技の基礎もろくにできていない、自分より若い子たちがのうのうとそれを奪っていくの」

瞳は自身の過去を思い起こすように目を細めた。彼女の髪が風になぶられ、激しく揺れる。

「焦って、悔しくて苦しくて、どうしようもない気持ちになったわ。それでも諦めたくなくて、心も身体もすり減っていきそうな自分を必死に叱咤《しった》し続けて、ここまで来た」

立夏を見下ろし、冷ややかな口調で云う。

「……若くして役に恵まれたあなたには絶対にわからないでしょうね」

皮肉めいた声で瞳は尋ねた。

「それで、どうするの？　私のしたことを、今ここで運営に告発でもしてみる？」

苦さを含んだ眼差しになり、どこかが痛むみたいに顔を歪めて彼女が言葉を発する。

「オーディションでの妨害行為が報告されたら、たぶん私は失格になるでしょうね。ライバルが一人消えることになる。そうなればあなたも満足でしょう？」

立夏は地面に押し倒されたまま、無言で瞳を見返した。自分の中で、どうすべきかの答えを探す。冷静に考えれば、きっと今すぐ瞳の云う通りにするのが正しいのだろう。けれど、あなたには絶対にわからないという瞳の言葉が、無性に胸を騒がせた。

「……いいえ」

しばし考えた後、立夏はゆっくりと頭を横に振った。波のように、最も奥深いところから湧き起こってくるものがあった。それは立夏自身にも言葉にしがたい、けれど強い感情だった。

心を決め、まっすぐに瞳を見据えて、口にする。

「――ヒロイン役は、自分の力で取りに行くから」

瞳がふいをつかれた様子で目を瞠った。理解できないものを見るような目で、まじまじと立夏を凝視する。

ふと、長年演じてきた『クローバー』の撮影現場が思い浮かんだ。作品に関わる人たちが忙しなく動き回り、熱気と喧騒に満ちていた現場。カメラと照明の光に囲まれ、立夏はつばさであり続けた。

志す者のうち、ほんのひと握りしか生き残れない世界。時に残酷で、浮き沈みの激しい世界。

――それでもたった一つ共通しているのは、誰もがその作品を素晴らしいものにしたいと願って役を演じているということだ。

多くの人たちに支えられながら演じ続けたあの場所で、演者も、監督も、スタッフも、ドラマに関わる全ての人間が同じ作品世界で呼吸するのを感じていた。私は、一人で演じていたんじゃない、一人きりの世界にいたわけでもない。

ああ、と気がつく。


――そう思う自分は、既に「役者」だったのだ。


立夏は息を吸い込んだ。雨風が吹きつける中、瞳に向かって挑むように告げる。

「いい作品を作るためじゃなく、自分の実力が認められることだけを願って演じたあなたは、役者じゃない」

立夏の言葉に、瞳の表情が大きく揺れた。それでも顔を逸らすことなく、立夏の視線を受け止める。

互いの間で見えない火花が散った気がした。きっ、と立夏を睨み据え、瞳が口にする。

「ひとつだけ云わせて」

瞳は真剣そのものの眼差しで告げた。

「芝居が途切れたとき、私があらかじめそれを知っていたから対処できたってあなたは云ったけど」

こわばった、しかし確かな矜持《きょうじ》を含んだ声で云い切る。

「あれが本物のアクシデントだったとしても、私なら演技を続けられたわ」

瞳の言葉に、苦い思いが胸をよぎる。

だとしたらなおさらあんなことをするべきではなかったのだ、と云おうとしてやめた。きっと立夏が何を云っても、今の瞳には届かないのだろう。

もう、ここからは――演じ手同士の殺し合いだ。

互いに、本気で役にスイッチが切り替わるのを肌で感じた。ここで大人しく殺されるわけにはいかない。

立夏は瞳を突き飛ばし、どうにか立ち上がると背を向けて駆け出した。雨と風がしのぎを削り、超自然的な凄まじさだった。目を開けていられないほどの雨が降りしきり、突風にあおられて思わずよろめく。

整備されていない地面はひび割れ、水浸しで小さな海のようになっていた。

ぬかるみに足をとられて走りにくい。靴底に泥が吸いついてくるようだ。頭上で、激しく揺さぶられる枝葉の音がした。荒々しい風が行く手を阻む。

風雨は、何もかもを吹き飛ばしてしまう勢いだった。

いくらも進まないうちに「あっ」と声を上げて再び転倒した。慌てて振り返ると、追ってきた瞳に強く肩を摑まれる。乱暴に食い込む指の痛みに顔をしかめた。ものすごい力だ。

ナイフを握る瞳の手首を、懸命に摑む。少しでも力を抜いたら本気で刃物を突き立てられそうだった。抗う手がぶるぶると震える。

「やめ、て」

間近にある瞳の顔を見つめ、苦しい息の下から声を絞り出す。

「こんなの、間違ってる」

悲痛な面持ちで立夏は叫んだ。

「人殺し……!」

瞳が、黒く塗りつぶされたような眼差しで立夏を見返す。

「人殺しはあなたよ」

深い場所から響くような声音にハッとした。立夏を射貫く、凄絶なオーラ。本気とみまごう殺気におののく。

圧倒的な瞳の演技力に気圧されて息を詰める。努力に裏打ちされた、彼女の力は本物だ。

なのに、そんな彼女にもこれまでチャンスは巡ってこなかった。どれほど役を渇望し、手を伸ばし続けてきたのだろう。挑んで、ちぎれて、吹き飛ばされる。気まぐれで理不尽な世界。

それなのになぜ、自分は必死でその場所にすがろうとしているのだろう。どうして今、ここにいたいと思うのだろう。

「――消されたり、しない」

あえぐように呼吸しながら、立夏は瞳を睨み返した。胸の奥深くで、何かが目覚める感覚があった。奇妙な興奮が体中を駆け抜ける。

瞳がわずかに怯む気配を感じた。じりじりと眼前に近づくナイフを、精一杯の抵抗で押し返す。

立夏は意志を込め、悲鳴のように叫んだ。

「絶対に……！」

瞳が気圧されたように目を見開いた。

雨と風の音によってホワイトノイズの幕が張られたかのごとく、他の物音が全てかき消される。嵐は続いているのに、いつのまにか自分たちを包む世界が無音になってしまったように思えた。

自分の声すらほとんど聞こえないのに、対峙する瞳の呼吸をひどく鮮明に感じる。目の前にいるのは少女という生き物ではなく、一匹の美しい獣のようだった。激しく摑み合いながら、互いに殺し合っているのか、愛し合っているのかわからなくなった。ぶつかり合うと同時に、交歓しているような気分になる。演じながらこんな感覚に襲われたのは初めてだった。立夏を見る瞳の目にも、隠し切れない恐れと高揚が浮かんでいる。

自分たちは今、同じ感覚を共有している。まじわり、同期し、芝居を通してひとつになる。

――私は一人ではない。

その瞬間、雷が鳴り響いた。視界が閃光に塗りつぶされる。

直後に力の均衡が崩れ、瞳の握ったナイフが彼女の胸の方へ吸い込まれていた。どちらかが意図してそうしたというよりは、本当に自然の流れでそうなってしまったという感じだった。

瞳が大きく目を瞠る。呻き声を漏らし、抱き合うような格好のままゆっくりと頽《くずお》れる。

ナイフが、瞳の衣服に突き刺さっていた。一瞬、実際に彼女を刺してしまったかと慄《おのの》いた。

けれどよく見るとナイフは瞳の身体を傷つけてはおらず、左胸の辺りをわずかに逸れて、布のみを刺し貫いたようだった。カメラには胸に刺さっているように見えるだろう。

吐息がかかるほど間近に瞳の顔がある。彼女のまつ毛が、けいれんするように震えた。胸を押さえ、苦痛に耐えるように荒い呼吸を繰り返す。ひゅうひゅうと喘鳴《ぜんめい》し、次第に目の焦点が合わなくなっていく。

あまりのリアルさに、立夏は動揺して瞳を見つめた。彼女はまさに今、目の前で死んでいこうとしているのではないのか……？　そんな緊張と混乱に襲われ、息を呑む。

瞳の顔は血の気を失ったように青ざめていた。呼吸が、ちいさく、喘ぐようなものになっていく。立夏を見上げ、懸命に何かを伝えようとする。

その目から光が失われた。

……動かなくなった肢体を、静かに雨が濡らし続ける。

立夏は半ば放心状態で、地面に横たわる彼女を見下ろした。

肩を上下させながら、自分の中身ががらんどうになってしまうような、それでいて充溢しているような、不思議な感覚に支配される。その感情の正体が何なのかはわからなかった。ただ一つだけ確かなのは、自分たちが持ちうる全てでぶつかり合ったという事実だった。

ヒロイン役は自分の力で取りに行く、と瞳に告げた言葉が脳裏をよぎる。

――立夏の突きつけた挑戦状に、瞳は役者として、全力の演技で応えてみせたのだ。

ことされた〈ナデシコ〉をショックで呆然と見つめる〈アイ〉。彼女はただ一人きり、生きてこの島に残された。

……台本の内容はここまでだ。物語は、この場面で終わっていた。

雨に打たれながら立ち尽くし、ふいにあることに気がついた。

演技終了を告げるブザーが、鳴らない。

合図を待つも、ブザーの音は一向に聞こえてこない。立夏はうろたえて周囲を見回した。一体、どういうこと？　何が起こっているの……？

カットがかからなければ、役者は芝居を終えられない。

どうしていいかわからず混乱しかけたとき、他の四人の姿が視界に入った。芝居の中で殺され、「死体」となった少女たち。

水煙の立つ中、彼女たちはそれぞれの場所で死んでいる。

地面に展翅《てんし》されたうつくしい生き物のように。道半ばで息絶えた旅人のように。気まぐれに放り棄てられた玩具のように。嵐で無残にちぎれた花のように。

次の瞬間、あることに思い当たって立夏は息を呑んだ。――そうだ。

なぜ、彼女たちは「死体」でいなければならない？

オーディション合宿の二日目、恋が自分の演じる〈ラン〉が殺されたとき、「出番ないんだったらもう帰っていいじゃん、つまんないなあ」とぼやいていたのを思い出す。

たった今殺害されるシーンを演じた瞳や結奈はともかく、えみりや恋は、なぜずっとその場で死んでいなければならなかったのか。もしかしたらそこに何らかの意味があるのではないか……？

初日に自分の演じる役が殺されて暗い表情をしていたえみりが、二日目に余裕を取り戻した様子だったのは、ひょっとするとその事実に気がついたからだったのかもしれない。

台本の内容に眉をひそめ、不思議そうに呟いていた恋。

（友達の死体をそのままにしておくとか、現実的に考えたらありえなくない？）

鼓動が、激しくなる。これまでの台本のシーンが頭の中を巡った。

台本を読みながら感じていたいくつもの違和感が、徐々に一つの像を結び始める。

なぜ、気づかなかったのだろう。――ヒントは、最初から全て台本の中にあったのだ。

作中でアイは、男に追いかけられて必死に逃げる悪夢を見る。そして夢の中で、自分ではない女性が男に追い詰められ、崖から転落する現場を目撃するのだ。

切り立った崖から落ちていく人影。そんな悲劇を目の当たりにするアイ。

アイは、島の景色に既視感を覚えると口にしていた。

『島の風景に、どこか見覚えがある気がしたの。まるでこの場所を知っているみたいな……』

アイが過去に、避暑地だったこの島を訪れていたとしたら。

「訪れた者のうち、たった一人しか生きて出られない」という不気味な噂は、かつてこの島で続いた不幸な事故に起因しているという。

そして噂が決定的に広まる原因となってしまった出来事こそが、大きな観光イベントの期間中に起きた悲劇だ。親子が三人で家族旅行中、夫と妻が島の崖から転落して亡くなった。つまり——子供は一人生き残ったのだ。

生きて島を出たその子供こそが、アイだったのではないか。アイが見た恐ろしい夢は、彼女自身が実際に経験したことだったのかもしれない。

島でアイたちが見つけた古い植物図鑑から、子供が描いたと思しき絵が滑り落ちるシーンがあった。親子三人が描かれたその絵は、父親の顔の部分だけが黒く塗りつぶされていたはずだ。そこには、父親に対する不信感や恐怖心のようなものが感じられた。

さらに二日目の課題演技中、仮面の男と遭遇するシーンでは、子供の靴が片方だけ不自然に地面に転がっていた。あれがシナリオの上の演出であるならば、靴が脱げてしまっても拾う余裕すらなかった、幼い子供があの場所でただならぬ状況に陥ったという事実を暗示していたのかもしれない。幼い子供……かつてのアイが。

おそらくアイの両親の死は事故でも、自殺でもなかった。何らかの理由で父が、妻と幼い娘に手をかけようとしたのだ。無理心中のつもりか、自分だけ生き残ろうとしていたのかはわからない。逃げて、と夢の中でアイに向かって叫んだ女性は、きっとアイの母親だったのだろう。アイの母は必死に娘を逃がしたものの、自身は崖に追いつめられ、夫と共に海に落ちてしまったのだ。

自分の父親に殺されかけ、また父が母を殺害する現場を目撃してしまった衝撃的な体験は、幼いアイの心に深い傷を負わせた。そしてそれが原因で、他人と深い関わりを持つことや、男女間の結びつきというものに対して強い恐れを抱くようになったのだ。

目立つことや人付き合いが苦手で、極度に内向的な性格は、彼女自身の辛い過去が根底にあったのだろう。アイは恐ろしい記憶に蓋をし、過去から目を背け続けていた。

しかしそんなアイに、ある変化の兆しが表れた。

『アイ、最近男ができたんでしょ』

島にやってきた初日、エリカにからかわれて動揺するアイのシーンを思い起こす。

『やめて、違うってば』
『へー？　違うんだ？』

『……アルバイト先で、親切にしてくれる先輩のことがちょっと気になってるだけ。付き合ってるとか、そんなんじゃないから』

海にドライブに誘われ、行こうかどうか迷っている、と悩みを口にしていたアイ。彼女は急速に接近してくる青年の存在に戸惑いながらも心惹かれ、揺れ動いていた。

彼を信じて特別な関係を持ちたいと望む気持ちと、それを恐れて拒絶する気持ちの間で悩み苦しんだアイは、自分の中に影を落とす過去の記憶と対峙しようとした。意を決し、凄惨な事件のあったこの島を訪れたのだ。

殺された四人の少女。スミレ、エリカ、ラン、ナデシコ。作中で、アイは島に置き忘れられた古い植物図鑑をめくりながら、こんな言葉を口にする。

『そういえば花好きだったママの影響で、子供の頃はよく植物図鑑を眺めてたっけ。懐かしいな』

四人の少女たちはそれぞれ、花の名を持っている。その中にアイの両親が亡くなった季節である、夏の花はない。

『私たちの名前って全員、同じ読み方の花があるのよね』

『そうなの？』

『アイは「藍」。染料に使われるから、〈美しい装い〉なんて花言葉があるみたいよ』

『藍染め、ってあるものね。私は春の「菫」でしょう？』

『ええ、そうね。色によって違うみたいだけど、菫の花言葉は〈謙虚〉〈小さな幸せ〉〈愛〉ですって。奥ゆかしい感じがして素敵ね』

『菫って毒があるのよ』

『意地悪なことばかり言わないの。ランは、「蘭」よね。ほら、洋蘭の花言葉は〈美しい淑女〉〈優雅〉ですってよ。それに〈純粋な愛〉とか』

『くっだらない。ゲロ吐きそう』

『ねえ、あたしは？』

『「エリカ」は春の花。種類にもよるけど、〈孤独〉とか〈寂しさ〉、〈博愛〉なんて花言葉があるみたいよ』

『それって意外とネガティブじゃない？』

『花屋の陰謀よ。のせられちゃって、バカみたい』

『「撫子」……花言葉は〈貞節〉、〈純愛〉、〈器用〉とかですって。撫子って秋の七草だったのね、知らなかった』

四人の少女たちの名前と同じ花には、一つの共通点があった。

菫は〈愛〉、蘭は〈純粋な愛〉、エリカは〈博愛〉、撫子は〈純愛〉。いずれも花言葉に、「愛」という文字が含まれるのだ。

作中、色とりどりの飴が入った瓶の中から「ＬＯＶＥ」と刻まれたハート形のキャンディを選んだアイに対し、ナデシコがからかうように云う。

『あら、律儀に自分に関連した物を選ばなくてもいいのに』

これはアルバイト先で気になる男性がいる、と打ち明けたアイを冷やかしての発言のように受け取れる。しかし、アイが恋話をしているとき、ナデシコはその場にいなかった。

――立夏の演じるアイに当てられている言葉は「藍」ではなく、「愛」だったのではないか。

台本に書かれたエピソードがよみがえる。

島でやりたいことがバラバラで、雑誌の星座占いランキングの上位者の発言で決めようとしたとき、全員が同じ魚座だと云って勝負にならなかったこと。スミレが一人で夜、外へ出たことはアイしか知らない秘密のはずなのに、なぜか全員が知っていたこと。左手の薬指に絆創膏を巻いていたのはエリカなのに、アイの同じ指にそれがあったこと。

まさか、もしかしたら……。

目の前に存在する四人の「死体」が意味するもの。それをようやく、理解する。

これは彼女たちの――自分の、死体なのだ。

怖がりの「スミレ」、計算高い「ナデシコ」、攻撃的な「ラン」、嘘つきな「エリカ」。

彼女たちはアイが過去の恐ろしい体験から心を守るために自分の中に作り出した架空の人物《キャラクター》

であり、アイ自身だったのだ。彼女たちは実在しなかった。

島を訪れたのは、初めからアイ一人きりだったのだ。

殺されていった少女たち。ここから出ていけるのは、たった一人だけ。

彼女たちの存在を消したのは恐ろしい殺人鬼などではなく、現実と向き合うことを決意したアイ自身だった。

仮面の男はもしかしたら現実の存在ではなく、何かの暗喩ではないかという結奈の推理を、恋が否定したことを思い出す。

（でも登場人物は全員、仮面の男の姿を目撃してるよね？　皆がそろって同じ幻を見てるなんて不自然だよ。ありえない）

――けれどここにいる少女たちが全員、同一人物だったなら。

かつて幼いアイが描いた、父親の顔の部分が塗り潰された絵。あれが仮面の男の正体だ。仮面で顔を覆い、恐ろしい凶器を手にした男の姿は、アイの記憶の中の父親に由来しているのだろう。心の内が見えず、自分を傷つけようとしてくる危険な存在、というイメージの表れなのかもしれない。

仮面の男は、アイにとっての恐怖の象徴だ。

『こんな島にいるの怖い……早く家に帰りたいよ』

『いい年してお母さんに会いたいって？　ガキじゃあるまいし、アンタもう、いい加減自立しなさいよね』
『あはは、ママ～助けて～！　殺人鬼に殺されちゃうよ～！』
『親のことなんて思い出させないで。せっかく私たちだけで旅行に来て羽を伸ばしてるんだから』
『……（うつむく）』

甘えたい、憎みたい、忘れたい、すがりたい……目の前にいない母に対する彼女たちの感情はきっと、アイ自身が抱えているものだ。

アイが洞窟で溺れかけ、ナデシコに助けられたシーンを思い起こす。

『砂浜にあなたの足跡が残ってたから、一人でどこに行ったのかと思って心配したのよ』と、ナデシコはアイを問い詰める。


アイに肩を貸し、二人はコテージへと歩き出す。アイが振り返ると、砂浜には自分の濡れた足跡だけがぽつんと残されていた。


そう、砂浜には、仮面の男の足跡は残されていなかった。……そしてナデシコのものも。

「彼女たちは全て、私だった……？」

立夏は目を見開き、噛みしめるように呟いた。

「――それが、真実だったのね」

自らに云い聞かせるような演技で、赤いランプの灯るカメラの向こうに回答を突きつける。さあ、これで今度こそエンドマークが打たれるはずだ。

安堵と興奮が込み上げた、そのときだった。

後ろで何かが動く気配を感じて、立夏は反射的に振り向いた。直後、身体が凍りつく。

――仮面の男だ。

これまで遠目にしか姿を見せなかった仮面の男が、すぐそこに立っている。その手には、鈍い光を放つ斧が握られていた。

驚きと恐怖に、ひゅっ、と喉が引き攣った音を立てた。

雨の中、無言で対峙する男の全身から不穏な空気が放たれている。殺気にも似た、禍々しい何かが。

「嘘、でしょう……?」

立夏は呆然と口にした。ふいに、島にやってきた日、パソコン画面の中から高遠が自分たちに向かって語りかけた内容が頭をよぎった。

(君たちがこの作品を最後まで演じ切ってくれることを、期待している)

脳裏で再生されたその言葉に息を詰める。最後まで演じる、ではなく、演じ切ってくれるという表現を高遠があえてしていたことに、今さらながら思い当たる。

――やはり、台本が白紙のページで終わっているのには意味があったのだ。この芝居は、まだ終わっていない。

雨に打たれ、激しく緊張しながら男を見つめた。

目の前の男がアイにとって恐怖の象徴ならば、男に殺されることは、アイが恐怖心に敗北してしまうことを意味するのだろう。彼女は忌まわしい過去からずっと逃れられずにいるのだ。

仮面の男が近づいてくる。その異様な佇まいに半ば本気で怯え、後ずさりながら、立夏は必死で考えた。どうしよう、どうすればいい？

アイならどうする？　高遠監督はこのストーリーに、どんな結末を用意している……？

――少女にとっていとおしくて恐ろしい、幼い日の記憶。彼女は勇気を振り絞り、凄惨な過去と向き合おうとする。呪縛から逃れ、自らの意思で未来へ進むために。

立夏の頭に、突如ある考えが浮かんだ。そうか、もしかしたら……。

迷っている時間は、ない。

立夏は男を睨みつけ、意を決して身を翻した。そのまま全力で走り出す。

雨と風の音にまじって、自分を追いかけてくる足音が聞こえる。

思いついた可能性に賭け、立夏は風雨の中をひた走った。視界の悪い中、ぽつぽつと設置された照明が行き先を導くように照らす。それはまるで立夏の思考が正しいのだという裏付けのようにも思えた。

作中で少女が一人ずつ殺されるたびに残された数字は、おそらくアイの中の人物《キャラクター》が消えたことを象徴しているのだろう。心の傷から目を逸らすために作り出した仮面では、結局、本当の意味で過去の恐怖を乗り越えることはできなかった。恐ろしいものに立ち向かえるのは、現実の自分自身だけ——その事実を、アイは受け入れようとしているのだ。

冷たい雨粒が弾丸のように全身を打つ。風の音が煩い。苦しさに、走りながら荒い呼吸を繰り返す。

間もなく、目指す場所が見えてきた。海にせり出した崖だ。最初に仮面の男が現れた場所。アイの母が父に殺されたであろう場所。

昨日まではなかったはずの数台のカメラが設置されているのを目にした瞬間、立夏の中で推測が確信に変わった。

——映画のクライマックスは、全ての始まりとなったここでしかあり得ない。

崖の上を進むと、昨日地面に置いてあった白い花束はどこにも見当たらなかった。風に飛ばされて海に落ちてしまったのかもしれない。あれは作中でアイが、この場所で亡くなった両親への弔いのために置いたものだったのだろうか。それとも。

と、後ろで地面を踏みしめる音がした。鼓動がひときわ高く跳ね上がるのを感じながら、慌てて振り返る。

そこに仮面の男が立っていた。顔が見えなくても、仮面越しにその視線が鋭く立夏を捉えているのがわかる。過去の亡霊であり、今もアイに害をなすおぞましい存在。

男から発せられる威圧感に、微かに膝が震えた。……怖い。まるで昨夜見た悪夢の再現だ。逃げ出したい気持ちを意志の力で押さえつけ、風雨の中で顔を上げる。どのみち、もう逃げ場はない。

仮面の男を、正面から睨み据える。

掌に爪が食い込むほどきつく拳を握りしめる。全身はずぶ濡れで、崖っ縁を背に追いつめられている状況なのに、なぜだかそのとき身体の奥底から強い感情が込み上げてくるのを感じた。自分の中で激しく、熱い何かが湧き起こる。

立夏はまっすぐに男を見据え、力を込めて云い放った。

「――私は、あなたに殺されたりしない」

空に閃光が走り、雷鳴が轟いた。吠えるように、叫ぶ。

「生き残ってみせる」

それが合図だったかのように、次の瞬間、男が地を蹴った。立夏に向かって襲いかかってくる。気迫に負けて視線を逸らしてしまわぬよう、立夏は懸命に己を叱咤した。焦るな、怯むな。正しい結末なんて知らない、無謀な賭けかもわからない。けれど、今の自分にできる全てで、死に物狂いであがいてみせる。

男が、斧を頭上に振りかざした。その動きを目にした瞬間、恋が口にしていた言葉がふいに脳裏によみがえる。

(たとえば、斧みたいに大きな武器を手にしている相手は確かに脅威だけど、その反面、次の動きを予想しやすいでしょ?)

立夏はハッと息を呑んだ。

恐怖心を堪え、勢いよく振り下ろされた斧を集中して目で追うと、ぎりぎりのタイミングでどうにかかわせた。そのまま相手に向かって突っ込んでいき、斧を持つ腕に思いきってしがみつく。男が強い力で立夏を振り払おうとした。諦めず、精一杯の力を込めてすがりつく。男の手から斧を離そうとする。息が切れ、顔に叩きつける雨で前がよく見えなかった。それでもなお全身で抗う。

激しく揉み合ったそのとき、突風が吹いた。ふいをつかれて体勢を崩す。直後、濡れた土で足が滑った。あっ、と思わず声を上げる。

男の腕を摑んだまま、身体が大きく傾いた。崖の向こう、何もない空間に、男と共に投げ出される。

息を吞むと同時に、一気に視界が反転する。身体がどこにも、何にも、接していない。その事実に血の気が引いた瞬間、背中を突き刺す風を感じた。ごうっ、と耳元で唸る風雨の音。岩に叩きつけられるか、海に吞み込まれるのを予感して目を見開く。

落ちる——!

恐怖が全身を貫いた直後、何かにぶつかる衝撃があった。

それは身体が砕かれるような激しいものではなく、たとえるなら濡れた網の中に落下したような感覚だった。

はっ、はっ、と切れ切れに浅く呼吸する。いったい何が起こっているのだろう？

仰向けになった視界に、雨の降り注ぐ空が見えた。そして、今しがた自分が立っていた崖が。

「え……？」

ふらつく頭を押さえ、立夏は恐る恐る上体を起こした。そのとき初めて、自分たちが倒れている場所がどこなのかを理解する。

転落防止ネットだ。崖の上から二メートルほど下の位置に、立木や岩を利用してあらかじめ安全用のネットが張られていたのだ。ネットの隙間から下を見ると、はるか遠くで荒々しい波が岩壁にぶつかり、白く砕けている。本能的にぞっと鳥肌が立った。ネットがなければ、おそらく二人とも即死だったろう。

雨に打たれながら放心状態で佇んでいたそのとき、島内にブザーが鳴り響いた。その音を聞いて、ようやく我に返る。

——終わった。今この瞬間、最終オーディションが全て終了したのだ。

と、崖の上から数人の男性が顔を出し、こちらに向かって大声で叫んだ。

「大丈夫ですかー？」

「二人ともじっとしていて。すぐ引き上げるので、絶対にそのまま動かないでくださいね！」

あっけに取られて見上げる立夏の視界で、スタッフらしき人物が慌ただしく動き回っている。こんなに何人もの人が近くにいたのか、と驚くほどの勢いだ。

脱力してその光景を眺めながら、さっきまでの凄まじい緊張感や、アイとして男に立ち向かった高揚が自分の中からゆるやかに消えていくのを感じた。

……今度こそ本当に、終わったのだ。

もしヒロイン役に選ばれても、選ばれなくても、悔いはないとそう思えた。無様でも、不格好でも、少なくとも今の自分にできる全てを出し切った。

ふと、雨ではないもので視界がにじんだ。何の感情かわからない涙が、じわりとあふれる。

安堵と喪失感に似たものを覚えてぼうっとしていると、側で男が身動きする気配があった。仮面の男が、静かに上半身を起こす。

事故とはいえ、彼を巻き込んで一緒に落ちてしまったことを謝ろうと、立夏は慌てて口を開きかけた。ネットが張られていたから助かったものの、もしそうでなければ、自分たちは大変なことになっていたはずだ。彼にとってはとんだ災難だったろう。

そのとき、男が仮面に手を掛けた。顔を覆っていた仮面をゆっくりと外す。

仮面の下から現れた顔を見て、立夏は思わず息を呑んだ。

——高遠だ。

そこにいるのは、間違いなく高遠凌本人だった。とっさに頭が真っ白になる。嘘、嘘、彼がなぜ、こんな所に？

「どうして……」

信じられない思いで凝視する立夏を、高遠は真顔で見返した。濡れた髪を煩わしそうにかき上げて、当然のように云ってのける。

「初日に云ったろう？」

「え？」

意味がわからず訊き返すと、高遠はふっと笑って口にした。

「特等席で、君たちの演技を見せてもらうって」

「あ――」

それを聞いて思い出した。この島に来た日、パソコン画面の中から高遠が自分たちに向かって告げた言葉。

（安心して欲しい）

（オレは特等席で、君たちの演技を見せてもらうつもりだ）

考えてみれば、インターネット回線のつながらないこの場所で本土とオンライン通話できるわけがない。あの動画はあらかじめ録画されたもので、やはり本人も共にこの島に来ていたのだろう。

そして台本に出てくる仮面の男となり、自ら芝居に参加していた。ずっとすぐ近くで――特等席で、立夏たちの演技を見ていたのだ。

びしょ濡れのまま見つめ合う立夏たちの頭上から、大きな声が降ってきた。

「立夏さん、大丈夫ー？」

崖の上から心配そうにこちらを見下ろしているのは、演技終了のブザーを聞いてやってきたらしい結奈たちだ。立夏たちの姿を見つけた四人の顔が、「えっ」と瞬時に驚きの色を浮かべる。

「ちょっと、あれって高遠監督じゃない⁉」

「待って待って、嘘でしょ、まさか本物……？」

ぎゃあっと慌てふためいている彼女らを見上げ、つい口元がほころんだ。雨粒を含んだ風が吹き抜けていく。

……そうして、三日間のオーディション合宿は、幕を閉じた。

TAKE6　嵐の後

嵐が去り、澄んだ青空が広がっている。

島での荒れ具合が嘘であったかのような快晴だ。

船が本土に到着し、彼女は港へと降り立った。と、船着き場に、見覚えのある青年の姿を見つける。

——彼だ。迎えに来てくれたのだ。

笑顔の彼が嬉しそうに片手を振り、こちらに向かって歩いてくる。

はじらいながら彼に微笑み返そうとし、次の瞬間、ぎくりと足を止めた。

彼の右手で何かが鋭く光を反射した。

何かを、握り締めている。

突然、こちらへ近づいてくるのが斧を持った仮面の男に見えた。頬を引き攣らせて、立ちすくむ。

自分を落ち着かせるように深く息を吸い込み、あらためて目の前の人物を見つめた。

……そこにいるのは仮面の男ではなく、見知った青年の姿だった。

彼の右手に握られているのは恐ろしい凶器などではなく、金属製の車のキーケースだ。

彼女に向かって、青年が優しく片手を差し出す。わずかにためらった後、彼女は思いきったようにその手を取った。

互いに、いとおしげな眼差しで見つめ合う。

彼の車に、未来に向かって、二人はゆっくりと歩き出す――。

「カット、OK！」

そこで、声がかかった。

彼女が足を止めて振り返る。風が、短い髪の毛を揺らす。

彼女――映画『モンスター』のヒロイン役を演じているのは、井上立夏だった。

◇

「……今さらだけど、伺ってもいいですか？」

撮影の休憩時間に、スタジオの片隅で立夏は高遠に話しかけた。

隣に立つ高遠が無言でこちらを見る。問いの続きを促されているのだと理解し、立夏は尋ねた。

「どうしてあんな変わった形でオーディションをしたんですか？　それから……」

高遠の表情を窺い、ためらいながら、思い切って問いかける。

「高遠監督が人を殺したことがあるっていう噂は、本当なんですか？」

立夏の質問に、高遠はしばらく沈黙していたが、おもむろに口を開いた。

「……昔、ある女優と恋仲になったんだ」

視線を正面に向け、淡々とした口調で話し出す。

「彼女は才能ある素晴らしい女優だった。当時のオレたちは、理想とする映画についてや、成し遂げたい夢について、熱心に語り合っていた。いつか自分たちの手でそれを叶えられると信じてやまなかった。互いが互いにとって、一番の理解者だったと思う。彼女は、役者としても女性としても尊敬できる、本当に魅力的な人だった」

どこか遠くを見つめる眼差しになり、高遠は続けた。

「がむしゃらに映画を作り続けるうちに、自分の監督したものが少しずつ世間に認められ出して、ようやく機会が巡ってきた。彼女を主役に据えて映画を撮れることになったんだ。嬉しくて舞い上がったよ。絶対にすごいものを撮ってやる、と意気込んだ。当時のオレは、いい映画を作ることばかりに夢中だった。――だから、気づかなかったんだ」

静かに語る彼の目に、影が差す。

「オレが映画制作にのめり込むほどに、彼女がだんだん追い詰められていることに。彼女は壁に突き当たっていた。役者としてオレの期待に応えられないことに絶望し、次第に心を病んでいったんだ。誰よりもオレの近くにいた彼女だからこそ、オレが理想とするものを作るために決して妥協しないことを知っていたんだろう。そして耐えきれなくなり、映画の撮影期間中に――崖から身を投げ、自ら命を絶ってしまった」

立夏は息を呑んだ。ふいに、島で崖の上に置いてあった花束のことを思い出す。死者を悼むような、白い花束を。

高遠が目を伏せて口にする。

「……苦しかった。どうして気づいてやれなかったのかと、繰り返し自分を責めたよ。彼女がオレに残した手紙には、オレの映画を愛していると、そう書かれていた。受けとめがたい現実に頭がおかしくなりそうで、何もかも全てがわからなくなった。十代の頃から、オレにとって映画は自分の言葉であり、世界であり、生きることそのものだった。映画を撮ることで少しだけ呼吸が楽になって、不自由なオレの世界は形を変えた。そうやってずっと生きていくことに迷いなんかなかった。だけど、大切な人を傷つけてしまう、他人の人生を変えてしまう自分の作品っていったい何なのか。映画とは、そうまでして撮るべきものなのか？」

高遠の言葉に、苦渋の色がにじんでいた。

「何より、彼女が亡くなったとき、今までの人生で味わったことがないくらいの苦しみと悲しみを感じているのに、頭の片隅でこう考えている自分がいたんだ」

顔を上げ、自嘲的な眼差しで高遠が云う。

「――この経験を映画に活かせる、って」

立夏は苦い表情を浮かべる彼をただ見つめた。「なあ、最低だろ」と高遠が口端を歪める。

「心の底から自分を嫌悪し、軽蔑したよ。彼女のことを考えてまともに寝られない、ろくにメシも食えないくらい本気で辛いのに、オレはそう思ってしまったんだ。そんな自分を許せなくて、一度は映画の世界から遠ざかろうとした。離れようとしたんだ。だけどやっぱり、捨てきれなかった」

そこでやや沈黙し、再び高遠が話し出す。

「正直、今もその答えはわからない。いや、わからないからこそ、オレは映画を撮り続けるしかないのかもしれない」

そう語る高遠の横顔が、一瞬、まるで孤独な少年のように見えた。

「……あの島は」

自身の気持ちを抑え込むように、冷静な口調で彼は告げた。

「かつて彼女が命を絶った場所だ。オレにとって、一生忘れられない場所だ。彼女を失った過去から目を背けず、全てを背負って生きていくために、あえてあの島から始めようと思ったんだ。そうしなければいけない、と」

睨むように正面を見据えた彼の目に、強い意志が宿る。

「新作を撮るにあたって、オレの情熱にも才能にも殺されることのない、強靭な役者を見つけようと思った。オレに潰されてしまうことなく、同じだけの切実さをもって作品に臨むことのできる役者と出会って初めて、この作品は完成する」

そう云い、高遠は立夏の顔を見た。

「オーディションの面接のとき、『大切な人を引き留めることすらできなかった無力な人間だけど役者としての可能性を掴みたい』とまっすぐに話す君を見て、身勝手にもオレ自身を重ねてしまったんだ。もう一度、映画の世界で生きていく覚悟を決めようと」

高遠の言葉に、立夏は黙って立ち尽くした。

島で、瞳から投げかけられた問いがよみがえる。

（高遠監督は、あなたに何を期待しているの？）

その答えを今、もらえたような気がしていた。

彼は最初から世間の望む〈つばさちゃん〉ではなく、不安に怯えながら役者としてあがこうとする、立夏自身を見てくれていたのだ。

それから、立夏は戸惑いを浮かべて尋ねた。

「もしかして――崖から私たちが落ちることも、想定していたんですか？」

「まさか」

立夏の問いに、高遠がおかしそうに目を細めて否定する。

「あれはあくまでも万一に備えて、安全面を考慮して準備しておいただけだ。さすがのオレもそんな危険な真似はしないさ。適当なところで君に反撃されて物語から退場するつもりだったのに、あのときは一瞬、肝が冷えたよ」

からかうように云われ、顔を覆う。自分はよりによって、監督を道連れに崖からダイブしてしまったのだ。

心なしか熱い頬を押さえていると、高遠は再び真剣な声に戻って云った。

「怪物《モンスター》は、誰の心の中にも存在する。怒りや嫉妬、孤独や絶望……近づき過ぎれば自分自身を食い殺しかねない、凶暴で恐ろしいものが身の内に潜んでいるんだ。大抵の人間はその存在から目を逸らし、懸命に気づかないふりをして日常を生きてる」

重々しい声の響きに、思わず引き込まれる。

モンスター。誰の中にも存在する、禍々しいもの。

「表現者とは、自らそれと向き合い、隅々まで目を凝らし、飼いならして共に生きていこうとする人種だ」

そう云い、高遠がこちらを見た。それから、立夏に向かって手を差し出す。

「――行こう」

静かな、けれど力強いその言葉を聞いた瞬間、胸に何かが込み上げた。

真摯な彼の眼差しと視線がぶつかる。立夏はまっすぐに見つめ返し、決意を込めて、その手を取った。

まるでさっきの映画のラストシーンのように、眩い照明の光の中へ歩き出す――。

その直後、高らかに声がかかった。

「カット！」

スタジオの照明を浴びながら、二人そろって声のした方に顔を向ける。自分たちの周りを、大勢のスタッフが囲んでいる。

カメラを回していたチーフ助監督が、立夏の横に立つ高遠に向かって話しかけた。

「高遠監督、チェックお願いします」

高遠と立夏がモニターに近づくと、今しがた演じた場面が映し出される。

『表現者とは、自らそれと向き合い、隅々まで目を凝らし、飼いならして共に生きていこうとする人種だ』

画面の中の高遠が、立夏に向かって手を差し出す。

『――行こう』

映像と音声を確認し、高遠は「ＯＫ」と頷いた。同時に、わっと周囲に歓声が上がる。

「以上をもちまして、『モンスター』主演の井上立夏さん、オールアップです！」

スタジオ内から拍手が起こった。

「井上さん、お疲れ様でした。高遠監督から花束を贈呈していただきます」

スタッフから大きな花束を受け取った高遠が立夏に歩み寄り、それを渡してくれる。立夏ははにかんで微笑み、花束に顔をうずめた。

「ありがとうございます」

と、数人の少女たちが賑やかに立夏の方へ近づいてくる。

「りっちゃん、お疲れー！」

斉藤えみりが叫んで勢いよく抱きついてきた。

「井上先輩、どうもお疲れ様でした。色々勉強させていただきました」

礼儀正しく挨拶をする桜井結奈に、「こちらこそ」と愛想よく返す。その横で野々村恋と桐島瞳の二人も、笑顔でねぎらいの言葉をかけてくれた。

「こんな特殊なお芝居、一生に一度きりかもね。皆も、大変だったでしょう？」

そう云って瞳が恋の方を見やり、からかうように口を開く。

「正直ひやひやする場面も何度かあったけど、無事に撮影が終わりそうで本当によかったわ」

「それ云わないでよ、瞳さん。カメラの前で演技するなんて初めてで、こっちはめちゃくちゃ緊張してたんだから。あーもう、思い返すと本当にやばい」

恋は羞恥に耐えかねるというふうに、両手で勢いよく自らの顔を覆った。瞳がため息をつき、冗談めかして続ける。

「台風も来てたし、それに、立夏ちゃんが洞窟の奥まで一人でずんずん入っていっちゃって、足が岩に挟まった時もびっくりしたわよね」

「あれは本当に予想外だったわ。スタッフの人が途中ではぐれて見失っちゃうし、瞳さんが見つけてくれなかったら……」

「台本通り溺れるところでしたよ」

立夏はややばつの悪い思いで苦笑した。

そんな話で盛り上がる彼女たちの身にまとう空気は、肩の荷を下ろしたようにどこか気安いものに変わっている。

見ると、高遠もセリフを喋っていたときよりもリラックスした様子で拍手していた。やはりカメラの前に立つよりも、監督の彼には撮る方が性に合っているのだろう。まして高遠凌を本人自らが演じたのだから、色々な意味でやりにくかったかもしれない。

けれどここまで撮影を終えた彼の表情は、心なしか満足げに見えた。

「……本当に、ありがとうございます」

立夏はもう一度心からの礼を口にし、皆に向かって深々とお辞儀をした。


――そう。

映画『モンスター』は、実在の役者である井上立夏がドラマ『クローバー』のつばさ役のイメージから脱け出そうとしてオーディションを受け、ヒロイン役を手に入れるまでを描いた、虚構と現実の入り混じったメタフィクションのホラーサスペンス映画だったのだ。

高遠がこちらに向かって、手を差し出す。花束を抱えながら立夏が握手に応じたとき、彼は周囲には聞こえないほどの声で云い放った。

「これで君の企みは果たせたのか」

高遠の言葉を噛みしめながら、立夏は小さく頷いた。高遠は立夏をじっと見つめて、囁いた。

「もう撮影は終わりだ。本当のことを話してくれ。――君は本当は、あの事件の真相を知っているんだろう？」

エピローグ

人工的に作られた暗闇の中、客席に座ってスクリーンを見上げる。

『モンスター』の試写会場は、ちいさな映画館にも似た場所だった。完成したものを通して観るのは、これが初めてだ。

映写されるスクリーンを見つめ、関係者が席を満たしているのに、ふと一人きりでいるような錯覚に陥った。暗がりは、子供の頃に母と暮らしたアパートの部屋を立夏に思い出させた。うずくまり、怯えながら母を待ち続けていた幼い自分。

「まさか君のような役者からこんな企画を出してくるなんて、想像もしなかったな」

撮影終了後、二人しかいない小部屋で映像をチェックしながら、高遠が云った言葉がよみがえる。モニターの映像には、「〈モンスター〉一日目　仮面の男」と名前が振られている。作中作を演じているシーンのひとつだ。

「……幼い頃、母が出ていったあの日、家を出る直前に、母はドアスコープから外の様子を熱心に窺っていたんです。ひどく緊張していて、何かに怯えているように見えました。あのときドアの向こうには、母を怯えさせる誰かがいたんじゃないかと後になって思ったんです。そしてその誰かに、母は殺されたんじゃないかって」

立夏は答えた。

「母の三回忌のとき、法事の席で、酔った親戚が私の前で口を滑らせました。生前に母が芸能関係者と交際していたらしいことや、母が亡くなったとき、警察から事情を訊かれた知人男性がいたと」

思いがけない事実を知り、子供心に動揺した。

「偶然その話を耳にして、上機嫌になったときの母が『大きくなったら、きっと女優さんになれるよ』と口癖みたいに私に云っていたことが頭をよぎったんです。大きくなったら美人になる、じゃなく、女優さんになれる、というセリフにほんの少し違和感を覚えていました。私が女優になりたいって云ったことなんて、一度もないのに」

もしかすると、身近に芸能界に関係する職業の人間がいたから、母の口からそんな言葉が出てきたのかもしれない。

考え出すと、立夏の中でもやもやと疑念はふくらんでいった。ドラマの子役オーディションに誘われたとき、そのことが少しも頭をかすめなかったといえば、嘘になる。

「だけど子供の頃の曖昧な記憶だけで、とうの昔に自殺として処理された出来事を警察に再捜査してもらえるはずがありません。この疑いをどうすればいいのかわかりませんでした。だから私は、悩んだ末にこの企画を思いつきました」

自分一人の力では母の死の真相に近づくことなどできないと痛感した立夏は、自身の悲劇的な過去を題材にしたメタフィクション映画の企画を、ある監督のもとに思いきって持ち込んだ。

——その監督が、高遠だ。

未成年だったことや役者としてのイメージもあり、これまで、立夏の生い立ちについては一切公にしてこなかった。人気ホームドラマの明るく元気な末っ子で知られる立夏が、その実、幼い頃にショッキングな形で家族を失っていたと明かすことは、きっと世間の興味を引きつけるだろう。

視線は映像に向けたまま、高遠は呟いた。

「それにしても驚いたよ。君が、記憶にある母親との最後のやりとりと、それに対して抱いた疑いをそのまま映画の中で再現して欲しい、と云ってきたのは。母親が亡くなった時期や状況まで、リアルな情報をそのまま入れることで、本気で犯人探しができると思ったのか？」

高遠の問いに、立夏はうつむいて口を開いた。

「……母を殺したかもしれない犯人へのメッセージであり、告発だったんです」

作中作で、ヒロインの母は「事故や自殺ではなく、本当は男に崖から落とされて殺害されていた」。生き残った娘は、「その事実を知っている」。意図的にリアルと虚構が交錯するような構成をし、含みのある宣伝をしてみせることで、映画を観た人の間で様々な憶測や考察が交わされるかもしれない。メディアが好奇心を掻き立てる取り上げ方をして話題になるほど、立夏の母の死に疑問や関心を抱く人間が増えるのではないか。当時の母を知る人たちからも、もしかするとあのとき聞けなかった話が出てくるかもしれない。

そんなふうに説明をして、高遠に企画書を送り付けた。

高遠が立夏の試みに関心を示したことこそ、立夏にとっては思いがけない事態だった。

立夏の持ち込んだストーリーを膨らませ、高遠が映画のシナリオを作った。その過程で高遠は立夏の予期していなかった様々な要素を加えていった。作中作『モンスター』のあらすじを読んだ時にも、高遠の生み出す物語世界に驚かされた。少女たちの死の真相や、ヒロインが自ら作りだした架空の殺人鬼との対決を読んだときには、胸がどうしようもなくざわついた。

そして立夏以外の四人の少女たちもまた、役の名前も経歴も、実在する本人そのままだった。彼女らは実際にオーディションを受け、高遠によって選ばれた役者たちだ。

シナリオ全体の流れはもちろんきっちり定められているものの、食事の席における会話や、役に対する思いなど、撮影において役者自身のアドリブを求められる場面も少なくなかった。ついカメラ目線になったりするなど、未経験であがってしまった恋の不自然な言動を瞳がさりげなくフォローする場面も多かった。

えみりがいささか暴走気味に高遠作品への愛を熱弁したりといった場面も多数あったが、一日目のオーディション場面で指示にはなかった「血糊」を使った演技を披露して以降、皆の演技が一段と迫力を増したのも事実だ。三日目のオーディションで対峙した瞳が仮面を小道具として持ちこんだのも、えみりに触発されたのだろう。

こうして映画は無事に完成した。この作品は立夏の成長を描くものであると同時に、彼女たちの物語でもあるのだと思う。

撮影開始時は、役を演じる中で自分の役者としての本心を吐露することに正直、まだ多少の迷いがあった。けれど他の少女たちの、体当たりの演技に引きずられるようにして、いつしか立夏も心の底から自分の役に向き合っていた。母のこと、自分は偽物なんじゃないかという葛藤……この四人と一緒だったからこそ、きっとここまでさらけ出せた。それは台本にはない、立夏の本心だった。

今回、高遠の新作映画にメインの役どころで出演した彼女たちも、ヒロイン役と同じく注目される機会を得るだろう。

何より異色だったのは、役者だけでなく、高遠自身も自らの役で映画に登場したことだ。そこには何か、彼自身の大きな覚悟のようなものが感じられた。もちろん作中で脚色はされているものの、高遠は現実でも破天荒な監督として知られており、彼が著名な賞を取った後、数年にわたり失踪していたのは業界では有名な話だった。高遠に、かつて恋人だった女優を死に至らしめたらしい、という噂があるのも。

彼がこの大胆な企画に乗ってくれたのは幸運だった。もともと型破りなところのある作風が人気で、風変わりな題材を好む人ではあったが、受けてくれるかどうかは賭けだった。

高遠にまつわる噂について、実のところどこまでが真実であるのか、立夏は知らない。けれど共に演じていて、映画の中で彼が口にする言葉に奇妙な真実味を感じる瞬間があった。もしかしたら立夏と同じく高遠にもまた、この映画を通して乗り越えたい「物語」があるのかもしれない。

かつて恋人を殺したかもしれない映画監督と、かつて母を殺されたかもしれない女優の共演。そうして、『モンスター』は完成した。

「公開後にどんな反響があるかはわからない。君が望んだものがはたして手に入るのかも。それは、君自身も覚悟の上だと思う。……だけど本当は、君はもう、真相に気づき始めているんじゃないのか？」

高遠の言葉に、立夏は黙って彼を見つめた。高遠は続けた。

「幼い君が母親と暮らしていた頃のシーンは、君の記憶をもとに作られている。実際にこの映画を君の証言通りに撮影していて、微かな違和感を覚えたんだ」

あくまで淡々とした彼の声に、怜悧な響きがにじむ。

「たとえば、君の母親は華やかな装いを好む女性で、普段から踵の高い靴を履いていた。最後に君を残してアパートを出ていった日も、ヒールの靴を履いていたんだろう？」

高遠が云おうとしていることを察して、立夏はやや身を硬くした。こちらに視線を向け、彼が告げる。

「君は玄関で、遠ざかる母親の足音を聞いていた。カツン、カツン、というヒールの音を。それ以外に足音はしなかった。君が耳にした足音は複数ではなく、たった一つだけだったんだ」

立夏は無言で、高遠の話を聞いていた。

「お母さんがドアスコープを覗いて熱心に外の様子を確かめていた、と云ったね。緊張して、ひどく怯えた様子だったと。その理由は、ドアの外に恐ろしい誰かがいたからじゃなく、単純に後ろめたさからだとは考えられないだろうか。お母さんは一人きりで出ていく姿を近所の人間に見られたくなかった。自分が罪を犯すところを、他人に見られるのが怖かったのかもしれない」

「罪？」

立夏の問いに、高遠が冷静に頷く。

「ああ。……幼い我が子を置き去りにして、二度と戻ってこないかもしれない、残酷な罪だ」

反射的に言葉を失い、高遠の顔を凝視した。幼い日の記憶がよみがえる。大きな声を出してはいけないと、母がこわばった顔で立夏をたしなめたこと。ドアスコープを覗く緊張した母の背中。

「彼女が恐れていたのはきっと、ドアの向こうにいる誰かじゃなく、自身の中に存在する怪物だったのだろう」

高遠の書いた脚本を読んだときの、胸のざわつきが思い出された。彼が尚も言葉を紡ぐ。

「出がけに母親が云った『いい子にしててね、立夏。約束よ』という言葉を、君は信じて待ち続けた。いい子にしていれば母親は必ず自分のもとへ帰ってくると、幼かった君は懸命にその約束を守ろうとした。だけどもしかしたらそれは、『わたしが帰るまでいい子で待っていてね』という意味ではなく」

そこで高遠は、痛まし気な眼差しになった。

「――『わたしがいなくなった後も、どうかいい子でね』という、別れの意味で口にした言葉だったんじゃないのか」

立夏は何も云えずに、唇を噛んだ。

「今回の脚本を書くにあたって取材をさせてもらったとき、君の伯母さんがオレに教えてくれたんだ。崖の上に残されていたお母さんのハンドバッグの中に、小さな手帳が入っていたと。最後のページに、乱れた字で『ごめんなさい』とだけ書き残されていたそうだ。母親の死にショックを受けた君が、遺品を手にすることを強く拒んだために見せることができなかったと、そう話していた」

言葉にできない感情が、立夏の胸を貫いた。そんな立夏に向かって、高遠は静かに告げる。

「もう、わかっているんだろう？　母親を殺した犯人など、きっと現実には存在しないと」

立夏は思わず、目を閉じた。指摘された事実に胸が震える。

高遠の書き上げた『モンスター』のシナリオを読んだときから、薄々、感じていた。

ヒロインによって作り出された、架空の殺人鬼。そして島には最初から一人きりしかいなかったという、設定。

恐ろしい殺人者など、現実に存在しなかった。

あれは高遠からのメッセージだったのだ。おそらく彼は最初から、立夏の母の死について、真相に気がついていた。知っていてなぜ、立夏の描く、危うい計画に力を貸してくれたのだろう？

「井上立夏」

高遠は声に力を込め、言葉を発した。

「君はずっと、母親が帰ってくると信じていたかったんだろう。その気持ちが君の心の中から消えなかった。だから君は、家族から愛される〈つばさ〉のままでいたかった」

別れ際に立夏の頭を優しく撫でた、さみしいような、温かいような、母の不思議な表情を覚えている。自由奔放なように見えて、その実、繊細でひどく心を揺らしやすい人だった。

死ぬつもりなどなかったのかもしれない。けれど疲れた母の心に、ふと魔が差す瞬間があったのかもしれない。

――もしかしたら母は、自身の中に存在する怪物に呑み込まれてしまったのかもしれなかった。

母が立夏を選ばなかったと、自らの意思で立夏を残して逝ってしまったのだという残酷な事実を認めるのが辛くて、自分は架空の殺人犯を作り出そうとしているのだろうか。

〈アイ〉が自身の心を守るため、四人の少女たちを生み出したように。

高遠は噛みしめるように口にした。

「でも、過去に囚われたままの自分と決別しなきゃならない。君はオレに向かって、自分の言葉で云っただろう。〈つばさ〉から脱け出したい、と」

実際に高遠と会ったとき、映画内のオーディションのシーンと同じような会話を交わしたことを思い返す。

〈〈つばさ〉じゃない私は、たった一人の大切な人さえ引き留められなかった無力な子供で、もしかしたら誰かに見てもらう資格なんてない、無価値な人間なのかもしれません〉

けれどつばさのイメージから脱け出したい、役者としての可能性を摑みたいとそう口にした立夏に、高遠は一瞬ここではないどこかを見つめるような目をした後、告げた。

（――役が欲しいなら取りに来い。君に、その覚悟があるならな）

ああ、そうか、と気がついた。

高遠が立夏の持ちかけた歪《いびつ》な企画を受け、映画の中で美しい結末を見せてくれた理由について、おぼろげながら理解する。

彼はきっと自分の作品が、立夏を――誰かを救うものであって欲しいと、そんなふうに願いながら映画を撮り続けているのかもしれない。

結局、役者である自分は、初めから監督の掌で踊らされていたのかもしれなかった。

「……わかっています。今回はあくまでも企画ありきで使ってもらえたのであって、純粋に私の実力だけで起用されたんじゃないことくらい」

自嘲的に呟く立夏に、高遠は苦笑して云った。

「それでも、君に役者としての魅力や可能性を全く感じなければ、オレはきっと見向きもしなかったよ」

それは本心なのだろう。いつだって映画に対して残酷なほど誠実な、彼はそういう人だから。

立夏は、ゆっくりと息を吸い込んだ。もう、思うようにならない現実から目を逸らすのは止めにする。

皆から愛される〈つばさ〉というキャラクターだけが翅《はね》を広げて飛び立っていき、残された自分はセミの抜け殻みたいに朽ちていくのみだと恐れていた。だけどそれは、きっと違った。

演じることは、他の誰かや何かになることであると同時に、どこまでも自分の奥深くまで潜っていくことなのだろう。

この苦しみも後悔も、全部が自分のものだ。無様な感情も、醜い欲望も全て咀嚼し、呑み下して、血肉にする。

——そうして自分は深く、豊かな、演技者になる。

立夏は高遠を見つめ返した。

「いつか、この映画のように正面からオーディションを受けて、自分の力で高遠作品のヒロイン役を手に入れたい」

微笑み、挑むように口にする。

「それが母の死に対する、今の私の答えです」

……『クローバー』が終了したとき、これからどうすればいいのかと途方に暮れた。

「つばさちゃん」ではなく、井上立夏として歩き出す上で、自分の心の中にずっと重くのしかかるものがあった。

なぜ、あの日、母は戻ってこなかったのか。幼い自分を置いたまま逝ってしまったのか。あのとき自分は、どうすればたった一人の家族を引き留められたのか……？

真実を知ることが怖くて目を逸らしていたけれど、逃げ続けてきた現実と向き合うことで初めて、本当の意味で自分の人生を前に進められるような気がした。

これは立夏の、宣戦布告だ。作中作でアイは仮面の男と対峙し、恐怖の対象を葬り去る。もう、怯えて泣くだけの子供ではない。過去を乗り越えてみせるという、母を殺したかもしれない犯人への、そしてかつての自分への意思表示。

たとえどんな現実が待ち受けていようと、自分は真相にたどりついてみせる。

本音を云えば、怖かった。それでも、今の自分に何ができるかを懸命に考え、一人の役者として演じてみようと心を決めた。


試写会場のスクリーンには、今まさにクライマックスシーンが映し出されていた。

三日目の演技審査の場面で、実際に雨に打たれながら撮影したものだ。アイが嵐の中を必死で逃げるシーンに、彼女が幼い頃に目にした光景がモノクロでカットインされる。追いつめられ遠くの崖の上をひた走る母親に向かって、幼いアイが泣きながら叫ぶ。ママ、ママ。私を置いていかないで。

脳裏で、母を呼び続けるアイの姿と、かつての自分の姿が重なった。

胎内のように暗くて狭いあの部屋と母だけが、幼い立夏にとって世界の全てだった。

――今は違う。

いくつもの物語を食らって、いくつもの人生を呑み込んで、そうして自分の世界は広がり続ける。

家族の愛をただ求めて演じた少女以外のものに、自分はなれる。なってみせる。

スクリーンの中で崖から落ちていく自分の姿が、一瞬、『クローバー』のつばさに見えた。落下しながら、少女が何かを告げるように口を動かす。その唇の動きに合わせて、立夏は声に出さずに呟いた。

　さ、よ、な、ら。


　――そして少女は、孤島に消える。

　つばさは、ここに葬っていく。

　映画の中の井上立夏《ヒロイン》は過去を乗り越え、完璧なハッピーエンドを迎える。だけど現実の行方は誰も知らない。崖から落下した直後、岩に叩きつけられるかもしれない。激しい波に呑まれて沈んでしまうかもしれなかった。

　それでも、と思う。

　暗がりの中でスクリーンを見つめながら、自分の奥深い場所で、何かが胎動するように動き出す。ふいに、なぜだか泣きそうになった。

　エンドロールが流れる。

　この世に生まれ落ちる瞬間のように、周囲がゆっくりと明るくなっていく。やがて光と、嵐のような拍手に包まれる。

　立夏は、自分の中からいま新しい何かが生まれ出て、力強く咆哮するのを感じていた。

初出　「小説推理」２０２４年3月号～２０２４年9月号

彩坂美月●あやさか・みつき

山形県生まれ。早稲田大学第二文学部卒業。『未成年儀式』で富士見ヤングミステリー大賞に準入選し、2009年にデビュー（文庫化にあたり『少女は夏に閉ざされる』に改題）。『向日葵を手折る』が第74回日本推理作家協会賞長編および連作短編集部門候補に。著作に『ひぐらしふる』『夏の王国で目覚めない』『僕らの世界が終わる頃』『金木犀と彼女の時間』『みどり町の怪人』『思い出リバイバル』『double～彼岸荘の殺人～』などがある。

そして少女《しようじよ》は、孤島《ことう》に消《き》える

2025年1月25日　第1刷発行

著　者――彩坂美月

発行者――箕浦克史

発行所――株式会社双葉社

東京都新宿区東五軒町3-28　郵便番号162-8540
電話03（5261）4818〔営業部〕
　　03（5261）4831〔編集部〕
http://www.futabasha.co.jp/
（双葉社の書籍・コミック・ムックが買えます）

DTP製版―株式会社ビーワークス

印刷所――大日本印刷株式会社

製本所――株式会社若林製本工場

カバー印刷――株式会社大熊整美堂

落丁・乱丁の場合は送料双葉社負担でお取り替えいたします。
「製作部」あてにお送りください。
ただし、古書店で購入したものについてはお取り替えできません。
［電話］03-5261-4822（製作部）

定価はカバーに表示してあります。

ISBN978-4-575-24793-0 C0093